致命萝莉

The kind worth killing

[美] 彼得·斯旺森 著
马伟林 译

中国友谊出版公司

图书在版编目（C I P）数据

致命萝莉 / (美) 彼得 · 斯旺森著 ；马伟林译. --
北京 ：中国友谊出版公司，2019.1
ISBN 978-7-5057-4567-4

Ⅰ. ①致… Ⅱ. ①彼… ②马… Ⅲ. ①长篇小说－美
国－现代 Ⅳ. ①I712.45

中国版本图书馆CIP数据核字(2018)第273520号

著作权合同登记号 图字：01-2015-8729

书名 致命萝莉
作者 [美] 彼得 · 斯旺森
译者 马伟林
出版 中国友谊出版公司
发行 中国友谊出版公司
经销 新华书店
印刷 北京中科印刷有限公司
规格 880 × 1230 毫米 32 开
10 印张 235 千字
版次 2019 年 3 月第 1 版
印次 2019 年 3 月第 1 次印刷
书号 ISBN 978-7-5057-4567-4
定价 42.00 元
地址 北京市朝阳区西坝河南里 17 号楼
邮编 100028
电话（010）64678009

谨以此书献给我的母亲：

伊丽莎白·埃利斯·斯旺森

目录

content

第一部

致命邂逅

第1章　泰德

“你好啊。”她招呼道。

在希思罗机场商务舱休息室的吧台内，一只白皙、长有细斑的手搭在了我身旁的空座上，我抬头望了望这个陌生人的脸。

“我们认识吗？”我问道。她看起来并不眼熟，但那美式口音、清爽的白衬衫和塞进齐膝靴中的紧身牛仔裤，无不让我联想到妻子的那群狐朋狗友。

“不好意思，我们并不认识，只是觉得你喝的酒不错。不介意我坐下来吧？”说话间，身材高挑颀长的她便坐上了那个皮制圆转凳，并将手包放到了吧台上，“是金酒吗？”她指着我面前的马丁尼问道。

“是亨利爵士金酒。”我回答说。

她冲酒保招了招手，要了杯亨利爵士马丁尼，加了两枚橄榄。那酒保是个留着鸡冠头的少年，长着漂亮的下巴。酒来了以后，她便朝我举了举杯。这时我只剩下最后一口，便对她说：“为了消解国际旅行的烦闷，干杯。”

“为解闷干杯。”

杯中酒一饮而尽之后，我又叫了一杯。她和我说了名字，我却旋即就忘了。后来，我跟她说自己叫泰德，却并未告诉她我的全名泰德·西弗森，至少那时候没对她说。坐在装饰华丽、灯光璀璨的希思罗机场休息室内，我们喝着酒、说几句闲话，发现彼此都在等同一个飞往波士顿洛根机场的航班。她从手包中取出一本平装小说读了起来。因此，我倒可以趁机好好看看她了。她很漂亮——一头红色长发、蓝绿色的眼睛清澈透明，宛如热带的海水；皮肤很白皙，几近低脂牛奶一般，白得发青。如果这样一位美丽动人的女子在吧台旁挨着你坐下，并问你在喝什么酒，你肯定会觉得自己交好运了。但机场内的吧台却不然，这里，你的酒伴随时都可能与你分别，飞往相反的方向。纵然眼前的女人也是飞往波士顿，但想着家中妻子的破事，一肚子火的我也难有艳遇的心情。在英格兰的一周时间里我一直在想着那些破事，寝食难安。

广播里传来的消息中出现了两个清晰可辨的词：“波士顿”和“延迟”。我瞥了一眼位于背光式高档酒酒架上的信息板，发现我们的起飞时间推后了一小时。

“有时间再来一杯了，我请吧。”我说道。

“好啊。”她回应道，合上了书，并把它封面朝上地放到了手包旁的吧台上。

那是本帕特里夏·海史密斯[①]的《一月迷情》。

---

① 帕特里夏·海史密斯（Patricia Highsmith，1921—1995），美国著名犯罪小说作家，曾获欧·亨利短篇小说奖和爱·伦坡奖，代表作《天才雷普利》《列车上的陌生人》，后者被希区柯克搬上银幕。而《致命萝莉》被誉为“升级版《列车上的陌生人》”。

“这本书怎么样？”

“算不得她最好的作品。”

“没有什么比长途航班延迟和一本烂书更糟糕的了。”

“你在读什么呢？”她问道。

“报纸。我不怎么喜欢读书。”

“那你在飞机上拿什么消遣呢？”

“喝点金酒。策划场谋杀。”

“有趣儿。”她朝我笑了，这是我第一次看到她笑，笑得很开心，以至上嘴唇和鼻子间都泛起了细纹，这一笑露出了她的皓齿与些许粉红色的牙龈。我在想她有多大了。刚坐下那会儿，我觉得她应该有三十五岁左右，与我年龄相仿；然而她的微笑以及鼻梁上淡淡的雀斑却让她看起来又年轻了许多。大约二十八岁的样子，和我妻子的年龄相当。

“当然，在飞机上我还得工作。”我补充道。

“你是做什么的？”

我长话短说，告诉她自己在刚起步的互联网公司里负责融资、担当顾问，却并未和她说，一旦这些公司看起来前景不错时，我就会出售它们，并以此赚得了大部分的家业。我也没跟她说，自己这辈子其实都不用再工作了；更未提及自己就是90年代末那一小批互联网精英之一，只需在经济泡沫破灭之前撤出自己的股份（并将股票兑现）就行了。我会隐瞒这些事，只因为不想说，并非因为这些话会变成冒犯新同伴的炫富，或者怕她对我兴趣全无。我从来都不觉得自己应该为所赚得的财富而道歉。

“你呢？你是做什么工作的？”我问道。

“我在温斯洛大学做档案管理员。”

温斯洛是一座女子大学，坐落于波士顿西部约二十公里左右的郊区，区内绿树成荫、枝繁叶茂。我问她档案管理员都做些什么，并怀疑在谈及自己的工作时，她也是长话短说，只讲了些怎样收集、保存学校档案的事而已。“那你住在温斯洛吗？”我问道。

“是的呀。”

“结婚了吗？”

“还没呢。你呢？”

尽管是个问句，我还是察觉到了，她眼睛一瞟，看我左手上是否有戒指。“很不幸，我结了。”我回答道。然后，我举起手，让她看着我光溜溜的无名指，说道：“嗯，我可不会因为担心你这般美丽的女人突然坐在我身边，而在机场酒吧里摘掉婚戒的。我从没戴过戒指，受不了戒指束缚在手上的感觉。”

“为什么要说不幸呢？”她问道。

“那可就有的说了。”

“现在可是航班延迟呢。”

“你真的想了解我脏乱的生活吗？”

“怎么会不想呢？”

“如果要说的话，我得再来一杯了。”我举起了自己空空的玻璃杯，问道，“你呢？”

“不要了，谢谢。我最多只能喝两杯。”她用牙齿退下了牙签上的一枚橄榄，咬了下去。我匆匆瞥了一眼她粉红的舌尖。

“我常说，马丁尼这东西，两杯太多，三杯嫌少。”

“有意思。詹姆斯·瑟伯[①]也说过一样的话，不是吗？”

“我可没听说过这个人。”我边说边傻笑，盗用名言还真有点难为情。酒保转眼间就来到我面前了，我便又要了一杯。唇边的皮肤已经有了喝过金酒后的美妙麻木感，我知道自己很可能会烂醉，会说许许多多酒话，但毕竟这里是遵循“机场游戏规则”的，纵然这位同路人居住的地方与我相去不过二十公里，我却已然忘记了她的姓名，并且清楚我这一生也不太可能再见到她了。我觉得跟一个陌生人喝酒聊天是件痛快事，大声说出自己的不快，渐渐地驱散我胸中的些许怒火。

于是我和她说了我的生活。我告诉她自己和妻子已经结婚五年，我们就住在波士顿。告诉她 9 月份的那周里，我们住在缅因州海岸肯纳威克酒店，深爱那个地方，因而买下天价海景地产。还跟她说，拥有所谓艺术与社会行动硕士学位的妻子认为自己有资格并决定与建筑公司共同设计房子，最近又与一位名叫布拉德·达格特的承包商在肯纳威克共度多数时光。

“那她和布拉德……？”在将第二颗橄榄含入口中之后，她问道。

“嗯，是的，好上了。”

“你确信？”

于是我跟她说了更多的细节。我告诉她一直以来米兰达对我们在波士顿的生活非常不满。结婚的第一年，她总是忙着装饰我们在南区的褐砂石房子。之后，她又在索瓦区一位朋友的画廊里找了份兼职，也就在那时，我知道婚姻变味了。晚宴中，我们开始变得无话可说，并开始在不同的时间上床睡觉。更重要的是，我们失去了在这段感情

① 美国作家、漫画家，尤擅长创作冷面滑稽的讽刺小说，被称为“在墓地里吹口哨的人”。

中各自的身份定位。最开始，我是那个为她介绍名贵酒品、带她参加慈善活动的富有商人，而她则是那个订制泰国海滩游、喜欢逛休闲酒吧的波西米亚艺术家。我知道我们是老套的夫妻组合，尽管有些勉强，但这种关系适合我们。我们在每一点上都很合拍。我甚至因为这样的事实感到欣喜：尽管我认为自己长得很帅，但一般来说，只要她在旁边，没有人会愿意瞅我一眼。她双腿修长，两乳丰满，心形的脸蛋上嘴唇丰润；暗棕色的头发常被染作黑色，弄得两鬓蓬松，仿佛刚从床上起来一般。纵然每回出门必是画眼线的，但她的皮肤却是光洁无瑕，连脂粉也不需要。在酒吧和餐厅里，我总会碰到一些偷瞄她的男人。或许我有点想多了，但总觉得他们看她的眼神是那般饥渴，带着原始的欲望。面对这群好色之徒，我不禁庆幸自己没有生活在男人们需要配枪出门的时代或地方。

到缅因州的肯纳威克，是一场说走就走的旅行，在米兰达抱怨我们一年多没有单独相处之后，我做了这样的回应。我们在 9 月的第三周出发。旅行刚开始的那几天，天气温暖宜人、万里无云；然而那周周三，一场暴风雨从加拿大横扫过来，我们也被困在酒店套房，只能到酒店的地下酒吧喝点阿拉加什白啤，吃点龙虾。暴风雨过后，天气凉爽干燥，天光淡，薄暮长。我们买了身毛衣，在一英里长的崖边小道上漫步那小径开始于酒店北边一点，在广袤的大西洋与崖岸之间曲折蜿蜒。最近充斥着防晒油气息的浓湿空气，如今变得凉爽，满是海水的味道。我们不禁爱上肯纳威克，爱到深处，便相中小路尽头高崖上一块待售的土地，那里长满了玫瑰果。我于是拨通了待售标志上面的号码，爽快地报了价。

一年后，地上的玫瑰果林被清理完毕，挖了一座喷泉，一幢八个卧室的房子外墙几近完工。我们雇用布拉德·达格特做总承包商，他是个离了婚的人，外形粗犷，长着浓密的黑色山羊胡、弯弯的鼻子。一群麻省理工刚毕业的学生创建了一种新算法，用以构建基于博客的搜索引擎，在波士顿的那几周里，我忙着为他们做咨询；而此时米兰达却在肯纳威克花了大把大把的时间，在酒店里订了间房，监督着房子的建造工作，细心考虑着一砖一瓦，每一件家私。

9月初的时候，我决定开车去看她，给她个惊喜。行至波士顿北部95号州际公路时，我给她发了条短信。接近正午时，我就到了肯纳威克，随即便去酒店找她。店里的人告诉我，她一早就出门了。

我把车开到新房工地，停在砾石车行道上布拉德的F-150皮卡后面。米兰达的蓝绿色迷你库珀也停在那儿。我有好几个星期没来看这处房产了，目前的工程进度让我很满意。所有的窗户已然就位，我为低洼花园挑的铺路青石也已运到。我在房后逡巡，看到二楼的每间卧室都建好了阳台，一楼的封闭式走廊缀连着宽敞的石建露台。露台前面，为建泳池挖了一个四边形的坑。登上露台的石阶，透过面朝大海的厨房玻璃我瞥见了布拉德和米兰达。我恨不得马上敲打玻璃，告诉他们我来了，但屋里人的举动让我停了下来。他们俩靠在新装的石英台板上，望向窗外的肯纳威克海湾。布拉德抽着烟，我看着他朝另一只手端着的咖啡杯里弹了弹烟灰。

让我放弃敲玻璃的是米兰达，是她的那种姿势：她靠着台板的身体，正朝着布拉德宽阔的肩膀，看起来那般随意自然，毫不尴尬。我注意到她很随意地举起了手，好让布拉德把香烟送到她的指间。她深深地抽了一口，而后又把烟递还给他。整个递烟过程中，两人并未注视彼此。那一刻我就知道他们不仅上了床，而且还可能爱上了对方。

当时我的第一反应并非生气或绝望，而是害怕，怕他们发现我在露台上，并且在注视着他们的狎昵暧昧。于是我便循着原路朝大门走去，越过走廊，随即推开玻璃门，大喊道：“嘿！有人吗？”屋子里飘荡着回声。

“这儿呢。”米兰达大声回应道，我循声走进厨房。

此时的两人，稍稍拉远了些距离，但并不是太远。布拉德在咖啡杯里熄掉了烟头。“泰迪你怎么来啦，真令人惊喜啊。”米兰达说。只有她才会用宠物名叫我，最初是为了打趣我，但它与我相差甚远。

“嘿，泰德，”布拉德开口说道，“现在再看这房子，觉得怎么样？”

米兰达绕过吧台，在我嘴角亲了一口，周身散发着高档洗发水和万宝路香烟的味道。

“看起来挺好的。铺路的材料都到了。”

米兰达笑着说：“我们让他挑件喜欢的东西，他就只关心这个。”

布拉德也绕过案台，跟我握手。他的手很大，指关节突兀，手掌温暖干燥。“想四处看看吗？”

于是，他就和米兰达一起带我在屋子里转了起来. 布拉德谈论着相关的建材，米兰达则告诉我哪些家具适合摆放在什么位置，我也开始重新思考刚才看到的情形。再看看他们，两人在面对我时，没有丝毫的紧张不适。或许他们刚成为那种可以比肩相对、共享香烟的密友。米兰达易于感情外露，她会和女友手挽手，会亲吻男性朋友的嘴唇，跟他们打招呼。有那么一刻，我甚至都觉得自己可能患上了多疑症。

看了一圈房子后，我和米兰达开车去了肯纳威克酒店，并在利弗里酒吧用了午餐。我们各自吃了些黑线鳕三明治，我还要了两杯加苏打的苏格兰威士忌。

“布拉德又带得你吸烟了吧？”我试探地问道，想让她的谎言暴露，看她怎么回应。

“什么？”她回应道，眉头紧蹙。

“刚才在新房里时，感觉你身上有点烟味。”

“我可能偷偷吸了几口，我不会再吸了，泰迪。”

“我不是真的介意，只是好奇罢了。”

“你能相信吗？房子就快装修好啦！”她一面说，一面拿起根薯条蘸了蘸我盘子里的番茄酱。

谈论了一会儿房子，我开始更加怀疑自己刚才所见的那一幕。在她的表现里看不出负罪不安。

“周末你会一直待在这儿吗？”她问道。

“不会，我就是过来看看，打个招呼。今晚我还要和马克·拉弗伦斯共进晚餐呢。”

“那你就别去了，待在这儿吧！明天天气应该挺不错的！”

“可是马克就是为了这次见面才飞过来的，而且我还得去准备一些数据材料。”

我原本打算整个下午都待在缅因州，希望米兰达能让我在她的酒店房间里好好睡个午觉。然而当我看到她和布拉德在那间我买来的奢华厨房里狎昵亲热时，我改变了主意，想出一套新计划。吃过午饭，我开车送米兰达回到房子那边，这样她就可以去取自己的车。之后我并没有直接走 95 号州际公路，而是选择了 1 号公路，一路向南驶往基特里，那四分之一英里的路上到处都是些奥特莱斯。我在基特里贸易站停了车，那是一家户外旅行用品店，在这之前也曾多次驶过这里，但从未进去逛过。此后大约十五分钟的时间里，我花掉了近五百美元，买了一条防水迷彩裤、一件灰色连帽雨衣、几副超大飞行员眼镜外加一副高端双筒望远镜。我把这些装备带到奎恩佰瑞奥特莱斯对面的公共厕所。换上这身新装扮，再把帽子和飞行员眼镜戴上，想来就不会有人再认出我了，至少从远处是认不出的。我又开车向北，把车子停在肯纳威克湾附近的停车场，挤在两辆皮卡车中间。我想，米兰达或布拉德是不会无缘无故到这个停车场来，当然我也没必要把车停靠在非常显眼的位置。

骤风虽已逝，天空却忧郁沉闷，满布灰色。此时，一阵暖濛濛的雨开始在空中飘落。我穿过沙滩上湿漉漉的沙粒，翻过凌乱松散的石块和岩石，来到悬崖步道。我小心翼翼地挪动着步伐，目不转睛地盯着铺好的小路——下过雨的地面又湿又滑，山脚下的路坑坑洼洼，崎岖不平——根本无心留意右边那波涛汹涌的大西洋。栈道的某些路段已经完全被侵蚀得不见了踪影，一个褪色路牌提醒着路人这里危险。正因如此，这里少有人行，那天下午我只看到一个身穿小熊卫衣的女孩儿，十几岁的样子，好像刚吸过大麻，身上带着一股浓烈的味儿。我们擦肩而过，没说一句话，甚至连看都没看对方一眼。

我沿着一条破败的水泥墙头朝着路的尽头走去，那墙头是一个石屋的屋后边界。方圆四分之一英里以内，石屋便是最后一座房子，再往外便是一块未开发的土地，一直延伸到我们新宅停车的地方。走着走着，小路便浸到了海平面以下，直穿过一小片布满岩石的沙滩，这里到处是浮标和海藻，而后便继续向前猛升，穿过一片盘虬卧龙的云杉。这时雨又下了，我取下湿漉漉的太阳镜。此时的米兰达和布拉德应该不太可能在室外，所以将观察点放在视野不是那么开阔的空地上就行了；沿着海边陡坡簇拥着一排排耐寒灌木丛，我就选择在那里蹲点。要是他们谁往外看，发现我拿着望远镜，会觉得我应该是鸟类观察者。如果他们朝我靠过来，我还能拔腿撤回到小路上。

当我在满目荒凉的土地上隐约看见那所房子时，惊呆了，并非因为第一次目睹此景，而是惊讶于面朝大海的屋后竟同面朝公路的一侧风格截然不同。屋子的正门上方是块石质的装饰板，上面有几块窗户拼凑在一起，下面是两扇耸立的黑色木门，门头弯得厉害。屋后是米色粉刷的木头，窗户以及阳台都千篇一律，看起来就像个中型酒店。“因为我的朋友太多了啊。”每当我问米兰达为什么需要七个客卧，她总会这么回答。然后她就瞅我一眼，就像是我问她为什么觉得室内应该安装自来水管道一样，理所应当且不容置疑。

我发现一个不错的观察点——就在一棵生长不良的云杉下面，这棵树长得歪歪扭扭，宛如一尊盆景树。我面朝下趴在潮湿的地面上，不断调整着望远镜，直到能够把焦点集中在房子上面。我离房子大概有五十码那么远，却可以轻而易举就看到窗户里面。大致扫了一遍一楼，并未发现任何蛛丝马迹，紧接着是二楼，仍旧是空无一人。休息的工夫，我用肉眼观察着房子，想看看车行道的动静。因为目前看来，房间里根本没有人，尽管在我送米兰达回屋时，布拉德的卡车就停在门口。

早些年，我曾和一位同事出去钓鱼，他是互联网公司的投机商，也是我知道的最优秀的室外钓鱼能手。光看海水表面，他就知道鱼的准确位置。他告诉我，其中的秘诀在于：不盯着特定的区域，而是一次看尽一切，这样一来，鱼群的位置移动和水流的涌动变化，均可了然于心。当时我也尝试过这种方法，结果却只落得头晕目眩。又一轮望远镜扫视、一无所获之后，我决定把这一招用在观察自己的房子上。

我模糊地扫视眼前的一切，等待着任何能引起我注意的蛛丝马迹。我就这样一直目不转睛地盯着房子，不到一分钟，便透过最北边一间起居室的大窗户，捕捉到一些动静。我举起望远镜，紧盯着那扇窗户，布拉德和米兰达刚好走了进去。我能一清二楚地看到他们，午后低垂的太阳投射在窗户上，角度也恰到好处，室内的光线明亮却又不刺眼。我看到布拉德走向那张木匠们临时搭建的桌子。他拿起一块木头，看上去像天花板模型的一部分，递给我妻子看，一根手指在木块的凹槽里游移着，米兰达也重复着同样的动作。他的嘴唇在动，米兰达对那些话频频点头。

有那么一刻，我感觉很荒谬，一个偏执狂的老公穿着迷彩服，监视着他的妻子和承包商。然而在布拉德放下模型后，我便看到米兰达投入他的怀抱，并且还扭过头去，在他的嘴上亲吻着。布拉德的一只手向下摸索着，用力按压她的臀部，让它紧贴着自己的身体，另一只手则一把抓住她那凌乱的头发。我告诉自己不要再看下去了，但不知为何，我就是做不到。就这样一直看了至少十分钟。我看到布拉德将我的妻子按在桌子上面，掀起她的深紫色裙子，退去她的白色小内裤，从后面进入她的身体。我看到米兰达很娴熟地躺在桌子上，一只手撑着桌边，另一只手则引导着他进入自己的身体。很明显，他们之前就做过。

我无力地退坐到地上。重新回到小路时，我拽下帽子，呕吐起来，把午饭全都吐进了一个阴暗幽深、波纹迭起的水坑里。

“这事过去多久了？”听完我的故事，身边的旅伴问道。

“刚一个多星期吧！”

她眨了眨眼睛，咬了咬下嘴唇，眼睑苍白，宛如薄纸。

“那你打算怎么办？”她问。

这也是我最近一直在问自己的问题。“说真的，我想杀了她。”我笑着，嘴巴却因酒精的作用而麻木，我故意冲她挤挤眼，好让她觉得我是在逗她，但她一脸严肃，挑了挑红色的眉毛。

“嗯，你是该这么做。”她说。我以为她是在玩笑，也正等着相应的暗示，但她目光坚定，没有给出半点回应。再次端详她时，竟发现她那么漂亮，比我刚开始想的还要美。她的美超凡脱俗，跨越时空，就像文艺复兴油画里的主角一样。相形之下，我的妻子却像是20世纪50年代色情杂志封面上的那群人，她们迥然不同。最后还想说点什么时，她却歪过头去听沉闷的喇叭了，那里传出了即将登机的消息。

第2章　莉莉

那年夏天，我刚满十四岁，母亲邀请一位名叫切特的画家来我们家同住。我不记得他姓什么了。说实话，即便曾知道，如今也忘了。他来了，并且住进了母亲画室上面的小房间。他戴着一副厚厚的深框眼镜，留着浓密的络腮胡子，上面总点缀着油彩，身上还有一股烂水果的味儿。母亲介绍我们认识时，我记得他迅速瞟了一下我的胸部。那时正逢炎炎夏日，我只穿了条毛边短裤和一件背心。我的胸部只有蚊子叮的包一般大小，但他还是会偷看。

"莉莉你好，"他说，"叫我切特叔叔吧。"

"为什么？你是我叔叔吗？"

他放开我的手，笑了起来，笑声响亮急促，就像要熄火的发动机。"嘿，我感觉这里已经像自己的家了，你父母对我真好，可以安心画一整个夏天啦，天哪，真不可思议！"

我一言不发地走开了。

那年夏天的房客也并不只有他一个。事实上，蒙克屋从来都不止一个房客，尤其是在夏天。在手头的教学任务逐渐结束时，我父母便可以专注于他们真正的爱好——酗酒和通奸。我并不是说自己的童年有多悲催，不过是如实回忆罢了。那个夏天，那个有切特的夏天，食客、毕业生、新欢旧爱，来来往往，就像扑火的飞蛾，前赴后继。而这些不过是房客罢了。我的父母总是乐此不疲、没完没了地举办派对，我也只能躺在自己房间的床上，听着派对上的嘈杂与喧闹。里面有熟悉的交响乐，伴着开怀大笑、古怪刺耳的爵士乐和敲打纱门的声音。进入尾声，也就是凌晨时分，有人号叫，有人哭喊，有人重重地摔在卧室门上。

切特和一般房客的性质略有不同。母亲认为他是个外来画家，我猜那是说他既不是她学院里的一员，也并非学生或是访问艺术家吧。记得爸爸曾这样告诫我："他是你妈带回来住一整个夏天，一个无家可归的人渣。你要离他远点，莉莉，要我说他八成有麻风，天知道他胡子里都埋了些什么！"我觉得这告诫并非出自爸爸的本意，他是为了妈妈好才这么说的，因为她也能听得到——然而爸爸却一语成谶了。

我从小就住在蒙克屋，这座维多利亚时期、野草蔓生、破败不堪的百年老宅是爸爸命名的。它坐落于康涅狄格州的深山老林里，从纽约到此需要一个小时的行程。我的父亲名叫大卫·金特纳，是一位英国小说家，他曾将自己的首部也是最成功的小说《寄宿学校的性闹剧》改编成电影，并从中捞获一生中的大半财富。这部小说曾在 20 世纪 60 年代末轰动一时。他以访问作家的身份来到美国西保格大学，并在那里遇见了我母亲莎朗·亨德森，一位享有终身教职的艺术系抽象主义学者，从此定居了下来。两个人一起买下了蒙克屋，认购前这座房子并没有名字，妈妈怀我那年，爸爸计划合理使用六个卧室以收留既有创意又聪明的房客，男女都行。他觉得可以使用弗吉尼亚和伦纳德·伍尔夫他们的房屋名，而且他最爱的音乐家就叫塞勒尼厄斯·蒙克。

蒙克屋有很多独特之处：一些没用过的太阳能板，上面爬满了常青藤；一间放映室，里面安放着老旧的电影放映机；酒窖地面上布满尘土，屋后有一方卵石状的小游泳池，几乎从未被清理过。时过境迁，如今游泳池已经变成浑浊肮脏的池塘，塘底和池壁布满了水藻，水面始终覆盖着一些枯枝烂叶，过滤器因为长期不用，被老鼠、松鼠的浮尸堵住了。那个夏天伊始，6月里的一天，天气刚好，温和宜人，我试着独自清理那个半满的泳池，揭掉霉变发黑的油布，找到用来撇树叶的捕蝶网，用塑料管子向池子内注水。我分别请爸妈帮忙，请他们下次去购物时带些泳池药剂回来，妈妈的回应是："我可不想让我的宝贝女儿整个夏天都在一池药剂水里游泳！"而爸爸则答应会专门去一趟商店，可我知道话还没说完，他就已经把答应的事抛到九霄云外了。

不管怎么说，那个夏天前一半时光里，我还是在池中游泳了，我告诉自己至少我把这变成自己的专属地了。池水转绿，池底和池壁上也布满了滑滑的黑色水藻。我于是把它想成一方池塘，一方藏在深山老林里的池塘，那是个只有我自己知道的秘密地方，乌龟、鱼儿和蜻蜓与我相伴。我在黄昏时分游泳，这时蟋蟀叫得正欢，盖住了从屋前门廊上传出的派对声。就是在这样的黄昏游泳时，我第一次注意到了切特，他拎着个啤酒瓶，在树林的一端注视着我。"水怎么样啊？"发觉自己被发现时，他问道。

"还行吧。"我说。

"我竟然不知道这后面有个水池。"他走出林子，走到落日的余晖中，身着一件白色工作服，上面溅了些油彩。他抿了一口啤酒，泡沫挂在络腮胡上。

“这个池子除了我没人用。我爸妈不喜欢游泳。”我在深深的池子里踩着水，庆幸水色深绿浑浊，这样他就看不到我穿泳装的样子。

“什么时候我可能也来这儿游泳！你介意吗？”

“不啊，你随便。”

他一口气把啤酒喝完，拿开瓶子的时候还噗的一声。“天哪，我多想画下这个游泳池啊！或许你会让我把你也画进去，可以吗？”

“我不知道，”我说，“你什么意思？”

他笑了笑。“就像现在这样，你在水池里，在这光线下，我想画一幅画。我画的大多是抽象画，不过这幅……”他声音渐渐变小，挠了挠大腿内侧，停顿片刻后，他问道，“天哪，难道你不知道自己有多美吗，简直太美了！”

“不知道。”

“真的，你是个美丽的姑娘，我本不该这么说，因为你还小，但我是个画家，这么说也没关系。我懂美，或者说至少我假装懂得，”他笑着说，“你会考虑考虑吗？”

“我哪知道还会游多久，水有点儿脏。”

“好吧。”他向我身后的树林子望去，慢慢地敲着自己的头，“还得来瓶啤酒，要带什么吗？”他把空瓶子倒了过来，啤酒滴在未割的草丛里，“你要想喝的话，我给你也带一瓶啊。”

“我不喝啤酒，我才十三岁。”

“好吧，”他回应道，又在那儿看了一会儿，等着看我会不会从水里上来，他嘴巴微张，又挠了挠大腿内侧。我保持刚才的姿势，踩着水扭过头去，这样就看不见他了。

“奥菲莉亚，”他像是自言自语，接着又说句，“好吧，再来瓶啤酒吧。”

他走后，我便出了泳池，想着这个夏天游泳的时光也就到头了。拜切特所赐，我的秘密水池再也不是秘密了。我裹上带过来的大号沙滩浴巾，跑到二楼离我卧室最近的卫生间里，胸口气得胀痛，心中的闷气就像只慢慢鼓起来的气球，但又不会砰地炸掉。我把卫生间里咯咯作响的排气孔开到最大，淋浴一直开着，然后不断地尖叫着，骂着我知道的最难听的话。我尖叫，不仅因为生气，也是想阻止自己哭出来。但这尖叫却无济于事，我还是坐到瓷砖地面上，哭到声嘶力竭。我想到切特，他那样恐怖地看着我！我也想到父母，为什么他们总搞得满屋子都是陌生人？为什么他们就只知道疯狂地做爱？冲过澡后，我回到卧室，面对装在衣柜门中的全身穿衣镜，注视着赤裸的自己。从出生到如今，我的生活里充满了有关性的东西。最早的记忆之一，就是在某次沙滩旅行中，爸妈在沙丘的大号毛巾上做爱。那时的我离他们只有三英尺的距离，手里挥着塑料小铲，在一边挖沙。那时我的婴儿瓶里，还装着温热的苹果汁。

我转动身子，从各个角度观察自己的身体。两腿之间长出的红色毛发让我觉得恶心。还好胸部并不明显，不像住在路那头的朋友吉娜，已经很丰满了。我向后拉伸肩膀，胸部就完全变平。如果把手放在两腿间，那我就和十岁时的自己没什么两样。瘦得皮包骨头，红色的头发，胳膊和颈根部长着雀斑，看着颜色有点深。

尽管那晚热得难受，我还是穿上了牛仔裤和长袖运动衫，然后下楼给自己做了份花生酱三明治。

我再也不去水池游泳了。也不知道切特是不是还在那里等我出现。有时候，我看到他在楼梯最上面的一阶，那楼梯通往母亲画室上面的房间。他抽着烟，凝视着我们的房子。偶尔也会到厨房和母亲谈天，聊些艺术方面的东西。他的眼睛会望向我，移开，然后再次回到我身上。

那年夏天，爸爸的一些英国朋友来我们家拜访，其中就有一位名叫萝丝的年轻诗人。之后不久，他出去了大约三个星期。他是这样介绍我们认识的："萝丝啊，这是莉莉；莉莉，这是萝丝！不用比了，两朵都是漂亮的花儿！"萝丝身材纤细但乳房丰满，身上还带着一股烟味，闻起来像丁香。她一边和我握手，一边盯着我头上方。我真担心，爸爸走后，切特会时不时地出现。然而出现的却是另外一个有着俄语名字的男人，我喜欢他，只是因为他有一只名叫格尔基的漂亮短毛狗。自从三个月前我的猫咪贝丝死后，家里就没有再养任何小动物。这个男人在的时候，切特消失了一段时间，安全感涌上我心头。然而后来，在某个周六的深夜，切特竟然闯进了我的房间。

我知道那是周六没错，因为那晚母亲要举行所谓的"重要派对"，为此她念叨了一个多星期。"莉莉，亲爱的，看在派对的分上，周六要洗个澡啊！""莉莉，你会帮妈妈做派对上吃的希腊菠菜派，对吗？我答应你按自己喜欢的方式把派分给大家。"她很在乎那个夜晚，真是奇怪！之前她举行过很多派对，但通常都是和学院里的老师、学生一起，但这次派对，会有很多人从纽约赶过来见那个俄罗斯人。爸爸还没有回来，妈妈比较紧张，她不断用手指挠着后脑勺的短发，最后那些头发都翘了起来。那个周六，我几乎一整天都不在家；我穿过一排排松树，来到了自己最喜欢的地方——四周砌着石墙的草地，其中还有一间被长期遗弃的农舍。我一直往树上扔石头，扔到胳膊酸痛，然后便在柳树旁一块柔软的草坪上躺了一会儿。我梦见了另外一个家——一个想象中的家，父母本分无趣，还有七个兄弟姐妹——四个男孩，三个女孩。天很热。我能尝到上嘴唇上咸咸的汗水。我躺在那儿，看着天上涌起的大片乌云。听到第一声低沉的雷鸣时，我站了起来，拍掉腿上的青草，回家了。

天黑的时候，雷雨肆意拍打着蒙克屋。母亲一边喝着金酒，一边从烤箱里取吃的，她向那个俄罗斯人标榜着雷雨的妙处，称其作为派对的配乐再好不过了——不过我看得出她很失落。客人陆续到来的时候，天又放晴了，暴风雨来过的证明，不过就是些清新的空气、连缀的水滴和汹涌的水沟而已。我把开胃菜传给那些我从未见过的人，然后偷偷溜回房间，拿了两块凉玉米饼当晚饭。

在房间里吃着玉米饼，还想着读点什么。我从母亲床头一堆书里拿来过一本简装书，是约瑟芬·哈特的《情劫》。妈妈曾说自己有多不喜欢这本书，说它就是披着文学外衣的垃圾。这反而促使我拿来一读，但我压根也不喜欢它。它讲述了一个英国男人，就像我爸爸一样，和他儿子的女友发生了性关系。我讨厌里面的每个人。于是我不读了，从自己的书架上拿出一本《少女妙探》之系列十《拉克斯珀巷的密码》。我知道自己早已过了读《少女妙探》的年纪，但它是我到目前为止最爱的书。读着读着我就睡着了。

房门被打开的声音让我醒了过来。灯光从走廊照了进来，我能听到楼下传来的摇滚乐，声音很大。我面朝门蜷缩着，腰间搭着条床单。我稍稍睁了睁眼，便瞧见切特正站在门边。光线从他身后照进来，但那络腮胡、黑框眼镜以及镜边反射出的大厅灯光，都使我很容易就认出是他。他的身体微微晃动，就像大风中的树。我则一动不动，希望他能赶快离开。可能我并不是他要找的人，虽然我很明白我就是。我想过尖叫，或者试着往外跑，可整个房子始终都是各种乐器的打击声，不会有人听到我的，之后切特肯定会杀了我。所以我只能闭上眼，想着他快点走。虽然闭着眼睛，我却听到他走了进来，并轻轻地关上身后的门。

我决定就这么闭着双眼，假装熟睡。我的心怦怦直跳，但我要保持呼吸均匀，让空气从鼻子进，嘴巴出。

我就这样听着动静，切特则向前走了几步。我知道他就站在我身边，因为我能听见他湿重的呼吸声，也能闻到像水果发霉的味儿，其中还夹杂着烟酒味。

“莉莉。”他压低声音。

我动也没动。

他向前挪了挪身子，又叫了我一声，这次声音小了点。

我假装睡得很沉，什么都听不到。我拢了拢膝盖，就像每个熟睡的人会做的那样。我知道他想在我房间里干什么，也知道他想要什么，他想和我做爱。但据我所知，只有在我醒着时，他才能做那事，所以我打算不管他做什么，我都要保持熟睡状态。

我听见他的膝盖咯吱作响，牛仔裤也发出沙沙的摩擦声，闻到他呼吸里酸臭的啤酒味。他蹲在我身旁，楼下铿锵的贝斯声结束了，紧接着另外一首歌又开始了，听上去和刚才的并无不同。我听到拉链缓缓拉开的声音，每次拉动金属滑块的声音都很轻，然后是一阵有节奏的声音，好像一只手在毛衣里面来回快速地摩擦。是的，他在自慰，而不是和我做爱。看来我的计划奏效了。那声音越来越快，越来越大，他低哑而轻柔地喊着我的名字，很多次。我想他不会碰我了，但感觉胸前的空气有点不同，有一根手指沿着我乳房附近的睡衣缓慢地擦过。

房间里很热，可我浑身却泛起一股冰冷的刺痛感。我强迫自己紧闭双眼。切特用手指按压着我的乳房，尖锐的指甲挤弄着乳头，喉间发出一种介于哼哼和吸气之间的声音，然后便把手从我的乳头上拿开。我听到他一边拉上裤子的拉链，一边迅速地退出我的房间。离开时他撞到了门框，然后便关上了身后的门，甚至不再刻意保持安静。

我又蜷缩了一分钟左右，然后从床上下来，试着将写字椅堵在房间的门把手下面。这是少女妙探南希的风格。不过那椅子不怎么合适，有点儿太矮了，但总好过没有吧。这样要是切特再回来，就很难打开门了，至少椅子会倒在地上发出声音。

我以为那个晚上我会睡意全无，结果还是睡着了。第二天早上，我躺在床上，想着自己该怎么办。

我最担心的莫过于如果我把这一切告诉母亲，她就会说我应该跟切特做爱。或者因为我让他进房间，让他看到我在水池里而大发雷霆。我明白自己需要一个人默默承担这件事情。

也知道我该怎样去做。

第3章　泰德

午夜将近，我回到了和米兰达共有的那座面向海湾的褐砂石房子。站在房门前的台阶上，我望着街道上出租车的红色尾灯渐行渐远，回想着一周前去伦敦时，自己把钥匙放哪儿了。

拉开行李箱外侧口袋时，米兰达打开了大门。她半张嘴，打着哈欠，穿着一件短睡衣和一双毛袜。“伦敦之行怎么样？”她亲了我，然后问道，呼吸中带着微微的酸味，我想她在电视机旁睡着了吧。

“气候很潮湿。”

“赚钱了吗？”

“嗯，湿气挺重的，也赚了点钱。”我随手关上门，把行李丢在硬木地板上。整个房间都是外卖的泰国菜味。“没想到你在这儿，”我说，“还以为你在缅因呢。”

“我想见你，泰德。这都一个星期了，你喝醉了吗？”

“飞机晚点了，我喝了点马丁尼，很难闻吗？”

“是啊，去刷刷牙，上床睡觉吧，我好累。”

我看着米兰达爬上陡陡的楼梯，往二楼的卧室去了，她小腿上的肌肉一紧一松，睡衣随着她的屁股来回摆动，然后我又想起布拉德·达格特把她摁倒在木桌上，掀开她的裙子……

我下到地下室，走进厨房和餐厅，在冰箱里找到一盒红咖喱虾，也没加热，坐在切肉的案桌旁把它吃完。

我开始头痛，口渴难耐。在机场休息室喝了那么多金酒后并未休息，心里很不好受，而后又上了飞机。

酒吧遇见的红发女郎也在商务舱，在过道的对面，我后面一排。登机后，尽管已暂时不再讨论我妻子的不忠，我们还是隔着过道说着话。我旁边靠窗的一位老太太见我们聊得挺欢，便问："你和你妻子愿不愿意坐在一起？"

"谢谢，"我说，"我们很愿意！"她坐定之后，我又从空姐那里点了杯金汤力，并再次询问她的姓名。

"我叫莉莉。"她说。

"莉莉？姓什么呢？"

"我可以告诉你，但我们先来玩个游戏！"

"好啊！"

"很简单，我们在同一班飞机上，而且又要飞很久，以后我们也不会再见面！那我们就开诚布公地聊聊，聊什么都行。"

"你连姓什么都不告诉我。"我说。

她笑了。"确实。但这也就是我们的游戏规则啊。如果我们都彼此认识，那这个游戏就没意思了。"

"举个例子呗！"

"嗯，我最讨厌金酒，所以点了杯马丁尼酒，因为你面前的那杯看起来很精致。”

“你确定？”我说。

“不做评价，”她说，“该你了。”

“嗯……”我想了想说，“我太爱金酒了，有时都担心自己酗酒。如果由着我的话，一晚上就得来六杯。”

“不错的开始，”她说，“你可能有酗酒问题。你妻子出轨了，那你呢？你睡过其他女人吗？”

“没有，也有……吉米·卡特说过什么来着，当然有时心里会有那种欲望，比如说，我已经想象着和你做爱了。”

“你有？”她扬起眉毛，有点吃惊地看着我。

“开诚布公啊，忘啦？”我说，“有什么好惊讶的，你遇到的大多数男人，在认识你五分钟内，都可能想些和你有关的下流事。”

“真是这样吗？”

“嗯哼。”

“有多下流？”

“你不会想知道的。”

“那可不见得。”她说着，往我这边坐了坐。我喝了口金汤力，冰块碰撞着我的牙齿。

“挺有意思的，”她说，“只是难以想象刚见到一个人就立马想和他们做爱是什么感觉。”

“确切地说，也并非那样，”我说，“更像是你在看到一幅场景时情不自禁的反应。就像是，我们在登机口排队，我看到你，把你想象成裸体的。事情就是这样。难道女人从不会这样？”

“突然想象着和一个男人做爱吗？不，不会的。女人是不一样的。

我们好奇的是刚遇见的这个男人想不想和我们做爱。”

我笑着说：“好吧，他当然想，只是幻想。不过相信我，你不会想知道更多了。”

“看，这游戏是不是很有趣？现在何不告诉我你想怎么弄死你妻子？”

“哈哈，”我笑道，“我不确定自己是不是真想那么干。”

“你的真实想法是？说那段往事的时候，你的表现让我琢磨不透。”

“我得承认，看到他们在我房子里缠绵之后，如果我有一把枪，我可以很轻易地隔着窗户打死他们俩。”

“就是说你还在想着杀她喽。”她说，这时飞机开始发出起飞前的轰鸣声，我们各自扣紧安全带，我又喝了一大口酒。每次坐飞机我总是这么紧张。“听着，”她继续说道，“我可不想诱使你说些自己不想说的话。我只是感兴趣而已。这也只是游戏的一部分。开诚布公嘛。”

“你先吧。你只告诉我自己不喜欢金酒。”

“嗯，”她思考片刻，“说真的，我觉得，谋杀也并不像很多人认为的那样，有多不好。每个人都不免一死，这和在上帝预定的时间之前处理掉变质的苹果没什么区别。举例来说，你的妻子，看上去就是个需要处理的苹果。”

飞机刚才的嗡嗡声变成嘶鸣，机长通知机组人员就座。有那么一刻我很庆幸，自己不用立刻回答身边这位女士的问题。她的话回应着我脑海中蔓延了一周的想法，我沉醉于杀死妻子的幻想中。我一直对自己说，杀死米兰达也算是为人间除害，而旁边的这个路人甲也瞬间教会我谋杀的道义。我惊讶于她的一番言辞，也停留在醺醉的状态中——金酒的酒劲漫过全身，我不禁好奇为什么人们总想要清醒。在半醒半醉之间，我想如果是在私密些的场合下，此时我定会拥着莉莉，亲吻她。然而，飞机起飞以后，我却又继续说了起来。

“我得承认，杀掉妻子的想法对我来说颇有吸引力。我们签有婚前协议，米兰达虽拿不到我的一半家产，但也会得到不少，足够她无忧无虑地过下半辈子了。协议倒是没讲到外遇，我可以雇个律师，让他找个侦探，然后提起诉讼，不过这可不便宜。到头来，这就是件费时费钱、丢人丢脸的事情。

“她要是主动来和我说这个事，哪怕是告诉我她爱上达格特，想离开我，我也会答应离婚。我会恨她，但日子还得过下去。可我就是忘不了，就是放不下……那天他们在我新屋里做爱时的表现。之前跟他们说话，他们竟表现得那般淡定从容、问心无愧。米兰达撒谎真是轻而易举，真不知道她怎么学成这样。可转念一想，加上我对米兰达的了解，连同她那左右逢源的伎俩，瞬间便意识到这不就是她吗？一个庸俗肤浅的大骗子！甚至都有点变态。我不明白之前怎么都没觉察到这些。”

“我想她当初不过是在做给你看。你们是怎么认识的？”

于是我告诉她我们是如何相识的。那是一个夏天的晚上，在新埃塞克斯，我俩的一个朋友举办一场乔迁聚会。那时我一眼就看见了她，其他客人都穿着夏季连衣裙、紧扣的衬衫，而她却穿着条牛仔裤，裤腿剪得特别短，短到连下面的白色口袋都起了毛边，背心前面印着贾思培·琼斯画的靶子。她拿着罐蓝带啤酒，正在和我大学同学查德·帕瓦尼谈天，他就是这座房子的买主，此次庆典的主人。米兰达笑得前仰后合。我立马想到两件事：首先她是我见过的最性感的女人，然后就是，查德·帕瓦尼一辈子都没有说过一句笑话，她又在笑什么呢？我很快把目光转向别处，看看有没有我认识的人。说真的，看到米兰达，我胸口一震，没想到在色情杂志和好莱坞电影之外，竟还有像她这样的女人。可这事的确发生了，她就在这儿，和别人聊着天。

从查德妻子的口中，我得知了她的名字：米兰达·霍巴特。她在新埃塞克斯做了一年的家政服务。她有点文艺范儿，并在当地夏季影院的售票处找了份工作。

“她是单身吗？”我问道。

“是啊，信不信由你。你该去和她聊聊。”

“我不知道她会不会喜欢我。”

“不问问的话，你是不会知道的。”

话刚说完，米兰达朝我这边走了过来。聚会很晚才结束，我一个人坐在查德和雪莉屋后的草坡上。透过一排排屋顶，我看到大海泛着紫色的波光，时不时被远处灯塔里旋转的灯光点亮。米兰达在我身旁坐下。“听说你很有钱，”她说道，声音深沉平稳，略微有些含糊不清，“大家都这么说。”

最近，我正计划全面收购一家做图片上传程序的小公司或一家主流社交媒体网站，但是它们的要价让我觉得有点荒唐。“嗯，是的。”我回道。

“告诉你，我可不会因为你有钱就跟你睡觉。”她挑衅地笑了笑。

“我知道了，”我回答道，这话到我嘴里，听上去特别笨拙，远处成排的屋顶有点倾斜，“不过我打赌，你会嫁给我的！”

她仰起头笑了笑，声音嘶哑。刚才我第一次看到查德在讲话而她在笑着，就是这个样子。但这次是近距离看到的，那姿势并不做作。我仔细端详着她下巴的轮廓，想象着用嘴紧挨着柔滑的香颈，用力亲在上面是什么感觉。

“好吧，我愿意嫁给你，”她说，“你是在求婚吗？”

“为什么不是呢。”我回复道。

“那么我们什么时候结婚？”

“大概下个周末。我想这事我们急不得。”

“是急不得，这可不是儿戏！”

“我很好奇，”我说，“我知道自己能为婚姻带来什么，那你呢？你会做饭吗？”

“缝衣做饭都不会。我会打扫卫生。你确定真想娶我？”

“荣幸之至。”

我们还聊了其他的，然后我们亲吻了，就在那个草坪上，我们的牙齿和下巴相互碰撞，真尴尬！她又哈哈大笑起来，我告诉她结婚的事吹了。

其实并没吹。我们确实结了婚，不是一周后，而是一年后。

“你觉得她从一开始就在耍我吗？”我问莉莉。飞机已经起飞了，我们置身在空中旅行的特殊氛围中，穿行于不同的国度，以可怕的速度上升到冰冷的高处。机舱里的空气、柔软座椅和机械规律的蜂鸣声，竟让我们觉得平静。我们丝毫察觉不到外面的世界。

“可能吧！”

“可她朝我走来时的样子……一开始就说我是如何有钱的言辞，对她来说就像个笑话，如果想找个老公，她绝不会说那些的。”

“欲擒故纵。开门见山，看起来还天真烂漫。”

我寻思着，沉默不语。

“嘿，”她接着说，“就算她利用了你，但不代表她对你没感觉，不代表你们没有一起共度美好时光啊！”

“我们确实有过在一起的美好回忆，但如今她正在和别人逍遥快活。”

“那她看上布拉德什么呢？你想过没有？”

“你什么意思？”我问道。

“她有什么好处呢？她是在拿婚姻冒险。就算她能拿到半数财产，可能也得不到正建造的房子——那座梦寐以求的海景房。跟布拉德在一起，就把这梦想给毁了。”

“此事我想了很多。刚开始我以为她爱上他了，不过现在我觉得她不会真的爱上任何人。我想她是觉得无聊，除了把我当成收入的来源，她已经和我没什么瓜葛。她是不会改变的，如此年轻漂亮的她，只会伤害更多人。或许我真该杀了她，把她从这个世上除掉。”

我向邻座转了转身子，但并没有看她。她的胳膊交叉着放在膝盖上，露在外面的皮肤上布满了鸡皮疙瘩。她这么冷，是因为飞机，还是因为我呢？

“那你真是替天行道了！”她说道，她的声音很轻，抬眼看她的时候，我又不得不朝她那边靠了靠，“就像我之前说过的那样，我深信每个人都终有一死。你如果杀了妻子，也不过是做了件迟早会发生在她身上的事而已，这样却从她手中拯救了其他人。她不是个好人，她让这世界变得更糟糕，而她对你所做的一切比死亡还要令人痛苦。每个人都会死，但并非每个人都要看着自己心爱的人和别人厮混。她才是始作俑者。”

在阅读灯发出的黄色光晕中，我能看到她淡绿色眼睛旁不同颜色的雀斑。她眨了眨眼，纸一般的眼睑点缀着斑斑驳驳的粉色眼影。我们俩脸颊之间的距离很近，近到比做爱还要亲密。不经意的对视让我感到惊讶，刚刚正要注视她眼睛的时候，我却突然发现她的手正放在我的裤子上。

“我该怎样杀掉她呢？”我问道，感觉四肢上起了一层鸡皮疙瘩。

“用一种你不会被抓的方法。”

我笑了，短暂的迷惑被打破。

“容易吗？”

“容易啊！”

“要再来杯喝的吗，先生？”服务员问道，她有一头深褐色头发，身材高挑、臀部扁平，还涂了亮粉色的腮红，一只手正伸向我的空酒杯。

我想再来一杯，但当我将头转向服务员，忽然感到一阵眩晕。我回绝了，只要了杯水。转身过来时，邻座正打着哈欠，她伸展着胳膊，手指末节碰了碰前排软座的椅背。

“累了吧？”我说。

“有点儿，我们还是继续聊吧，这是我在飞机上最有趣的一次谈话了。”

一阵疑惑，伴随着刺痛向我袭来。这只算作有趣的谈话吗？我仿佛听见她第二天便对朋友说：你肯定不会相信，我在机场遇见这么个怪人……他竟然把如何杀死妻子的所有计划都告诉了我。她好像看穿了我的心思，用手碰了碰我的胳膊。“不好意思，”她说，“刚才的话太随便，但我重视你所说的这一切，就像你希望的那般重视。记着，我们是在玩真心话游戏，而真心话就是你要杀妻的决定我很理解。她对你并不坦诚，嫁给你是为了利用你。她拿着你赚的钱，现在却又和另一个赚你钱的男人搞外遇。在我看来，她罪有应得，死有余辜。”

“天哪，你不是在开玩笑吧？”

“我没有开玩笑，但我只是你飞机邻座上的陌生人，你要自己做决定。杀妻的想法与真正去做有着天壤之别，而杀掉一个人与摆脱梦魇之间的区别却又更甚。”

“这难道是你的经验之谈？“

“我保持缄默，”她说着，又打了个哈欠，“你不介意的话，我真的要睡一会儿。你继续考虑妻子的事吧。”

她把椅子后倾，然后闭上眼睛。我也想让自己睡着，却思绪万千。确实，我曾想过要不要真的杀了妻子，但现在，我已经把这个想法大声地说了出来。而且对某个人来说，这主意还不错。身边的女人认真吗？我转过身看着她，她已经发出沉重的鼻息了。我端详着她的轮廓、精致的鼻子、微翘的鼻尖、紧闭的双唇。合在下嘴唇上的上唇几乎没有弯曲。她那稍稍弯曲的长发拢在耳后，耳朵很小巧，也没打过耳洞。颜色最暗的雀斑横跨在鼻梁上，凑近一看，便发现那张脸上的大部分地方都长着雀斑，像一条银河，充满了细不可见的斑点。她忽然深深吸了一口气，胸部鼓了起来，并朝我歪了过来。在她把头靠在我肩膀上时，我把脸转向另一边。

这样的姿势保持了一段时间，至少有一个小时。我不忍抽回的胳膊，开始变得疼痛、麻木，失去知觉。我又点了一杯金汤力酒，想着她说过的有关谋杀的那些话。她说的有道理。为什么夺走一条性命就是件糟糕的事呢？在这个星球上，每时每刻都有新生命降临，而现在这里的每个人都会死去，有的死得很惨，而有的就像按下快门一般倏忽陨落。有人会认为谋杀是违法的，其实这只是还活着的人的想法，因为死去的是他们所爱的人。但如果是那些从没有人爱过的呢？米兰达有家人也有朋友，但我渐渐意识到，在我们结婚的这三年里，他们都知道她是什么样的人。她是个工于利用他人的肤浅之人，靠脸吃饭并以此为荣，过着衣来伸手饭来张口的日子。人们会哀悼她，但很难想象会有人真心怀念她。

飞机开始上升，又往下沉了一点。广播里传出飞行员浓厚的美式英语："各位，我们刚刚碰上一小股气流，在我们穿过这股颠簸的气流之前，请大家都回到各自的位子上，系好安全带。"飞机忽然下降时——就像是一辆汽车飞快地驶过山丘，我喝完了那杯酒。身后的女人喘着粗气，邻座也突然惊醒，抬头用她那双绿色的眼睛看着我。她正依偎着我的胳膊，我不知道飞机的突然晃动和她的姿势比起来，哪个让她更惊讶。

"小气流而已。"我说道，虽然自己的胃也随着飞机的第一次下沉而震动，因恐惧而绷紧。

"哦。"她坐直了身体，用手掌揉了揉双眼，"我正做梦呢！"

"梦见什么了？"

"不记得了。"

飞机猛烈震荡了好多次，然后开始恢复平稳。

"我一直在想我们刚才谈论的。"我说。

"然后呢？

第4章 莉莉

切特来我家的前一年，漂亮的橙色猫贝丝还活着。一天早上，我发现她被一只暗黑色的大野猫困在菜园子的栅栏前。贝丝嘘嘘地叫着，竖起身上的毛，不过显然是在撤退。只见那只凶猛的公猫跳到贝丝的背上，爪子紧紧地扣在她的腰上。我知道猫基本上是不会尖叫的，但是我只能用尖叫来形容贝丝当时发出的声音。差不多就像人恐惧时发出的尖叫声那样。我冲上前去，拍着手，那畜生飞快地逃走了。我把贝丝带回家，检查她身上的毛皮，看有没有流血。虽然没有，但我知道那只可恶的公猫还会回来的。

"那就把贝丝关在屋里吧。"妈妈说。

我试了几次，但贝丝会在门前喵喵乱叫，那个学期爸爸正在家里召开专题研讨会，学生们在周二和周四的晚间来了又走，这期间他们会打开前门，在我家的台阶上抽烟，这样一来，贝丝就可以轻易逃出家门。

那是春天，天气渐暖，我开着窗睡觉。一天清早，黎明刚过，我就听到贝丝在外面哀嚎，那是种很强烈、很恐惧的声音。我提上运动鞋，飞奔下楼，跑到后花园。在大清早的灰暗光线中，我立马就发现了它们，贝丝又退到栅栏边，那只可恶的黑猫伏在地上，准备攻击。那一刻是如此的可怕，它们纹丝不动，就像自然历史博物馆里的展品一般。我拍着手、叫喊着，可那畜生只是扭过丑陋蓬乱的头，漠然地打量着我，然后又转头盯住贝丝。我知道接下来，一旦这只凶猛的公猫瞅准时机，便会置贝丝于死地，可能不在今天早上，但一定会在某个早上。我决定不惜一切阻止这件事情发生。

在我家尚未建好的露台旁边，有一堆铺地用的石头。它们在那儿放了很长时间，其中一些石头上都长出了苔藓。我捡起一块自己能拿得动的、最大的石头。石身棱角锋利，上面还滴着露水。我敏捷而又悄悄地走到那只野猫的身后，我根本不用蹑手蹑脚，它一点也不怕我，只想着恐吓贝丝。我想都没想，便把石头举过头顶，用尽力气猛地向它砸过去。在最后那一刻它转头尖叫一声，石头的棱角砸中它的头骨，整块石头压在它身体的其余部位。贝丝箭似的跑开，飞奔着穿过后院，我从没见它跑这么快过。那只野猫的身子抖了几下，然后就躺在那里不动了。我转身回房，想着卧室一定亮起灯，整座房子的人可能都被这谋杀声给吵醒了，但房子里几乎还是鸦雀无声的。

谋杀就是这么简单。

通往地下室的盖板门没锁。我在黑暗的、堆满落叶的台阶上匍匐着，在玄关里摸索着，找到一把立在墙边的雪铲。我用塑料雪铲的铲边拨开那只野猫身上的铺路石，然后又把铲子铲入尸体的下方。在那蓬乱的头上我看不见有什么伤痕，我害怕这只猫并没死，只是被敲晕了，随时都会醒过来，对我嘶叫，满怀仇恨。但当我铲起那只猫，它就如死物一般地扑通落下，我突然闻到一股恶臭，原来它在临死时喷了一尾巴的粪便。我本以为会是血，却没想到会有屎。那臭味令我作呕，但我还是很高兴自己杀死了这只可恶的猫。

它并没有我想的那么重，只是硬硬的皮毛让它看起来大一些，当然，实际上它确实够沉的。我努力把这只野猫搬了约十英尺，在林子的边缘，把它扔在一堆枯枝烂叶上。又花五分钟时间挖了些垃圾丢到它身上，直到完全掩埋了尸体。万事大吉。家人是无论如何都不会到这片小树林来的。

我爬回床上，打着寒战，以为不会再睡着了，却又很快进入了梦乡。

之后的几天里，我会去检查那只野猫的尸体。它依旧躺在那里，没有被扰动的痕迹，苍蝇嗡嗡嗡地围绕在四周。直到某个早上，尸体不见了。我猜那应该是被狼或狐狸给叼走了。

贝丝又恢复了它的正常生活，在房子里来回走动，有时它会在我的脚踝边蹭来蹭去，或是在我的大腿上咕噜咕噜叫，我想那就是在感激我所做的事。它收回了自己的领地，一切安然。

切特在派对那晚的所作所为，立马唤起了我杀死大野猫的回忆。它给了我杀掉切特并摆脱谋杀罪愆的想法。看起来最关键的是尸体不被发现。如果这法子行得通，我就要先了解些有关切特的事情。派对那晚过后，切特好像消失了一段时间。他没走出那间屋子，也不来我们屋里。可有天晚上我确实看到他了。他站在草坪上，抬头看着我房间的窗户。我关灯上了床，也就在那个时候我看到了他，就在那儿，身子摇摇晃晃，像一棵伫立在微风中的树。他一直在看我。我还是开着窗，并把窗帘掀开了一些，好让空气进到屋里。我觉得害怕，觉得自己很愚蠢，眼泪夺眶而出。但我告诉自己，再不会因为切特掉眼泪了。现在我敢肯定他正等待良机，把我奸杀了。我不想把这事告诉妈妈，因为我觉得她会站在切特一边，她会问我为什么要小题大做。爸爸仍然在外面陪着萝丝，那个英国诗人，妈妈有时候在半夜谈论起这事的时候，那语气听起来就像爸爸不会再回来似的。她在厨房里做鹰嘴豆泥的时候，我问过她一回。

“爸爸来电话了吗？”

“你爸没来电话，”她一字一顿，以达到最大效果，“上次有你爸的消息，是听说他在纽约出了丑，所以我在想我们应该很快就会见到他的。你在担心他吗，宝贝？”

“没有啦，我就是问问。切特呢？他走了吗？”

“切特？没有啊，他还在这里，为什么要问他呢？”

“就是最近没看见他，以为他搬走了，这样我又可以去楼上那间屋子了。”我很喜欢妈妈画室上面的那间小屋子，那里的墙壁刷得白白的，窗户也很大。里面还有一把红色豆袋椅，有点旧了，本来是放在我们房间里的，后来搬到上面去了。塑料材质的椅子背面有一道裂口，里面填充的小颗粒慢慢都没了，但我却怀念这把椅子，当屋子里空荡荡时，我会带几本书在那里读。

“你现在也能去啊！切特又不咬人。”

“他有车吗？”

“他有车吗？天哪，我可不觉得他有，除了寄居在我们的屋檐下，我想他现在连个住的地方都没有吧。”

“如果他没有车，又怎么到这里的呢？”

她笑了，舔掉手指上的豆泥。“我小资的女儿啊，亲爱的，并不是人人都有车的。人家是从城里坐火车过来的。你今天怎么问了这么多有关切特的问题啊？不喜欢他吗？”

“不喜欢，他很恶心。”

“哈，你这么说真像你爸爸。好吧，不管你们俩怎么想，切特真的是搞艺术的，给他安排个住处，是为了让他能够在这个夏天钻研艺术，我们这么做可是为艺术界做了个大贡献。记住，莉莉，世界可不总以你为中心。”

从妈妈那里我已经知道了自己想要的信息。切特没有车，是坐火车来的，这就表明他随时都可能打包走人，永远消失，这样的话我的谋杀大计就容易多了。我开始着手准备，在旧农舍旁边的草地上，花时间收集自己搬得动的大石头。我还故意让切特瞧见我，拖一把老旧躺椅，放在院子里有阳光的空地上，而那片空地就在画室和主屋的中间。我可不希望他躲着我，因为让他在一定程度上信任我并和我建立某种关系，至关重要。刚开始几天，我躺在阳光下，戴着耳机读着书，切特并没有出现。有那么一两次，我感觉他的身影出现在房间的玻璃板条门上，他在看我。有一天他出来走走，抽根烟，就站在楼梯口，身上穿着那件溅有涂料的工作服，里面没穿衬衫。我正在读一本阿加莎·克里斯蒂的小说，偷瞄了他一眼，他朝我这边点了点头，举了下手。我第一反应是不理他，不给他好脸看，但还是强迫自己挥手回应。

第二天再回到原来我看书的地方时，天气闷热潮湿，在那种鬼天气里，一醒来便汗涔涔地想去冲冷水澡，一出浴室又冒汗。我穿上自己的绿色比基尼。这身衣服穿了两年，但身体没怎么发育。上身还挺合适，但下身就有点紧了，臀部那里开始凸显。我还穿了一条马德拉斯格纹的短裤。那是刚入夏时，我请妈妈给我买的。妈妈说我穿着有些奇怪，像肯尼迪家族的人，但最终还是买给我了。我带着书和一瓶防晒乳去了躺椅那边，椅子正对着切特的屋子。我讨厌太阳，讨厌高温。我长着红色的头发、带雀斑的皮肤，而太阳只会让我的雀斑颜色加深。我涂上防晒乳，揣摩着瓶身上防晒指数高是好是坏。我留意着切特的屋子，很快便发现他正向窗外偷看。我能看到他黄色的烟头忽明忽暗。十五分钟过去了，我一边听着磁带中的《悲惨世界》，一边读着《沉睡的谋杀案》，这时切特出现了，手里还端着一杯咖啡，他从画室的台阶上走下来，信步朝我躺的地方走了过来。

“嘿，你好啊，莉莉。”他说道，站在离我五英尺远的地方。胳膊和肩膀露在外面，高挂在空中的太阳晒在他的汗毛上，他整个人似乎都被照得发亮，身上的味儿闻起来好像很多天都没洗澡。

我也回了句“你好”。

“你在看什么书呢？”

刚开始，我不屑一顾地朝他举起书的封面，而后便想起来自己应该对他好一点，这样等我去他房间时他就不会起疑心。“阿加莎·克里斯蒂的作品，”我说，“《马普尔小姐》系列。”

“不错嘛。”他说道，啜饮起杯中的咖啡。和他的其他物件一样，杯子上面也覆盖着一层颜料。“一切都好吗？”他问。

我知道他是想问那天晚上他去我房间做了那件事后，我们两个的关系还好吗。他想知道我还记不记得那天他去过我房里。“挺好啊。”我回答道。

他点了点头道：“这儿太他妈热了。”

我耸了耸肩，继续看书。我已经尽力去做了，也真的不想再跟他说话了。我假装在读书，但还是能感觉到他在打量我。汗水在两条比基尼吊带交错的地方汇聚，有一滴沿着我的胸口滑落，很痒人。尽管汗滴的滚落就如同切特利刃般的眼睛一样，在切割我的身体，但我还是强迫自己不去擦掉，只因切特在注视我。他嗞嗞地喝了口杯子里的咖啡，然后便走开了。

爸爸回来了。又是几场吵闹和哭泣。那个俄国人走了。有一段时间，爸妈一直形影不离，像过去那样在没建好的露台上喝着酒，听着舒缓的爵士乐。爸爸的回归给了我一些开心的理由，其中的一条就是：随着他们把注意力都放在彼此的身上，我便可以专心除掉切特了。我在草地上准备好了一切，那堆石头越聚越多，废井里也布好了绳索。现在只剩下选个好日子了，一个没人发现我穿过院子到切特那儿去的日子，或是没人看到我们一起在树林里散步的日子。那是一个静谧的周四，就在爸爸回家三天之后。那个下午，我正在屋里重读《畸形屋》，听着爸妈喝酒时发出的咕哝声。他们很早就喝上了，午饭时共享了一瓶美酒，然后便走到外面的露台去了，一边喝金酒，一边听着歌。一曲终了后，还没放新歌，我便听见他们咚地关上卧室门，然后大笑。我朝自己卧室的窗外望去，薄暮初至，附近的树林拉长了身影，穿过杂草丛生的庭院。我很清楚，这便是最佳时机了。此时的蒙克屋没有其他访客，而爸妈不到明天早上就不会从卧室出来。

我穿上牛仔裤、袜子和运动鞋。蠓虫出来了，我可不想它们咬我的脚踝。我找了件有些年头的白色背心，背心上绣了只蝴蝶，穿上去有点紧。我必须确保切特会跟我一起去草地。我把亨德森外公送的那把折叠刀放进前兜。我没打算用它，但它贴紧在大腿的感觉真是棒极了。切特这人难以捉摸，我可不想在抵达那口井之前，让他有机可乘，跟我做爱。此外，我还从楼梯下面的衣柜抽屉里拿了只小电筒。树林总是阴沉沉的，尤其是在黄昏时分。

我出了前门，走下木台阶，朝柏油路走去。穿过庭院，我突然担心天很快就暗了。画室后面的天空点缀着粉红色的云朵，看起来像幅水彩画。经过躺椅的时候，我闻到一股烟味，抬头去看，切特正在快步走向楼梯口。太好了，这样我就不用去敲门，也不用担心被他拖进房间了。

“嘿，小莉。”他招呼道。这称呼听上去很奇怪。

我停下脚步，抬头看着他道：“切特，能帮我个忙吗？”我不认为自己曾经喊过他的名字，那个词从我嘴里说出来，听着很奇怪，就像不该说的脏话一样。

“帮个忙？我愿为你做任何事，任何事！你就是我的朱丽叶，我的玫瑰。”他把手放在胸前。我知道他是在模仿莎士比亚的戏剧桥段，不过用错了地方。朱丽叶是在阳台上，下面的才是罗密欧。

“谢谢，你可以到这儿来吗？”

“只消片刻，我就过来，我的朱丽叶。”他说着，把香烟弹出一条高高的弧线。烟落在马路上，火星四溅。他回到屋里，而我在外面等着。本以为自己会紧张，但其实并没有。

第5章 泰德

从洛根机场取过行李，我便和莉莉穿过E号航站楼里的空载出租，往中央停车场走去。当昏暗的停车场内只剩下我们两人时，她便拦住了我。飞行员告诉我们，波士顿的当前气温为54华氏度[①]，然而一阵呼啸而过的风卷起地上的纸屑，让人觉得比实际温度冷得多。

“我们一周后见吧，”她说，“选个见面地点吧。要是我改变主意，就不去了。如果你改变主意，也就别去了。就当咱们俩之间的这场对话从未发生过。”

“好。那我们要在哪里见面呢？”

“说一个没有熟人的城市吧。”她说道。

我想了一会儿。“嗯，康科德怎么样？”

“马萨诸塞的康科德，还是新罕布什尔的那个？”

“马萨诸塞的那个。”

① 约12摄氏度。

我们相约下周六下午 3 点，在康科德河酒店的酒吧见面。“你要是没来，我不会感到奇怪，”她说，“也不会失望。”

“我也是。”我回应道，和她握了握手。和一个要帮自己杀妻的人握手，感觉有种不寻常的正式。莉莉微微一笑，仿佛也有同样的感觉。她的手在我手里显得那么小，感觉像一件精美的瓷器，脆弱易碎。我强忍着揽她入怀的冲动。

我转而问道：“你是认真的吗？”

她松开了我的手，说：“一周后你就知道了！”

周六那天，我早早就来到了康科德河酒店。莉莉让我选一个没有熟人的城市时，我选择了康科德。这里确实没有一个熟人，却在我的童年时代中占有重要的位置。我在米德尔赫姆长大，在康科德以西约十英里，到波士顿大概有三十英里。米德尔赫姆是个老旧的农业区，有着大片空旷的原野和许多新生的丛林。20 世纪 70 年代，这里进行了两次大范围的开发——以树木命名的独头巷道不复存在，取而代之的是大片空地上的甲板室，千篇一律。这些不断新建的房屋，是旁边莱克斯电子公司的员工宿舍，我父亲就曾在这家公司工作过。

父亲巴利毕业于麻省理工学院，是一位电脑程序员，那时候大多数人都还不知道这一行是干什么的。在莱克斯，他遇到了做前台接待的伊莱恩·哈里斯，也就是我的母亲，毫无疑问，母亲是他见过的最美丽的女人。我的确不知道时年三十岁的父亲，在遇见母亲之前从未约过会，但要是说他约会过谁，我也会吃惊不小。不过母亲二十多岁时，却曾经和波士顿大学的一个毕业生分分合合。那人曾做过两年曲棍球职业选手，后来因为膝盖受伤，便放弃自己的曲棍球生涯。她和我说过一次，在两人关系走到尽头时，她突然意识到自己在一个“花花公子”身上浪费了八年青春，于是她便发誓要找一个忠厚老实、踏实可靠的丈夫。而那个人就是我的父亲巴利·西弗森。他们只约会了六周，又过了六周他们就订婚了，然后于母亲的家乡、康涅狄格州的西哈特福市举办了一场小型婚礼。

康科德之所以会成为我生命中的一个重要地方，是因为母亲总想着要搬到这里来住。新婚燕尔之际，她就觉得自己恨透了与世隔绝的米德尔赫姆，开始迷恋这座繁华的市郊，向往带山墙的房屋、衣着光鲜的主妇，还有那充满了艺术气息的珠宝店。然而对于她的这些唠叨，父亲却颇为反感，因此母亲就会把我穿戴整齐，带上我，偶尔还有姐姐，一起来康科德吃午饭。午餐的地点常常是在康科德河酒店，之后我们就去逛商店；她会买些新衣服、新首饰，或是在康科德起司店里买些羊乳干酪和灰皮诺葡萄酒。当我在达特福特－米德尔赫姆高中读最后一年时，伊莱恩离开了父亲，搬到了康科德中心大街的一所出租公寓，对此我和父亲都不觉得惊讶。她在那儿住了一年，之后便和一个离了婚的会计搬去了加利福尼亚。

如今父亲已然退休，却仍旧住在米德尔赫姆，他在那里花时间建了座独立战争时期风格的房屋。每周四晚上我都会去看他。如果那时气温超过六十华氏度，父亲就会在烤架上给我烤块牛排。如果气温略低些，他就会做罐辣椒。姐姐每隔一年的感恩节也会过来。她和第二任丈夫以及他的四个孩子住在夏威夷，因此也只有在那个时候，我们才能见到她。她倒是会经常去看母亲，一方面是因为母亲仍在加州居住，另一方面则是因为她们很像。有时我都会想，父母离婚后，我们的家庭出现了一条性别与地理的界限。我和父亲留在东边，母亲和姐姐去了西边。

走在康科德河酒店嘎吱作响的楼梯上，不去想当年和母亲一起午餐的场景是不可能的。我们坐在贴着墙纸的餐厅吃着海鲜纽堡，母亲品着粉红佳人，而我则喝着加一片柠檬的百事。莉莉和我约定在酒吧见面，而不是这间餐厅。我都忘记了拥挤的酒店还有两个酒吧。正对着餐厅的那个呈L形，环境优雅舒适；另一个大一点，在餐厅后面。我选择了较小的那个，因为里面空荡荡的，而且从高脚凳上，还看得到通向后面酒吧的过道。我点了杯吉尼斯黑啤，告诫自己要慢慢喝，今天下午我可不想喝醉。

自上次从伦敦出差回来，这几周我一直在陪妻子。米兰达满脑子都在想着怎么布置缅因的房子。我们的书房里有一张复古的桌子，上面摆满了她从商品目录上剪下来的图案和一些从网上打印出来的物品图案。在她向我展示一件件房子里不可缺少的摆设时，我努力不去想她和布拉德·达格特的那些破事。我答应了她的一切要求：在所有浴室里贴上加热地板砖，两万美元的维京厨房设备还有室内游泳池。我一边答应，还一边想着她命不久矣，而我就是那个会亲手杀掉她的人。我不断想着这些，反复琢磨着杀妻的想法，就像是从任何可能的角度去打量一块钻石，寻找它的瑕疵或是裂缝，也寻找着负罪感或三思的理由，但我实在找不到任何放弃的理由，脑海中充斥着的就只是米兰达是个烂货，我要宰了她。

周四那天，她回缅因去了，还让我答应周末去陪她。出发之前，她把我带到书房，从那堆商品目录里选了些还想要的东西给我看。然后从手机里翻出一张图片，那是幅油画，她觉得摆在餐厅里会很不错。

“画宽六英尺，高九英尺，”她说道，“挂南墙上再好不过了。”

我看着那张小图，那是个男人的头，耳朵上着了火。

“这是马特·克里斯蒂的自画像，”她说道，“我敢说这投资绝对划算，你要是不相信我，可以翻翻他的资料。”接下来的一句话里，她说了个很荒唐的价格，还说了已“讨价还价”。

“我会考虑考虑的。”我说道。

她撒娇地跳了跳，脚不离地的那种，然后还亲了我。“谢谢，谢谢！”她的一只手按在我胯上，用一根手指在我牛仔裤的拉链上游走。尽管我对她充满恨意，但身体却有了反应。“你来缅因的时候，我再好好谢谢你，好不好？”她轻声道。

我突然想把她的身子扭过来，摁倒在桌子上，就像我所见的布拉德做的那样，却又不相信自己会这么做，不相信自己会把她的头撞进那堆目录里，骂她是个爱出轨的臭婊子。这些我都没做，只是告诉她我最早可能要到周六晚上才能到缅因州，她看起来也不怎么失望。

漫长的周末，她都在收拾行李，然后我便陪她一起走到我们存车的车库里。把行李装上迷你库珀以后，我对她说：“希望你和布拉德在缅因的时候，他没有找你麻烦。”

“你什么意思？”

“他从没有向你表示好感吗？”

她转过身，脸上一副若有所思的神情。“布拉德？没有，他很敬业。怎么，你吃醋了？”

她的回答真是无懈可击，表情里有吃惊，有沉思，却又表现得漫不经心。如果不是从望远镜里看到了他们的暧昧缠绵，我绝不会相信自己的妻子和承包商之间会有什么事。认识米兰达的头几年，我以为她会把喜怒哀乐都写在脸上，根本不懂得欺骗。那时怎么就错得如此离谱？

她盘坐在驾驶座上，在发动汽车前，透过车窗朝我飞了个吻，然后便穿过停车场狭窄的过道，开车走了。就凭她寥寥数语——对两人奸情的否定，能使我的疑虑烟消云散？他们俩之间一定有奸情，我对此深信不疑。

莉莉已然迟到了。我一面细细品尝吉尼斯黑啤，一面坚信她不会来了。我有种奇怪的感觉，如释重负却又深感失落。如果我再也遇不见莉莉，那么我的生活将会恢复正常。我扪心自问，没有她的帮助和鼓励，我还会杀掉自己的妻子吗？我愿不愿意试试看呢？如果我谋杀了妻子并且逃脱法律的惩罚，我又该怎样阻止莉莉出面告诉警察，在乘坐跨洋航班时醉醺醺的我承认了自己的罪行呢？不行，如果莉莉不来，那我就当面质问我妻子，告诉她我知道了她的奸情，并要求跟她离婚。接下来等待我的会是无休止的法律纠纷和人们的各种羞辱，但我却能渡过这些难关。就算我们签有婚前协议，米兰达还是会拿到很多钱，不过我还会赚更多，而布拉德也会得到他想要的——我的妻子。

独坐在酒吧，我坚信自己再也见不到莉莉了，有点失落。当然让我失落的原因还有，我曾暗暗向往，与莉莉的这次约会会很浪漫。我无法抹去她在我脑海中的样子，那张苍白美丽的脸，还有握在我手里的纤长柔嫩的小手。或许和莉莉来段婚外情才算得上对米兰达和布拉德的真正报复。所谓以眼还眼，以牙还牙。此外，我还留意到，我们选择下午喝几杯的这个地方，就在酒店里。我都能感觉到，那些空床就摆放在酒吧半木质的天花板上面。

整个星期我都在思考这些，也开始不由自主地回想那架飞往波士顿的航班，那个突然出现、想要帮我杀妻的女人。尽管喝了些金酒，但我依然清晰地记得那晚。事实上，我们之间的每句话我都记得，毫无疏漏，但那就像是一场不太真实的梦。我不知道该不该相信自己所有的清楚记忆，又或者该不该把自己的渴求与向望付诸实施。当然，在家待着的时候，我曾试着去找寻有关莉莉的所有信息。我访问了温斯洛大学的网站，找到一页简介，上面总结了温斯洛档案馆的工作目标与成就。那个部门只列出两位员工的名字——大学档案管理员奥特·莱姆克和管理员莉莉·海沃德。两人各留了一个电话号码，却只有一个共用邮箱“archives@winslow.edu.”。我还在网上搜索了任何其他有关莉莉·海沃德的信息，却一无所获。没有脸书主页，没有链接网页，也没有图片。这倒也不足为奇，她看着不像那种会经常在网上露脸的人。不过就算网上有她的相关信息，我也怀疑不会有我真正想知道的东西。为什么一个陌生人会帮助别人杀妻呢？她从中又能捞些什么好处呢？

瞥见莉莉的时候，我刚喝完一品脱酒。她沿着曲折的过道缓缓走来，时不时望向门外，我在凳子上转了转身子，招手让她进来。

“你在这儿啊！”她说道，听起来有点惊讶。

“你也在这儿呀，”我回答道，“我们去那边找个桌子坐吧。想喝点什么？”

她要了杯白葡萄酒。我给她点了一杯白苏维浓，自己又叫了杯吉尼斯黑啤，并把两杯酒端到她选的靠角落的桌子上。她看着就像我记忆里的那个样子，除了她那头红色的长发已被绾成圆圆的发髻，盘在后面。把酒放在她面前时，她脱掉了身上的灰色运动上衣。上衣里面，是一件米色的开衫和深蓝色的衬衫。两颊因为外面的冷风，吹得发红。

有那么一会儿，我们品尝着各自的酒，感觉有些尴尬，谁也没有立马就开口说话。

“唉，真像个糟糕的二次约会。”我打破僵局，开口说道。

她笑了。“我想咱们俩都没料到对方会出现吧。”

“这个我也不知道，但我想你会出现的。”

“我可不盼着你能来。我想那次对话的第二天早上，你醒来后还宿醉得厉害，记不清谋杀妻子的计划了。”

“我确实宿醉得很厉害，不过你我的谈话，我可都记着呢。”

“那你还想杀了她吗？”她那口气就像是在问我还想不想要一份薯条一样，但眼中带着些笑意，或者说是挑衅。她是在考验我。

“杀意澎湃。”我回答道。

“我可以帮你，如果你需要我帮忙的话。”

“这也正是我此行的目的。”

我望着她轻轻斜靠在椅子上的身子，她则用眼睛示意我环顾酒吧。我循着她的视线望去，所见不过是原木地板和那不足七英尺高的天花板。酒吧里还有一个客人——一个身着西装的男人，他坐在我刚才的凳子上，正喝着一杯爱尔兰咖啡，上面浮着奶油。“这地方还算安全吗？”我问道。

“这里没人认识你的，对吧？”

“我以前来过这儿，但熟人可没有，我在康科德没有认识的人。”

我想起了母亲，想起她住在这个小镇的那一年。我在想她会不会经常来这个酒吧。这就是她来找第二任丈夫的地方吗？她就在这里遇见基思·唐纳森——那个带她搬去加州的离婚男人的吗？他们并未结婚，但她仍住在加州，现在和另外一个男人在一起。我几乎一年都见不到她一次。

“你看上去有点紧张。”莉莉说道。

“当然了，你不觉得，如果我不紧张会很奇怪吗？”

“是因为我们计划要做的事而紧张，还是因我而紧张呢？”

“都有。现在我疑惑的是你为什么会来这里。有时候我觉得你应该是什么执法人员，打算录下我杀妻的方案。”

莉莉笑了。“我可没带录音设备。如果咱们不是在这样的公共场合，我就让你搜我身了。就算我带了录音设备，我能以你打算杀妻为由逮捕你吗？那不算是诱供吗？”

“可能吧。我猜自己则是想通过告诉你杀妻方案来吸引你。”

“那才是主因，对吧？”

“什么？试着引诱你？”

“对啊。”

“我们还在玩飞机上的那个游戏吗？真心话？那么我就不会撒谎，还要告诉你自己还没有那么想过你，但是，我所说的有关妻子的一切事情，包括我在目睹他们奸情时的感受，都是真的。飞机上的我对你绝对坦诚。”

“我对你也是一片诚心。我想帮你。”

“我相信你，”我说道，“我只是不太了解你的动机。我知道自己能从咱俩的计划中获得什么……”

“闪离。”莉莉说，一边喝了一小口杯中的酒。

“对，非常迅速的离婚……”

“不过你想知道我能从中得到什么？”

“是的，我想知道。”

“我料到你会想这些，”她说，“你要是不想的话，我倒有点担心了。”她认真地看着我，“记不记得我跟你说过自己对谋杀的看法？我认为它并非像人们认为的那样罪大恶极。我坚信，人们把生命的神圣太当回事，然而这世上的生命太多了，而当某些人滥用权力时，就像米兰达滥用你对她的爱一样，这些人就该死。这惩罚听上去很极端，但我不那么想。人人都有完整的生命，尽管它很快就结束。所有的生命都拥有完整的经历。知道 T.S. 艾略特说过一句话吗？”

“不知道。”

“‘玫瑰飘香和紫杉扶疏的时令，经历的时间一样短长。’我知道这不应该是谋杀的正当理由，但我想它强调了现在那么多人是怎样期盼长寿，可现实却是任何的生命可能都超过了应有的长度。我认为大多数人盲目崇拜生命，以至于让他人利用了这一弱点。抱歉，扯远了。我在机场休息室遇见你，又在飞机上同你聊了许久，你选择告诉我自己想要杀掉妻子，这就让我有勇气向你诉说自己对谋杀的想法。真的就是这样。我喜欢跟你聊天，你如果真想杀了米兰达，我会尽我所能帮助你。”

莉莉说这些话时，我看了看，她变得有些激动，正对着我，就像崇拜太阳的人会面对太阳，以获得更多的光一样。然后我看到她又往后退了退，好像自己透露得太多。她转动着指间的高脚酒杯。我都有点怀疑她是不是疯子，但那念头只是一闪而过，无论如何我都决定要冒这个险。我很清楚这种感觉，就像我去迎战巨大的风险，然后从中大赚一笔的感觉一般。

“我想杀了她，”我说道，“也想请你帮助我。”

“我会的。”

她又呷了口杯中的酒，铜质壁式烛台里的光把玻璃杯映照得闪闪发光，那光线又投射到她苍白的脸上。我感觉她把头发梳在后边的样子看起来更加楚楚动人，也显得更为冷酷严肃。她使我想起了妻子商品目录里的那些模特。那里满是身材高挑、长相靓丽的女孩，她们穿着粗花呢衣服和牛仔裤，或在马匹身边，或在石制乡村小屋前，变换着姿势。商品目录里的这些模特从来不笑。

“我有个问题，”我说，“确切地说，你到底杀过多少人？”我想用玩笑的口吻问她，这样她就不会陷在被问的尴尬里，一方面也是想知道对于她声称的帮忙，自己到底有没有实践过。

“我不打算回答这个问题，”她说，“但只是因为我们还不太了解对方，不过我保证，等你妻子死后我会告诉你所有你想知道的事情。我们将不会再有秘密。这也是我所期望的。”

说这句话时，她的面色柔和下来。我感觉这好像在这间安静酒吧里给了我以后可以发展性关系的承诺。我的杯子空了。

“关于谋杀，你有想过吗……应该怎么做呢？”我问道。

“想过啊，还想了很多，”她说着，推开手中的酒杯，它就这样和我的啤酒杯连成一线，“我们有个很大的优势，那就是我。我能帮助你，而且不会有人知道我们见过。我是个隐形帮手，可以给你提供不在场证明，因为没人知道我们认识，而警察也会相信我。你我之间没有任何联系。当然其他方面我也能帮助到你。”

“我可不指望你会帮我杀人。”

“嗯，我知道。是这样的，有我的协助，我们就会大大降低被逮捕的可能。那也是最难的部分。犯罪容易，人们一直在犯各种罪，却鲜有人能免受惩罚。”

“那我们怎么才能逃脱惩罚呢？”

“谋杀且免于被抓的最好方式，就是藏好尸体，不让人找到。如果压根没有谋杀，那么就永远别想找到谋杀犯。但藏匿尸体的方法有很多。你大可把尸体扔在外面，但要使尸体和真实发生的谋杀看起来完全相反。这就是要用在米兰达身上的手法。她失踪了，警察会一直找寻她。当警察发现尸体时，所有的一切情况都显示与你无关，它会把警察引到一条你绝不会去的道路上。我问你个问题，你觉得布拉德·达格特人怎么样？

“什么意思？”

“你有没有想过他是该死呢，还是应该活着？”

“我当然想过，我想让他死！”

“好，”她说，“那这场谋杀就容易多了。”

第6章　莉莉

切特从屋里回来，走到我在的院子里时，我很高兴他在工作服里面又穿了件衬衫。他的体味仍然很重，闻起来像变质的苹果汁。我告诉他我在树林那边的草地上发现了一些东西，需要他的帮助才拿得到。我还告诉他本来自己是想找爸爸帮忙的，但是他正在忙。切特也陪我抱怨了一会儿，就像他知道我爸妈正在卧室里做爱似的。

我们踏上松林里一条窄窄的小径，那条路将爸妈的房子和隔壁的空屋分隔开来。“你去过那片草地吗？”我问道。他跟在我后面，步履略微有些蹒跚。他往上抬着胳膊，就好像树枝会突然打到他的脸一样。

“我第一次来时，去过旧铁轨那里。”他说。那个铁轨正好与我们要去的地方方向相反。

“那草地特别好玩，”我说，“它在一个没人住的旧农场后面。我经常去那里玩。”

“还有多远呢？”

“穿过这片树林就到了。”说着说着，我们便爬上了树林尽头的残破石墙。低沉的太阳射出一束幽灵似的光，斜照在草地里零星的野花上，发出电光般的颜色，头上的天空也渐渐从粉色变成了暗紫。

“太漂亮了。”切特说。我有一丝没来由的怒火，觉得他正在和我共享着自己的草地。

“就在那边。”我开始朝那口井走去。

“你，你，你也很漂亮。”

我强迫自己转过身来看他。

“对不起，”他说，“我告诉过自己不要那样做……但上帝啊，看看你吧，你甚至不知道自己的身体有多美，对吗，小莉莉？如果看看你的话，你应该不会介意吧。”他微微晃动着身体，用一只手摸着杂乱的胡子。

“没关系啊，但我需要你先帮我个忙。那里有口古井，下面有件东西被绳子拴着，可我拉不上来。你能帮我把它拉上来吗？”

“好啊，那我们过去看看吧。你是怎么发现那里有口井的？”

我没有回答他的问题，只是带着他穿过草地。好多年前，我就知道那口井了。井并不深，用手电筒往下照，可以看到井底。那里除了一些碎石之外，并无他物。如果下了雨，井底还可能有积水。一开始我甚至不确定它是不是口井，感觉它更像个深洞，可能是打井不成功，留下来的坑洞吧。大约九岁那年，我无意中发现了它，那时我正在草地上来来回回地跑，突然听到脚底下传来空洞的木头声。我拨开地上的黄色干草，发现那底下竟然是一口井。井口用一片腐烂的木块盖着，就像是专门防止我这样的小孩掉下去一样。木块勉强遮住长方形的洞口，很容易就能移开。井的内壁上排列着层状的岩石。那时我身上没带手电筒，就扔了块石头下去，想探探它有多深。大约过了一秒钟的样子，就听到了石头落地的声音，我便知道它并不怎么深。那时，我猜井里可能藏了宝，又或者有什么关于大秘密的线索，于是便急忙赶回去拿来了电筒，不料却以失望而告终。井里空空如也，不过只是个自然坍塌的地洞而已。

当我把切特领到井边时，他说道："嘿，看啊。你是什么时候发现它的啊？"

"差不多一个星期前吧，"我骗他说，"我先看到这根绳子，移走井盖后才看到它。我觉得它没有多深，但我一个人拉不起绳子，那一头拴着什么重东西。"

把这根绳子扔到井底也是我计划的一部分。我先在家中的地窖里找到了这根看上去风化已久的绳子和一根旧金属棒，并在几天前将它们一起带去了草地。我在绳子的一头紧紧拴上了一块之前在草地上掘出的大石块，并把它送到井里，而后又将另一头系在金属棒上，并把棒子深深地插进井边的地里。我觉得这些东西看上去并不真实，但这无所谓，我只需引导切特去察看一下绳子的另一端究竟有什么就行了。那天早上我溜进爸妈的浴室，在柜子里翻找，拿了瓶贴着浴室标签的润发油。我先带着瓶子去了井边，将那些黏糊糊的东西涂满绳子的前端，让它变得难以握持。我本想诱使他跪在井边，到最后才发现，原来我根本不必担心，切特表现得就像个激动的小男孩，自己跪在井边握住绳子。

"天哪，这上面是什么东西？"

"我不知道啊，"我说，"可能是些淤泥吧？"

他把手指放到鼻子前闻了闻。"闻上去不像是泥，倒像是洗发水。"

"也许有人不想让我们把绳子拉上来。"我走了两步，这样正好站在他身后。他伸长了脖子看着我。我能看到他正用一只湿湿的、肿胀的眼睛盯着我的胸部。我感到一阵寒战，胳膊上起满鸡皮疙瘩。

“你喜欢蝴蝶吗？”他问我，眼睛却仍然盯着我背心前的绣花。

“应该吧。”我回答道，不自觉地转过身，背对着他。我突然很厌恶他，也恨自己为什么要把这个男人带到我的秘密草地上来。他当然不会在意井底到底有什么东西，他在意的不过是性而已。在把绳子拉上来之前，他肯定想跟我发生关系。我已经犯过一次蠢了，绝不能让他再得逞。我努力想找些话来应付一下，却大脑空白，嘴唇发干。

但切特接着问道：“你没告诉你父母这口井的事吧？”

“当然没有啦，”我说，“他们只会冲我发火，而且如果他们在井底发现什么好东西，可能都不会给我。”

“我们最好还是看看吧，”他说着便将视线移回洞中，“如果我们在洞里发现一个宝箱，你会给我里面的什么宝物呢？”

他正在按我期望的去做，手慢慢滑向绳子下方以便更好地握住它。他把头伸进洞里，膝盖也朝前挪了挪。“小心别摔下去了。”我说道。这也是我设计好的台词，好让他觉得更加安全。

“这儿到洞底有多远啊？”

“我想应该没多远。”

切特朝井里喊了几声，马上就听到了回音。

“我来扶着你吧。”这也是我计划好的。我把手放在他背上，想让他习惯一下。我并不只是想试着把他推下去，然后让他站起来与我决斗。

正当我用两只手抓住他工作服的一角时，他说道：“我摸到它了，马上就把它拉上来。”

我用尽全身所有的力量狠狠地推了他一把。他努力想抬起头，但那里毕竟是个井口，而且他撞到了井壁铺设的石头上。他整个人头朝下，不断下落。有一瞬间我甚至想着自己会和他一起掉下去，这种可能性我从未设想过。但他竟然以某种方式成功地将腿抵在井壁上，没有再继续下落。我滚到一边，听着他惊讶地叫喊着。他的一只厚靴子卡在了井口两边光滑的岩石间。“老天啊！”他叫道，接着又喊，“快来救我啊！”我听到咔嗒一声，好像是什么东西掉到了井底，我猜应该是他的眼镜。

我站在井边，一个指头上的指甲被他的裤子钩破，裂了开来。我之所以会注意到这些是因为我的手不自觉地哆嗦着，星星点点的血迹溅到我的脸上。

“莉莉！老天啊！快来救我！”

我蹲在卡住他脚的岩石旁。很明显，井壁的岩石已经无法继续支撑他的身体了，不管怎样，他都会掉下去，我握住那只靴子的靴底，把它扔了下去。切特叫了一声，我就听到了刮擦井壁的声音，紧接着是一声巨响，他撞到井底了。我本以为会听到他继续尖叫，可他竟然一声不吭。我只听见泥土和杂屑落到井底的声音，还有两只乌鸦在草地的另一头对啼着。

我从裤子后面的口袋里掏出那只小手电，把它拧开。手电的光线并不强，但对我来说足以看清井底。我以为自己的手会直打哆嗦，然而却没有。我感到整个人的注意力异常集中，沉浸在自己的思绪里，就好像在读一本精彩的书，整个下午的时间也都随之消失不见了。我凝视着井边，并把手电筒的光聚了起来，朝井底照了过去。我敢保证切特没有摔死，而且会哀求我救他上来。我都已经准备好该怎么应对了。可他仍然后背朝地，一动不动地躺在井底，双腿抵着井壁，脖子以奇怪的角度扭曲着。我就这样盯着他看了好大一会儿。手电光越来越微弱，井里也积满了下落的尘土，他却依然没有动静。接着我看到井底稍稍动了一下，听到了一声轻微的叹息，有可能是他的动静，也有可能是废井底下的其他什么发出的声音。

我站起来往前走了几步，来到自己堆聚的巨石前，并从里面挑了块最大的、布满石英纹理的锯齿状灰石头。我得用两只手搬它才行，就只好用嘴巴咬紧小电筒。我像只企鹅一样摇摇摆摆地回到井边，两腿叉开来坐在地上，弯下腰，一边将手电光照向井底，一边尽可能地将石头和切特的头对齐，径直砸了下去。扔下石头后，我没有再看井底，但我听到了它撞到切特头部时发出的声响，就像是西瓜爆裂的声音。如果切特刚才没有摔死，现在被石头砸在头上，肯定是没命了。

搬完石头后我的胳膊疼得厉害，于是我又蹲了一会儿。草地的一角，有只乌鸦从栖息的树枝上盯着我，那是棵快要死的枫树。我在想它会不会闻到空气中死亡的味道，感觉它也许能闻得到。它低下头，拍了拍黑色的翅膀，我觉得它是在欢迎我进入一个特别的世界。

关掉手电并放回口袋后，我把地上的金属棍拔了出来，连同涂满润发油的绳子一起扔到井里，然后便在井口和石堆间来来回回。我本打算等会儿再扔些石头下去，想着先开始做也无妨，于是又朝切特扔下了六七块大石头。本来还想继续，但天色越来越暗，云变成了紫黑色，草地和周围的树木也都失去了原有的光彩，褪成灰色的斑点。我最初的计划是先回到画室楼上的房间，收拾切特的东西，再拿着它们穿过林子，扔到井下。接着我会用石头把井填满，再遮盖好井口。可就在我往回走到树林里时，手电的光只够微微照亮身前的一小块林地。于是我决定立刻去收拾切特的东西，第二天一早再把它们扔回井里。

我知道爸妈那时还不会起来。

我对画室楼上的小房间了如指掌。没有住人的时候，那里是我最喜欢的地方之一。可自从切特在夏天伊始搬进去后，我就再也没来过这里。之前还担心他会有很多东西需要我收拾，但其实并没有太多，只有一个靠在单人床边、敞开着的军绿色行李袋。我打开手电四处搜寻，然后才意识到自己明明可以直接开灯。万一爸爸或妈妈透过他们房间的窗子看到画室这边亮着灯，他们会觉得很正常。相反，如果切特房里一片漆黑，才令人生疑。

昏暗的黄色灯光照在白墙和大片空无一物的木地板上。这间房里并没有什么家具，只有那把看上去瘪瘪的、我心爱的豆袋椅和两个带软垫的椅子，每个上面都有裂缝，垫子里的泡沫材料都跑了出来。我很喜欢坐在其中一把椅子上看书，那上面印有柔美的花卉图案。我很高兴看到切特把它用来堆书，那就意味着他并没有坐过这把椅子。

简易小床边散落着些衣服，分别是两件T恤和一条白色的内裤。我用其中的一件T恤包起地上的内裤，把它们都塞到行李袋里。半满的袋子里散发出浑浊的刺鼻的体味，但整个房间闻起来并不像我想象的那么糟糕，主要还是松脂和烟灰的味道。地板中央的咖啡罐里装了满满的烟头。我拿起罐子，想着应该把它放到哪里才好，然后觉得我可以直接把它倒进行李袋里。切特再也不需要穿这些衣服啦。

我从浴室里拿了切特的牙刷、一管快用完的牙膏、一块上面写有除臭剂字样的带包装的白色水晶石和一个亮绿色瓶子装的帕尔特爽肤水，留下了肥皂盒里发霉的肥皂片。接着又从厨房——其实只是个有水池、电炉和几个柜子的角落——拿了两包拉面和一大塑料瓶的波波夫伏特加。我把伏特加倒进了水池，把瓶子塞进其中一个柜子里。我突然担心自己在房间的四处留下了指纹，我应该戴上手套才对！不过没关系，明天我有时间来擦掉它。此外，如果事情按照我期望的方向发展，没有人会怀疑切特是被人谋杀了，看上去只会像他已经离开这里。很难想象以后还会有人想起他。

把行李袋装满后，我拉上拉链，试着拎了拎，确保明早我可以搬得动。行李袋很重，但还能应付。现在房子里切特的东西，只剩下那些绘画用具。一共有四块画布，其中三块都正对墙，我看不到上面都画着些什么。剩下的一块还在画架上，仍然处在创作初期，只在铅笔勾出的轮廓上涂了几大块颜色，但我仍然能看出他画的是房子后面的游泳池。池子的一角勾勒着一个人的轮廓，尽管没有任何细节，我还是知道他画的就是我。这块画布非常小，比一般的电视屏幕还小。我扯扯了画布，脆弱的画架木框就断了，然后把它扔到地板上，并把其他几块画布堆在上面。我瞧了瞧这些画，看上去都已经完工，上面都是些彩色斑点组成的抽象组合和人像。我都能画得出来。

画架是切特带来的，因为我确定这个房间里原来没有任何画架。画架很小，只靠三个可折叠的支架支撑着。我把它折叠起来，一直叠到差不多像小公文包那么大，它就成了块带着把手的染色木头。我把画架也放到那堆画布上。

我看了看房间四周，觉得自己已经处理好所有物品了。即使忘了处理什么东西，别人也只会认为是切特自己落下的。

指甲断裂的地方在隐隐作痛。我仔细瞧了瞧，血已经凝固，伤口变成了棕色，黏黏的。我觉得自己并没有把血溅在房间里的任何东西上。我突然想离开这里回自己卧室。我觉得饿了。如果冰箱里剩下的肉馅土豆饼没被爸妈吃掉，我应该还有东西吃。

我定了第二天早上6点的闹钟，可当我那只猫头鹰闹钟呜呜作响时，我早已经醒了，下了床，衣服已穿好一半。昨晚我睡了会儿，但睡得很浅，还依稀能听到老房子里传出的各种吱吱声、滴答声和刮擦声，这些声音让人觉得自己压根就没睡着，并意识到脑海里那些奇奇怪怪的念想其实都是梦境。拉开的窗帘透进熹微的光，天已经破晓。

我在切特的房间与废井之间往返三趟才搬完所有的东西。我先弄走了最难搬的行李袋。感觉袋子太重，实在搬不动时，我就只能拖着它走一会儿。草地上满是清凉的露水，打湿了我牛仔裤的裤脚。我朝井底看了看，然后把行李袋扔了下去。切特还躺在里面，被我扔下去的石头压着，几只黑苍蝇笨拙地在他的尸体边飞来飞去。接着我又搬去了三块大画板，它们不重但不好往下扔，我只好把其中一块折断了，扔进井里。最后一趟，我搬来折叠成公文包大小的画架和切特刚开始画的那幅画，就是我在自家游泳池的那一幅。把它们都扔到井里后，我又把所有剩下的石头都扔了下去。那感觉真令人满足，尤其是在看到有关切特的所有证据都消失在一堆石头下面时。我之前用一把生锈的铲子撬出了几块石头，这会儿铲子还在草地上，正好可以拿来铲些土倒到井里，直到里面看上去只有些泥土和石头。我知道自己做得还不够完美，但已经很满意了。

离开草地前，我做的最后一件事是把生锈的铲子扔进井里，并重新布置好井口。我用脏兮兮的手指拢了些干枯的长草覆在井盖上面，试着把井口伪装起来。离开前我又绕着井边走了一圈，确保没有落下任何东西。事实上，地上的确连个烟头都没有。切特这个人从世界上彻底消失了。清晨静悄悄的，只听得见小虫们越来越响的嗡嗡声，啼叫的乌鸦才是这片草地真正的主人。我也像往常一样朝它们叫了几声作为回应，想着它们会怎样看我。

回到家后，我花了很长时间洗澡，用力搓我的手指，想洗掉最后一点污垢。热水淋在身上，让我觉得浑身都充满力量，也很有安全感。当妈妈打开浴室门叫我的名字时，我吓了一跳，差点摔倒，脚把地面踩得嘎吱直响。

"干吗啊？"我说。

"没什么事，亲爱的，没什么事，你爸和我想问你要不要和我们一起去谢迪餐馆吃早餐。"

"好啊，"我说，"什么时候？"

"你洗完澡我们就去吃。"

我们以前经常在谢迪餐馆吃饭。那儿是我爸的最爱，或许也是我的最爱，我们尤其喜欢那里的早餐。我点了一份法式吐司，附加松脆的培根。爸妈坐在我对面的位置上，肩膀挨着肩膀，甚至共享一碗水果，两人还分别点了咸牛肉马铃薯泥和煎蛋卷。吃早餐时，我不经意间就会想起切特，但爸妈说的那些笑话，抑或自己对美食的喜爱，都使这些想法烟消云散。我感觉自己的胃就像是个空碗，可以一直不停地往里面塞食物。

"莉莉，你可真是饿坏了。"妈妈说。

"她在长个子，马上就要长成大姑娘咯。"我爸说道。

早餐是一段愉快的时光，尽管中间爸妈问我想不想再跳级，有点扫兴。有几个老师在上学年结束时就建议过此事，但我在夏天还没开始前就一口回绝。我妈总是再三提起这件事，于是我用拒绝参加7月份的艺术夏令营来报复她。因为我知道，对她来说我离家两周时间，是再好不过的事。我很奇怪这件事怎么又被提了出来，不过这次只是一带而过，还不至于毁掉我的整个早餐。

大约有一个星期我没听到关于切特的消息，便开始担心，如果我不主动提及，会不会显得特别不自然。一天午饭过后，我没找到我爸，就去问我妈切特到底怎么了。她那会儿心情还不错。

“切特已经走了啊，你不知道吗？”

“他去哪儿了？”

“哦老天，那我可就不知道了，莉莉。我猜是去别人家借宿了吧。他竟然没有和我们道别，没良心的家伙。”

那天下午我去了切特的房间。看起来爸爸或妈妈似乎已经陷入我设的局里，一切都恢复了正常。房间小床上的床单已经被收走，厨房里的垃圾桶也被清空。尽管没有带书，我还是在自己的椅子上坐了一会儿。窗户是开着的，一阵凉风吹了进来，像我和他初次见面时那样。杀了切特后，我一直在等待两件事情：一是被人抓住，一是感觉难受。然而迄今为止，一件都没有发生，而我知道它们绝对不会发生了。

第7章　泰德

当我告诉米兰达打算在10月初来肯纳威克住一个星期时，她真的是满脸喜色。当时，我们正在棕色石屋的一楼厨房里相对而坐，吃着蘸有蛤蜊汁的意大利面（这是我会做的一道菜），喝完了一瓶灰皮诺葡萄酒。“太好了,”她说，“我可以和你独处一个星期啦。”

我想从她脸上找出一丝欺骗的痕迹，但没有。她深棕色的眼眸闪烁着光，看上去就像真的兴奋一样。有一瞬间我都相信她了，甚至感觉到有人想和你厮守在一起时才会有的温暖和安心。然而这种感觉立马就消失了，我再次被妻子的演技折服，她真是太会装了。她就不为自己和布拉德·达格特的破事而羞愧吗?

“我们还要再住那间套房吗？”她问我。

“哪间啊？”

“哎，你怎么这么快就忘了啊。就是我们第一次住的地方啊，带冲浪浴缸的那间。”

“哦，行啊。”

清理完厨房，我们一起上楼看电视，从五百多个电影频道中选了一部翻拍的《足迹》。米兰达换上晚上穿的短睡裙，躺在沙发上，双脚搭着我的大腿。我仔细看了看她的脚指甲，上面精致地涂着粉色。我捧起她的一只脚放在我手上，用拇指按压着那宛如婴儿般柔软的脚底。她没有说什么，但我能感觉到她的身体几乎不自觉地滑向我，脚也慢慢地弓了起来。她惺忪的样子让我起了剧烈反应——我紧绷着肩膀，僵硬地坐在那里，紧靠着沙发扶手，胳膊肘不自然地翘起，身上还穿着那件不合身的衬衫。我把手从她脚上拿开，可她似乎并没有意识到。我知道在电影放完前她就该睡着了。

到缅因度假一周是莉莉的主意。我们在康科德河边酒店的会谈快要结束时，她提了这个建议。她告诉我，了解在那儿发生的事情、布拉德的工作进程以及米兰达的生活内容非常重要。

“我在那儿的话，一切都会变得不一样。”我说，“米兰达和布拉德会表现得截然不同。”

“没关系。我更感兴趣的是房子里工人的工作习惯。通常情况下，你新房里会有多少工人？布拉德多久在那里单独待一次？你只要观察就行。你观察得越仔细，我们就越能做得好。”

我很赞同她的话。这个计划最难之处在于要腾出一周的时间。但在我的一再坚持下，助理雅尼内还是设法帮我重新安排好一切。按照计划，我将在周五晚些时候先去肯纳威克，再在九天后的周日下午返回波士顿。很奇怪的是，我竟然对这段多出来的时间充满期待，而且还在为推迟布拉德和米兰达的幽会而窃喜。我想知道在米兰达告诉布拉德我要去度假的消息后，他会有什么样的反应。光是坐在沙发上告诉米兰达这个消息，我都觉得老天终于要帮我一次了。

米兰达抽动了一下，我转过头，透过八十四英寸电视屏幕的背光看了看她。她的眼睛紧闭，嘴唇微张，已经熟睡了。我没有再看电影，而是盯着她看了一会儿。浓郁的阴影更突出她的身体曲线，在电视机的背光下，她的脸显现出半白半黑的颜色。她的嘴唇又张大了点儿，太阳穴那里有根筋在跳动。我被她不加修饰的美丽给迷住了，同时却又意识到，她不会永远这样貌美动人。她好似洋娃娃般圆圆的脸蛋会变肿，模特似的身材也会松弛下去。但她不会变老的，不是吗？因为我会杀了她，不是吗？那就是我的计划。一想到要去杀她并能逃脱惩罚，我就觉得浑身充满了喜悦和力量，却也有恐惧和悲伤。我恨我妻子，那是因为我曾经深爱过她才会去恨她。我是在犯一个会让我余生后悔的错吗？每当我这样想，每当我开始为自己所计划的事而感到害怕时，我都想联络莉莉，想听她随意地谈起谋杀，就好像在谈论扔掉一个旧沙发一样。但我们说好了暂时先不联系，直到我到达缅因州后再碰面，这也是我期待即将在肯纳威克度过一周的另一原因。对我来说，每一天都把我和她的距离拉得越来越近。

约翰，那个经常管着酒店前台的服务员，告诉我米兰达正在酒店里，然后帮我把包拎进了套房。谢过他之后，我便去找米兰达，小心翼翼地走上那个建造于殖民地时代、通往酒店低层的楼梯。酒吧叫利弗里，这曾是一个代人养马的马房的名字。这儿有石头铺的地面、石头搭的壁炉和一个长长的像快艇外形的橡木酒吧。米兰达一个人坐在酒吧里，和文有文身的酒保相谈甚欢。那酒保是叫希德还是辛迪来着，我反正是记不清了。

我打断她们的谈话，吻了我老婆，闻到她嘴里并没有香烟味，然后点了杯亨德瑞马丁尼。我脱去湿透的羊毛外套——从车里走到酒店时被淋湿了。波士顿一直在下小雨，到了缅因州雨却突然变大，我把刮雨器开到最大都无法清除挡风玻璃上的雨水。

“你浑身都湿透了。”米兰达说道。

“外面在下暴雨。”

“我不知道外面下着雨。一整天我都没出门。”

那个叫希德还是辛迪的端来我的酒。“你老婆可真会享受生活。”她边说边发出刺耳的笑声。

“我当然知道了。”我看着米兰达，“你一整天都干了些什么呢？”

“我可没把时间全都浪费掉。我想好了客房该买什么样的家具，还去做了个按摩。哦对了，我差点忘了我还一直在屏息等待我老公回来。”她举起快要喝完的啤酒，说，“为我们美好的一周干杯。”我举起冰冷的金酒和她碰了碰杯，喝了一大口下去，顿时感到暖和多了。米兰达问我：“你吃过了吗？”

我告诉她没有吃，并用手指弹开一个菜单瞧了瞧。

我们一直待到酒吧打烊才走，我喝多了，以至于当我和米兰达摇摇晃晃地走回酒店套房，接着就赤身裸体地瘫倒在那张特大号的床上时，我几乎想不出为什么要来缅因州，是为了布拉德·达格特，还是为了是莉莉？

第二天早上雨停了，云彩都被吹散到了海里。那是10月里少有的好天气。天空泛着金属似的蓝色，树木也呈现出红黄相间的色彩。午餐过后，我和米兰达往房子那边走。我计了下时，在密克马克公路上走了二十五分钟，在悬崖边也走了差不多的时间。在这一片，1号公路是最繁华的路段，但在密克马克公路的这一段风景却很优美，不时可以看到大西洋上的悬崖峭壁。所以当我们走在这条路上时，有很多车辆从身边经过。密克马克公路是1号公路在肯纳威克中心分出来的一条支路，它通往肯纳威克港口和海滩。这是组成小镇的三处主要部分。肯纳威克海滩是这里较少的海岸线地带。那儿有一大片长条状的沙滩，上面有许多出租屋，马路对面是一个营地，每到夏天就会挤满温尼贝戈族印第安人。我不知道这是不是真的，但我记得米兰达告诉过我布拉德在这里有半圈出租屋，自从离婚后他一年到头都住在其中一间里。她告诉我这些事时我并没有在意，因为那时我还不知道他把我老婆给睡了。但现在我不仅关注此事，也关注着其他相关的事。

我们的私人车行道里只停着一辆丰田卡车，车尾的贴纸上写道："如果上帝不想让我们吃动物，他就不会用肉来创造它们。"

"那是吉姆的车。"米兰达说，"布拉德让他在地下室做纸面石膏板。"

我们绕着房子走到屋后，从露台的门进入室内。我没法不去想上次在这里第一次发现布拉德和米兰达在厨房共抽一支香烟，接着又蹲在悬崖小道尽头偷看他们在我们未来卧室里偷欢的情景。

"一直走到你看到楼下的酒吧为止。"米兰达带我走过大厅铺好的硬木地板，空旷的室内传来她脚步声刺耳的回响。吉姆正在楼下，靠在一个倒着放的夸克热特塑料桶上吃着午餐，听着满是灰尘的收音机播放经典摇滚。他似乎为我们的到来而感到慌张、窘迫，就好像他是在上班时睡觉被逮住而不是仅仅在吃东西。

他关掉音乐，说："布拉德一会儿要出去一趟。你们是在找他吗？"

"我们只是随便看看而已。泰德还没有来楼下看过，自从，自从……"

她转向我，我却耸耸肩。我觉得自己从这个房子开始装修后就没来过这个地方。我知道米兰达坚持要为我打造一个男人的私人空间，尽管我从来没要求过这些。她向我描绘着真皮家具、台球桌、完整的酒吧还有深红色的墙面。当她第一次提起时，我还以为这是她慷慨的表现，只是想在这个家里为我打造一个特别的地方。现在想来真是气死我了，她是在把我辛辛苦苦赚来的钱扔到我可能永远都用不到的东西上！

她带我参观地下室，领我看了刚装好的酒架和台球桌要放的位置，还带我看了她想刷的墙面颜色。我们离开时，吉姆刚吃完午饭继续工作，收音机正放着一支斯蒂利·丹的歌。

那天我们一直没见到布拉德，直到我们参观完，沿着车行道走向马路时才看到他。他在卡车里咆哮着，一个急刹震得路上砾石直滚。他熄灭引擎，大摇大摆地走出驾驶座。他穿着一件海蓝色休闲裤，法兰绒衬衫塞进裤腰，敏捷地朝前走着。他还像往常一样过来和我握握手，问我觉得装修进程怎么样，眼神很坚定。米兰达对我们的对话显得毫无兴趣，回头看着房子和海景，它们在这个安静的午后显得格外平静。

“听说你要在这里待一整个星期。”布拉德说。

“我想着来度个短假，顺便看着米兰达。”

布拉德笑了，也许是我说得太轻松，但他笑得倒挺真，我都能看到他齿缝里残余的馅料。我用余光看到米兰达回过头来看着他。

“她才是这个工程真正的头儿。她喜欢干这事。”布拉德说。

“她一直这么跟我说。”

“两位，我就在这儿呢，”米兰达说，“你们可以带我一起聊。”

在我和米兰达回酒店前，我请布拉德顺便来酒吧坐坐，和我们一起喝一杯。他说他会尽量过来。

“你不觉得你们关系太近了吗？”在我们回密克马克公路时，米兰达这样跟我说。

“他跟你才关系好呢，我不过是想表现得友好点而已，这样他就不会觉得我在镇上时，他不应该在房子里出现。”

“你这是什么意思？”

“我是说你们俩才是朋友。他之前从没跟你在酒吧里一起喝过吗？”

“老天，当然没有过！他就住在这镇上，他才不肯花五美元买杯百威淡啤呢。”

“这镇上的人都去哪儿喝酒呢？”

“去一个叫库利的酒吧，就在肯纳威克海滩边上，我到现在还没有单独被邀请去过。我们这周应该找个时间过去，不能每天晚上都在酒店吃。”

“我也早有此意。”我说。前方的人行道变窄了，米兰达的胳膊不知什么时候挽住了我，把我们彼此的距离又拉近了些。除了被太阳照射的地方外，人行道的阴凉处还是很冷。

我问她：“所以你觉得布拉德今晚不会过来吗？”

“我可不知道。也许他会觉得你既然邀请了他，又是他的雇主而过来。可如果他没来，我也不会觉得奇怪。”

“你跟他真的没有一起喝过酒吗？我只是觉得你们有过，因为你们会抽同一支烟什么的。”

“我的天哪，那真的成了你的心病吗？我跟他当然没有喝过，我们连朋友都算不上，只是双方表现得很友好而已。他是个好雇工，工作很出色，我很尊敬他，但我没必要成为他的酒伴啊。另外据我所知，他在这个镇上有无数个酒伴。”

“什么意思？你都听说了些什么？”

“我听底下的一些帮工说他是个酒鬼，还到处鬼混，他老婆就是因为这些才离开他的。不过只要他把我们新房装修好，这些都跟我们没关系。你怎么突然对他感兴趣了？”

“我来这里要待上一个星期，我希望能多了解了解和你相处的那些人。”

“我在这儿只交了一个朋友，就是希德。是她告诉我库利酒吧，还跟我说了布拉德的坏名声。我们回房吧，睡一小会儿再去喝酒，怎么样？”

布拉德那天晚上并没有来酒吧。我和米兰达坐在酒吧拐角处，喝着酒，和希德聊着天，尽管她还在忙着招待周六晚上的众多客人。她的金色头发又硬又直，整个胳膊上都布满复杂的文身。她和我们说话时眼神从没离开过米兰达，那是我曾经非常熟悉的眼神，也是我人生中某一时间段真正享受过的东西。或许米兰达和希德也干过那事。或许米兰达和肯纳威克的每个人都干过！

那一整晚，每当酒吧沉重的门被推开时，我都要瞧一眼，看看是不是布拉德来了。米兰达却没往那儿看过，不知道她是知道他不会来，还是根本就不在意。我怀疑她是因为后者，我猜她还另有隐情——他们已经找到其他的联系途径，或者她知道布拉德另有计划。

直到周一下午我才又见到布拉德。那会儿寒冷的雾气正从海上飘过来，我决定去悬崖边的小路上走一走，而米兰达还在午睡。那天早上我们沿着海岸线开车去看了看灯塔，并且不虚此行。灯塔在陆地的一角，那儿雾气尤其深重。我们拍了照，照片里浓雾里中的灯塔，几乎看不见踪影。接着我们又继续沿海岸线开了一段路，在就要因为过季而关闭的蛤屋吃了饭。回到酒店后，米兰达建议我们午睡一会儿，就像她每天午后一样，我也就陪她一起睡了。奇怪的是，自从我知道米兰达出轨后，我们的房事比之前更好。对妻子的愤怒让我变得自私起来，对她的需求关注更少，只在意自己的需求，而她也用之前没用过的方式来回应我。那天午后，我把米兰达翻过来，从背后进入她，甚至在她告诉我她想面对面做爱后，还是采用那个姿势。我把身体紧紧贴着她，把脸埋在她脖子上乱蓬蓬的头发里，抓着她的手腕。我很惊讶她竟然比我先高潮了，还发出了一声奇怪的呻吟。做完爱后，她娇嗔道："你今天真像个野兽一样，不过我好喜欢啊。"她把身体蜷缩成婴儿在母亲子宫里的姿势，我看着她就这样睡着了。我数了数她脊椎上有多少关节，研究了她一侧屁股上的两个浅窝，猜想她大腿上方硬币大小的瘀伤是怎么弄的。当她开始轻轻打鼾时，我又开始胡思乱想。她跟布拉德做完爱后也是这么快活吗？她是不是觉得布拉德才是她值得托付终身、可以满足她所有需求的男人呢？所有那些被性暂时冲散的紧张又如洪水般朝我涌来。我想试试从她的脖子后面用力打上一拳会是什么感觉。

我穿好衣服，溜出房间，没有留下字条。当我踏上悬崖边的小路，被云雾环绕，看到深邃的海洋时，整个人便觉得畅快多了。我走得很快，注意力都集中在脚下打滑的路，试着不去想上次我从这条路走回家时的情景。当我走到路的尽头，看了看手表，意识到从肯纳威克酒店走到我的新家只需要三十几分钟。我站在断崖上，看着我家屋后。这次我不怕被人看到，我可是作为房子的主人在察看它。我穿过潮湿的地面，七拐八扭地绕过一片冷杉香脂林朝屋前走。走到车行道上时，刚好看到一辆卡车开走，我猜自己刚刚错过与布拉德碰面的机会。但当我走到房子边时，却看到了他的双色皮卡车，而他正站在车旁，嘴里叼着香烟。他往手机上按了一个号码，发现我后就立刻停住了。他朝我笑了笑，香烟也随之上下晃动着。我也笑了笑，伸出手朝他走了过去。

是时候去认识布拉德·达格特了。

第8章　莉莉

我没计划过什么时候会恋爱，但是谁又计划过呢？埃里克·沃什伯恩大三了，是马瑟学院圣邓斯坦“文学”联谊会的主席，尽管认识他时我并不知道他这个身份。2月里一个冷清的夜晚，我们在图书馆闭馆时遇见。我俩最后走出图书馆，迈出摇曳的玻璃门，跨入吹得让人流泪的风中。埃里克递给我一支烟，我没有要，他就点燃自己的那支，问我要往哪边走。他陪着我一起走进巴纳德大厅，这在当时看来似乎完全是出于绅士风度的考虑，并没有什么不纯的动机。当我走到入口处时，他邀请我去参加周四晚上圣邓斯坦的聚会。我接受了邀请。他并不是特别帅，长脸盘、高额头、瘦鼻梁、大耳朵，但身材高挑颀长，声音深沉动听。那晚他身着一件炭灰色长外套，酒红色的围巾绕了好几圈。我听说过圣邓斯坦，知道那是学校里最出色的社团，在预科学校都有影响力。我很熟悉它的位置，就在一幢石头和板岩砌成的哥特式复兴建筑里，那个大楼占据校园北边一角，马瑟河从那儿流入新切斯特大街周围的城市荒地。那是个很美的建筑，石雕上镀着雕刻和怪兽，前门呈高高的拱形，窗户上全镶着彩色玻璃。那是我进入大学后第一个想去的地方。我参观过几个大学，但马瑟这个只有不到一千学生却有两百多年历史的私立大学是唯一让我觉得还不错的。它那三角形砖头砌成的宿舍、拱门和长满榆树的院子都让它看上去像一座很久以前的校园，就是悬疑小说里描写的20世纪30年代那种——在那儿男生会唱四重唱，女生会穿着裙子在教室间穿梭。我妈从我五岁起就一直劝我去她的母校奥柏林学院念书，于是对我选择马瑟学院很是失望，我爸却不出意料地觉得无所谓。

“莉莉，”邀请我去邓斯坦后，埃里克问我，“你姓什么啊？”

“金特纳。”

“哦，对。你姓金特纳，我听说过你在这里。”他说这话听起来有点假，就好像他早就知道我是谁一样。

“你认识我爸？”

“当然啦。他写了《左拥右抱》。”

我挺吃惊的。我爸大多数书迷都会提起他那本写寄宿学校闹剧的《一点点愚蠢》，在此之前我还从没听任何人谈起过他那本写一个伦敦裁缝的喜剧。

“现在几点了？”我问道。我推开巴纳德大厅的外门，急着要进去。

“10点了。等等，等一下。”埃里克把手伸到他的大外套口袋里，掏出一张小小的正方形卡片递给我，卡片是白色的，上面印着凸版印刷的骷髅头像，“到时候在前门递上这个就能进去了。”

我跟他道了晚安，然后进了宿舍。我的室友洁西卡还没睡，我就跟她说了有关聚会邀请的事。她对马瑟学院的社交生活很是热衷，我也想知道她认不认识埃里克·沃什伯恩，知不知道周四晚上的那个聚会。

“你搞到了一张骷髅卡片，”她边说边从我手上抢走了卡片，接着更大声地说，“你竟然从那个埃里克·沃什伯恩那儿搞到了一张骷髅卡片！”

“你对他了解多少？”

“他就像个贵族一样。我猜他的祖辈是马瑟的创始人。你真的从来没听说过他？”

“我只听说过圣邓斯坦。”

“那是自然。你能再多带一个人去聚会吗？”

“恐怕不能，他可没跟我这么说。”

我独自去了聚会，埃里克也在那里。当我刚到时，他问也没问我想喝点什么就给我倒了杯伏特加汤力鸡尾酒。接着他挽着我的胳膊，把我介绍给几个圣邓斯坦的成员，然后又回到了酒保岗位。他说这是他们每周四晚的轮流任务，而他又很不幸地被抽中了。我对这个大楼的内部构造有些失望，本来还期待着里面也能像外面的哥特式建筑一样华美。我不知道屋子里的摆设是不是波斯地毯和真皮椅子，但要比那些我大一时去过的其他联谊会略微好一些。房间的天花板很低，家具破旧简陋，到处弥漫着骆驼牌香烟和廉价啤酒的味道。我在一楼房间里走了走，跟一些成员聊了聊，他们中的大多数都问起我爸的情况。喝完第三杯伏特加后，我去吧台跟埃里克道了别，并感谢他邀请我前来。

“下个星期继续来吧，”他说着，从口袋里又掏出一张骷髅邀请卡给我，“下周我不用再负责吧台了。”

回到寝室后，洁西卡逼我说出聚会的每一个细节。我一五一十地告诉她圣邓斯坦并不是特别有趣，那里的每个人看上去都很好，但又都不够迷人。我告诉她那儿没有什么秘密通道或者新成员入会仪式，也没有一间排着新生女生头盖骨的房间。

“当然没有啦，莉莉！你有没有见到马修·福特？”

“我见到一个叫马修的，长得挺矮、刘海倒挺长的那个。”

“天哪，他超性感。”

我也不知是好还是坏，但去圣邓斯坦的确成了我那个冬天和春天最主要的社交生活。他们每周四晚上的聚会我都会参加，还作为他们其中一个成员的女伴出席了一次临时的晚宴。我不确定自己为什么会经常受到邀请，埃里克似乎已经有女朋友了，是他一个叫费斯的大三同学，总喜欢黏在他旁边直到晚会结束。一天晚上，我走进这栋房子的一个台球室里，看到他们正在接吻。他们靠在一个嵌入墙内的书架上，紧紧贴在一起。即便费斯已经踮着脚了，埃里克还得弯下腰去吻她。他的一只手缠绕在她头发上，另一只手搂着她的腰。埃里克正对着我，在我走出房间时和我的目光撞到一起。

圣邓斯坦严格说来并不是一个兄弟会，他们也都不称自己是兄弟。社团里的其他成员偶尔会挑逗我，但从不像我在秋季学期和洁西卡一同去过的兄弟会那样露骨而令人汗颜。在每周四的聚会上他们通常夸赞我的样貌，随后在他们的寝室里笨拙地劝我喝酒或吸食毒品。我总是拒绝，并不是因为这些邀请我的男生本身特别让人讨厌，而是因为即便有那个深色头发又长得漂亮的费斯存在，我还是喜欢着埃里克·沃什伯恩。当我第一次走进这个大楼，当他从吧台后溜出来带我在房间里四处参观、将我介绍给他的朋友时，我就喜欢上他了。他挽着我胳膊上方，就好像是告诉我和其他人我是他的人一样。如果真是这样该有多好。埃里克是让我一直去圣邓斯坦的原因，尽管我也喜欢和别的成员聊天，哪怕是在他们喝醉后跟我调情的时候。我在那里遇到的男生可以划分为势利的预科生以及出身不好却想着能跟女生上床的男生（我妈会这样说）。但他们通常都很有礼貌，谈话的重点不是昨晚有多浪费时间，也不是他们为当晚的聚会做准备有多浪费时间。他们是想把自己装成男人的小男生，所以才有些费力地试着跟我谈对政治的看法和对文学的见解。尽管这完全是一场骗局，我还是欣赏他们的努力。

因为我先是被埃里克邀请到圣邓斯坦的，我通常都会在周四晚上离开聚会时去找他道别。他也会再往我手里塞一张骷髅卡片，邀请我下个星期再来玩。如果聚会结束时他不在场，还会在下周设法找到我，再给我邀请卡，有次还在学生中心我的邮箱里留了张卡片。我把这些邀请都看成是小小的浪漫，尽管非常非常小，却是我第一次体会到的，对我来说已经足够。

我大一的最后一场考试是在一个周二下午。我计划第二天一早就乘公车从新切斯特出发去西保格，我妈会在那儿接我，再开车带我回蒙克屋。考试结束后，我本打算收拾我少得可怜的行李，再享受一下在巴纳德大厅独处的最后一晚。洁西卡比我早结束考试，前一天就已经回家。考完美国文学评论回来后，我在寝室的油毡地板上发现了一张骷髅卡片，背面有埃里克匆匆写上去的一句话："今晚有两大桶酒，快来帮我们消灭掉。"收拾好行李后，我穿过泥泞的校园走到大楼，意料之中地只看到很少几个成员和几个女性朋友在吧台周围。大部分学生都已经走了。埃里克看上去很乐意见到我，我也比往常喝得更多了。

费斯不在，这让我很开心。我甚至向埃里克问起了她。

“哦，费斯，她离开了我的生活，也离开了我的内心。”

“你是说？”我突然有一种惊恐感，觉得她已经死了，而我却没听说这件事。

“她离开了这儿。”他摊开手掌，指了指他的周围，“她也离开了这儿。”他又指了指自己的心。他的几个朋友随之发出哄笑声。我意识到埃里克比我之前见到的醉得厉害。

“我很抱歉。”我说。

“没什么可抱歉的。她不属于我，我也终于幸运地摆脱了她。”他又做了另一个夸张的手势。我突然意识到埃里克那晚邀请我是为了要勾引我，而我也想让他这么做。这正是我一直等待的。我没幻想这是比一夜情更长久的关系，但我还是处女，并决定在今晚把初夜献出去。我还没有傻到去相信必须把自己的初夜给一个爱我的男人，但我愿意给一个我爱的男人。这一点很重要。

圣邓斯坦所在的二楼有三间独立卧室。因为埃里克是主席的缘故，便分给他最大的一间。那间房天花板很高，正对着学校的小教堂。不同于其他只用来睡觉的小床，他的床上有四根柱子，由深色木头制成。当我们躺下时，尽管我是初次，埃里克看上去比我还紧张，衣冠整齐地与我在床上接吻。接着他打了声招呼，去了趟洗手间。于是我就脱去自己的衣服，躺到被子下。当他回来时脸上还有水渍，嘴里有牙膏的味道。他脱得只剩内裤，钻进被窝，躺在我身边。

“要戴套吗？”他问。

我说要。我没告诉他我还是处女，因为我不想让他犹豫。我们那晚做了两次，第一次是他在我上面。他太高了，我发现自己只看得到他瘦弱胸部上三角形状的稀疏毛发。他笨拙地抽动着，我都不确信他是不是真的很享受。但当我把腿高高地抬到他身体两侧时，他气喘吁吁地大声叫出了我的名字。那晚后来我们又做了一次，是我在上面。在窗外透进的昏暗路灯光中，我能看到身下他的脸。这张有圆耳朵、宽额头和薄嘴唇的脸并不好看，我还是爱上了它。埃里克有双迷人的眼睛，眼眸是深褐色的，睫毛很浓密，像女孩子的一样漂亮。我在他身上变换着频率，时而慢时而快。这样反复好几次后，埃里克突然把我压倒在他身下，吮吸着我一侧乳房，并抽动着。结束后他问我是否达到了高潮，我告诉他我没有，但还是觉得很棒。这的确是事实。我在天亮前就离开了。他在我穿衣服时也醒了，但我还是在他完全清醒之前设法离开了房间。我可不想听虚假的诺言。在整个夏天，我希望自己关于埃里克的所有回忆都是美好的。

那个夏天是我爸妈离婚后的第一个夏天。有人传言大卫又订婚了，我妈对此纠结而愤怒，疯狂地设计一个纽约画廊的展览。我给我爸打了两次电话，他让我去伦敦找他，但我拒绝了。我很乐意整个夏天都待在康涅狄格州看书。蒙克屋好不容易没有客人，我那善良的阿姨整个 8 月都待在外面；我妈正如她所说的那样，选择过一个没有客人打扰的夏天。我没有收到过埃里克的来信，但即便是他想写给我，也没有我的联系方式。据我所知，他不知道我家在哪里，也不知道电话本上没公开列出的我妈的电话号码。

至于在马瑟学院大二的住宿问题，我已经申请了一间单人房，洁西卡抗议说我们明明是很好的室友。8 月份我收到一封房屋管理处的来信，说我被分到了一个四居室，而其他三个室友我一个都不认识。她们三个要么是不喜欢社交而申请单人间的大二学生，要么是要求分到一起的好朋友。好消息是宿舍在罗宾逊大厅，那是学校最古老的宿舍，是四方院子里的一座楼阁式砖塔。每个卧室都有嵌入墙内的靠窗座位，有些还设有壁炉。

搬新宿舍的那天我去得很晚。其他三个室友很显然已是闺蜜，普普通通的房间里贴满了大卫·林奇的电影海报和史密斯的海报。我从大一开始就知道她们，但没有私交。她们都有乌黑的头发和苍白的肤色——典型的哥特式预科女生样貌。对我来说，她们就像是薇诺娜·赖德在三部不同电影中的角色。最激进的那个长得像薇诺娜在《甲壳虫汁》里的角色，头发粗短，只穿黑色衣服。另两个言行举止则更像预科生——分别是薇诺娜在《四个毕业生》里的角色（梳着带刘海的齐耳短发）和在《美人鱼》[①]里的角色（穿着羊毛衫、戴着珍珠、梳着齐刘海，可能具有讽刺意味，也可能不是）。

我不知道9月的那天晚上三个薇诺娜是怎么看我的。我当时穿的是紧身长裤和带领子的亚麻衬衫。除了她们的深色口红和打着两个耳洞的耳朵外，她们表现得还是挺友好，在我收拾行李时关小了快乐小分队的歌。在敲门声响起时，我刚接过《美人鱼》里的薇诺娜递来的一杯酒。门开了，外面站着的竟然是埃里克·沃什伯恩。我太吃惊了，有一瞬间我竟然以为他是来找我某个新室友的。但他确是为我而来。他穿着中裤和牛津布衬衫，身上散发着香烟和威士忌的味道。我和他一起回到了圣邓斯坦所在的大楼，直接进了他的房间。他告诉我他一整个夏天如何思念我，如何拼了命地想找到我住在哪儿。他甚至告诉我他确定自己已经爱上我了。而我竟然像个傻子一样相信了他。

① 又名《风情妈咪俏女儿》。

第9章　泰德

布拉德和我开始时喝啤酒，后来不知何时换成了尊美醇爱尔兰威士忌和姜汁鸡尾酒。我们坐在库利一个高背包厢里，这里是肯纳威克海滩区域为数不多的最具历史的酒吧之一。菜单上自吹它们始于1957年，没有人会怀疑。这么多年来酒吧后院里堆满了酒类推销员的各种脏兮兮的小玩意儿：喜立滋啤酒的壁式烛台、詹妮淡啤酒的小镜子和一只麦肯齐狗背景灯……很高兴喝的换成了尊美醇爱尔兰威士忌和姜汁鸡尾酒，这样等我请下一轮酒时就可以毫无压力、天衣无缝地来杯纯姜水了。

在房子那里发现正准备离开的布拉德时，我提议一起出去喝一杯，他欣然接受，并载我到了几里之外肯纳威克海滩上的库利酒吧。我们到那儿时才过5点，是第一批顾客。酒保是个穿紧身黑牛仔裤和紫背心的女大学生，在我们进去时说了句“嘿，布拉格特”。

“她叫你什么？”当我们进了一间中包时我问他。

“布拉格特啊。这是我在这附近的昵称。布拉德加上达格特，都是些中学时起名的把戏。”“第一轮让我来买单吧，老板。”他走出包厢去了吧台。我不知道自己和布拉德喝酒能从他那儿套出些什么，但莉莉让我多搜集点信息，我想这就是我正在做的。我对他了解得越多，就越能让自己逃脱罪名。

那晚的第一个小时，布拉德和我讨论了新房的装修进展。他就像往常一样又让我吃了一惊——说的话百分之八十很专业，百分之二十纯属胡扯，就像卖汽车的诚恳地劝你别买真皮内饰，却仍然成功地推销给你昂贵的导航系统。我们喝的是喜力啤酒，在我们交谈时，我近距离地观察了他。他真是个酒鬼，一瓶酒三大口就喝完了。尽管他仍然英俊潇洒，却已出现衰老的迹象。他黝黑的脸上有被太阳晒成的一块块黑斑，两颊开始显出酒后的红晕。尽管他面部棱角分明，但是从局部被花白山羊胡子覆盖的下巴开始，棱角尽退。他最迷人的是深褐色的眼睛和一头两鬓灰白的黑发。

在酒过三巡、讨论完房子后，我说：“希望米兰达没把你逼疯。她对自己想要的东西特别挑剔。”

“那是好事啊。最糟糕的客户是那些总喜欢改变主意的人。西弗森夫人还是挺好的。”布拉德从包里掏出一盒万宝路，那个包自从我们坐下后就一直放在桌上。他往漆光的木头上按了过滤嘴好几次，然后问我是否介意他出去抽根烟。

他离开后，我看了眼我的手机。它在过去的二十分钟里断断续续振动着。米兰达给我发了一连串的短信，最后一条是：“老实说，你他妈到底在哪儿？”我回复她说我在和布拉德喝酒，很快就会回酒店。我让她尽管尽情享受没有我的晚餐。她回我说“好吧”，几秒钟后又回道：“亲亲抱抱。”

我在包厢里转了几圈，透过库利的前窗望向布拉德所站之处，看着他往已经黑下来的夜空里吐出烟圈。从他低头的角度可以看出他似乎正在看手机，可能还在往里面输入些什么。也许他也在跟我老婆发短信吧。我心中顿时燃起熊熊怒火，但我提醒自己正在执行一个寻找事实的任务。小不忍则乱大谋。布拉德喝得越多，我发现他弱点的机会也就越大。我带着自己那瓶还剩四分之三的酒去了洗手间，把大部分都倒进洗手池里，想让自己稍微保持一点清醒。

布拉德回来后，再也没有聊起米兰达。他开始问一些有关我工作和生活的普通问题。当他知道我念的是哈佛时，又开始问我对他们的曲棍球比赛了解多少，去看过几次锦标赛。我对这些并不感兴趣，但我的确和大二那年的室友一起去看过两次曲棍球比赛。他是英语专业的，对体育非常狂热，后来成了名成功的杂志编辑。我们又从曲棍球聊到去年红袜队棒球赛季——这是我知识丰富的领域。我告诉他我与别人一起在豪华包厢观看了整个赛季，并许诺明年带他去看一场比赛。在喝回尊美醇时，我发现自己已经把仅有的体育知识全聊完了，于是问起了他离婚的事。

“我有两个很棒的孩子，”他从硬包装的香烟盒里又抽出一根烟，往桌子上按了一下，说道，“还有一个该死的克星前妻。”

“孩子归她了吗？”

“他们每隔一个周末才来我这儿。我就是要这么说她，这也是我对她的全部评价；但她的确是个好妈妈，孩子们跟着她也会更好。但如果我们的婚姻没有在那时结束，我会杀了她，或者她会杀了我，这就是我们之间的一切。我们在一起时，她总是拼命不停地唠叨：布拉德，你他妈在哪儿呢？赶快回来修厕所，布拉德；布拉德，你什么时候才会再带我和孩子去佛罗里达啊；布拉德，你在那些漂亮的房子里做工时不为自己的老婆孩子还住在一个破屋子里而羞愧吗？无休无止……我没有一把该死的枪是件好事，不然我真的会杀了她。”他咬牙切齿地说道，一口牙齿被尼古丁熏得已有点泛黄。

“兄弟，你知道我在说些什么，”他继续说道，“你也可能不知道。米兰达有没有什么让你无法忍受的地方？”

“没有。我们还像新婚夫妇一样，一切都像在天堂那样美好。”

“哦，我操，”他大声说道，“我敢打赌你们不是。”他说话开始不清晰了，说的是“我敢打赌你们不死”。接着他在桌子那头朝我伸出了拳头，我和他击了一下拳，朝他勉强笑笑。布拉德怎么突然间就醉成这样？就算我们已经持续喝了差不多两个小时，可五分钟前他好像还没有醉。

“不，米兰达真的很好。”我说。

“屁话！”布拉德说，“别误会我，我是说，虽然你长得不丑，但你怎么娶到这么好的老婆？”

“只是运气好吧。”

“是的，好运气和几百万美金。”他说完这话就后悔了。我没有机会回答他，因为他立刻举起手，手心向上朝着我说：“哦，哥们儿，我在胡说八道，我不是有意说这话的。”

“没关系。”我说。

“不，有关系。我完全是胡扯的。我就是个混蛋，我喝太多了。对不住了，哥们儿。她有你是她的幸运。我确定这跟钱没关系。”

我笑了笑。“不，我确定是跟钱有关。我可以接受这一点。”

“不，哥们儿，我虽然压根不了解米兰达，但我知道她并不看重钱。”布拉德看上去要开始赔罪自白了，所以当一个浓妆艳抹的金发美女走进包厢坐到他旁边并撞他的屁股时，我很高兴。

“嘿，布拉格特，”她说着，然后朝我伸出了手，我握住她纤细的手指，权作握手，她说，“你好啊，布拉格特的朋友。我是波利。我确定你不认识我。”

“波，”布拉德说，“这是泰德·西弗森。他就是在密克马克盖新房的那个人。”

“别废话。”波利朝我笑了笑。即便化着小丑一样的妆容，你还是能看出她蛮漂亮，也许一度非常漂亮。她有着天然的金发碧眼，傲人的胸部故意透过V领衬衫和开襟羊毛衫露了出来。露出的部分是健康的小麦色，点缀着小雀斑。“布拉德跟我说了所有关于那房子的事。听说它会非常漂亮。”

“我们计划是那样的。”我说。

“好吧，两位，我本来打算加入你们兄弟之间的谈话，但既然你们是在谈生意，我就没兴趣了。”

“来喝一杯吧。”我说。

“不用了，不过还是谢谢你。你们俩聊吧。”

她走出了包厢，留下浓重的香水味。

“你女朋友？”我问布拉德。

“也许八年级的时候是吧，”布拉德说完就哈哈笑了，露出许多牙齿，“但既然她在这儿，我就想走了。我就住在街角附近，你再喝一杯吧，然后我送你回家？”

“好的。”我说，尽管我最不想再喝一杯，其次不想的就是坐布拉德开的车。但这是知道他住处的好机会，我可不想浪费掉。

晚上天渐渐转冷了，但雾已散去，点点繁星在夜空中闪烁。尽管离布拉德对外出租的屋子也就不到三百米远，他还是开着卡车载着我。在从海滩出来的路对面，十几间盒子状小屋连成一个半圆，他把车随意停在第一间的前面。一个手写的指示牌上写着“新月小屋”和联系电话。

他打开大门，整个屋子黑漆漆的。我说：“米兰达跟我说这些屋子都是你的。”其他屋子也都黑漆一片，只靠一盏路灯和明亮星空照明。

“这都是我爸妈的，但由我打理。现在过了租房的季节，但它们在夏天时租得挺好。”

我们走进前门时，他猛然打开一盏高高的落地灯。屋内虽比我原先想象的要好，但更萧瑟，只有几件实用的家具。墙面刷成白色，屋里几乎是空的。唯一让人知道那是布拉德的屋子而非出租屋的标志是一个巨大的独立电视，在这么小的起居室真是太占地方了。我猜屋里会有一股烟味，可并没有。

布拉德径直走向凹室内的厨房，打开冰箱，而我关上了身后并不牢固的前门。砰砰两声起瓶声之后，他走回来递给我一瓶冰喜力。我们坐在米黄色的沙发上，布拉德垮着身子，岔开双腿。啤酒瓶在他晒黑的大手里显得娇小。

“你在这里住多久了？”我只是为了找点话说。

“差不多一年了，只是暂住。”

“当然了，”我说，“我是说，我能看得出来，你不打算在这儿久住。”

当我说这话时自己也觉得不太舒服，我看到布拉德脸上浮现出一丝仇恨的神色，却又很快变成思索状的皱眉。“就像我说的，只是暂住而已，直到老船开进来。”

我没有回话，与他一起陷入沉默。环顾四周，我注意到咖啡桌上的一摞垂钓杂志沿桌角堆放得整整齐齐。杂志上面是个遥控器，也和桌角平齐。桌上靠近我的一侧放着一个男孩和女孩的相框，照片是在船上拍的。两个孩子看上去约莫十二岁和十岁，穿着橘色的救生衣。

我拿起了相框。“这两个是你的孩子？”

“杰森和贝拉。那是在我的老船上拍的。今年夏初我把它给卖了，然后买了艘阿尔比马尔船。你平时钓鱼吗？”

我告诉他我不钓鱼，但他还是继续说着他的船。我几乎没在听，但这都不重要。我开始了解布拉德·达格特，姑且先不谈他睡了我老婆，我发现自己压根不喜欢这个人。他是个自私的酒鬼，老了之后可能是个更自私的醉鬼。除了放了张自己孩子们的照片在家外，他根本就不关心他们。除了他自己，真搞不清他还关心谁。他是这个世界的渣滓。我想起了莉莉，想到了让布拉德就这样突然去死，我可不在乎。事实上，我想让他死。不仅仅是因为要惩罚他睡了我老婆，还因为让他从地球上消失会是件好事。他有让任何人的生活变得更好吗？他的孩子、他的前妻、酒吧里那个可能还自以为是他女朋友的波利，他们都没有因为他而生活得更好。他就是个混蛋，周围少一个这样的混蛋对每个人来说都是件好事。

我打断布拉德絮叨自己的船，告诉他我要去趟洗手间。那儿跟其他房间一样，空空如也。我把啤酒倒进水池，然后看了看布拉德·达格特的药箱，没什么可看的：剃须刀、除臭剂、美发用品、一大瓶普通消炎药、一瓶没开封的染发剂和一瓶过期五年的处方类抗生素药品。我打开药瓶看了看，里面装着蓝色钻石状的药片，我觉得是伟哥。所以布拉德那方面其实并不行。哈哈。我真的大笑出了声。当我回到客厅，布拉德并没有在沙发上动一动身子，他的眼睛已经闭上，胸部均匀地起伏着。我盯着他看了一会儿，试着去寻找除了恶心之外的感觉——试着去可怜他，也许是我的一种自测方式，却什么也没感觉到。

离开前，我轻轻地翻了翻厨房中的几个抽屉。其中一个很实用，装满了各种工具、皮尺、一卷线和一卷胶带。抽屉后面放着一把史密斯和威臣双动式手枪。我很惊讶，只因为他之前开玩笑说，如果他有枪的话一定会杀了他前妻。有一瞬间我想偷走枪，但又想到他肯定会知道是我偷的。我把枪放回原处，从一个装满差不多形状钥匙的小盒子里拿走一把新钥匙。他是不会发现的，而且这可能是打开他房子大门的钥匙，或者是他所有房子的钥匙。

我朝周遭看了看才离开，布拉德并没有任何动静。我一走出门，冷冷的带着海水味的空气就向我袭来。我轻轻地把那把钥匙插入布拉德家大门的钥匙孔里，门拧开了。我就让门那么开着，把钥匙揣进兜里。接着又掏出手机，准备给米兰达打个电话让她开车过来接我，最终决定还是自己走回去算了。冷空气吹在皮肤上感觉很舒服。我深深地吸了口气，空气中的咸味一瞬间让我感到自己从没这么真实地活过。我开始朝前走。这儿离家只有几英里路程，而我觉得自己有使不完的力气。

第10章　莉莉

我在大二学年时，埃里克在大四，整个学年我每周四、五、六晚上几乎都是在圣邓斯坦二楼埃里克的房间里度过。那时我觉得这是自己人生中最美好的时光。如今回想起来，并不仅仅是因为后来发生的种种，还因为我意识到那也是一段充满不确定和焦虑的时光。我爱埃里克·沃什伯恩，他说他也爱我。我相信他，但也知道我们还太年轻，况且埃里克很快就要毕业，他打算搬去纽约，并在金融行业找一份工作。而我则打算下一学年去伦敦的方斯艺术学院学习艺术品保养。虽然我和埃里克也会谈及未来，但我告诉自己一切都会在他毕业后发生改变。

在那一年里，我一部分时间独处，一部分时间过着合拍的两人生活。从周日到周四我完成所有的阅读及课业。我的室友薇诺娜三姐妹大声放着音乐，不停地抽烟，但出奇的话少，脾气相对来说也还不错。我发现自己和三姐妹中的“美人鱼”薇诺娜有很多相似之处。她酷爱阅读，和我一样从小到大都是《少女妙探》的忠实读者。到了周四晚上，我就会前往圣邓斯坦大楼赶赴每周一次的聚会。由于我总在那里过夜，有时还待上一整个周末，我会带上最大的手包，装上一套换洗衣服和几件化妆品。从周五早晨一直到周日晚上，除了上课、埃里克的壁球比赛、极限飞盘比赛，或者其他对他来说一定要赢的数不清的各种即兴比赛外，我和埃里克几乎都黏在一起。我们在学校剧院看电影，试着去新切斯特吃意大利餐，有时也会参加非圣邓斯坦会或其成员举办的聚会，但次数很少。我们两人的关系不知不觉越来越和谐、舒适，彼此非常习惯。我们讲着只有彼此才懂的笑话，性爱在我看来也非常和谐。我们称呼对方为沃什伯恩和金特纳。我们很幸运，没出现极其失望的事情或出轨的行为。我珍惜我们现有的状态，只将这份深深的爱恋告诉埃里克。而他也热烈地回应我，有时也会谈起我们从马瑟学院毕业后的未来生活。

埃里克的前女友费斯也大四，仍然是周四派对的常客。她现在正和马修·福特约会。因为费斯和我分别是圣邓斯坦两个最重要成员的女朋友，她在那一年经常缠着我，甚至偶尔还会问起我和埃里克之间的关系，尽管我从来不会接茬。我并不是很喜欢费斯，她话太多、心机又重，喜欢成为众人关注的焦点，但我不介意和她待在一块。如果费斯不在周围，我会对陪伴埃里克两年的女孩充满好奇，这必将一直困扰我。但是她一直在我们身边，我能够了解她，而且正因为这一点，我也再不用空想她是怎样的人。

我可以看出费斯对埃里克有怎样的吸引力。她有圆圆的脸蛋、性感的身材和黑色的短发。她的着装和预科生手册里的一模一样，但她的毛衣经常偏紧，裙子也总是很短。她说话时会离你很近，直接与你进行眼神接触以消除你的戒备之心，但她经常笑，还喜欢讲笑话。如果我们一起去某个地方，她总会挽着我的胳膊，如果她站在我身后，就会用手指拨弄我的头发。我爸或我妈都没有与我在肢体上有亲昵的接触，所以我对费斯的触碰总会感到厌烦，偶尔却又觉得安心。有一次费斯喝醉了，告诉我她想读懂我眼睛的颜色。她离我很近，棕色的眼睛在我的视线中被放得很大。

"它就好像是一匹织锦挂在那儿。"费斯说道，她温暖的呼吸直直地喷在我的脸上，"里面有星星点点的灰色、黄色、蓝色、棕色，还有粉色。"

埃里克很少会提到费斯，但有天晚上我们躺在他床上时，他问我是否为费斯总是出现在我们周围而感到困扰。

"不会啊，"我说，"她说我们是好朋友。你没注意到吗？"

"她跟每个人都是好朋友。算了，就当我没说。我觉得她是真的喜欢你，想和你做朋友，但只是……"

"别担心。我明白你的意思。我可没打算和她做最好的朋友。我不知道我们有什么共同点，除了你女朋友的身份之外。"

"是的，我可以担保你们绝无共同点！她人并不坏，她和马修在一起也很般配。"

"也许吧。"我说。

那就是我们关于费斯的全部对话。

那个夏天我回到了蒙克屋。我妈有了新的男朋友——迈克尔·比亚利克，一个蓄着胡子的大学语言学教授，竟然很接地气。他自己有住处，就在我们家半英里开外，一幢由谷仓改建而成的房子。他和儿子——一个叫桑迪的钢琴天才一同居住。迈克尔酷爱厨艺，我妈也正因为这一点总喜欢待在他家，把我一个人扔在蒙克屋。我在图书馆只需要从周一到周五每天工作四个小时，剩下的时间不是用来阅读就是在家附近转悠。我正在恋爱中，心也很宁静。我甚至回到了自己最爱的那片草地，切特最后长眠的地方。井盖还在原位，就像数年前一样。当我第一次发现它的时候，它掩藏在冬天干枯的草下。附近的农屋仍然空无一人。

我原来的计划是在每个周末去纽约见埃里克，但当埃里克来了我家后就喜欢上这里了，至少他自己是这么说的。

“我想每个周末都在这儿过，金特纳。这会是最完美的生活。工作日待在城市，然后我可以在周五傍晚坐火车过来陪你，周末待在乡村。”

“你不会觉得无聊吗？”

“绝对不可能！我喜欢这个地方。你呢？我是说如果让你天天待在这儿。”

“我无所谓啊，我每个暑假就是这么过的。而且还有你，让我盼着周末。”

于是，我们的暑假又变成和上学时一样：平时各干各的，周末聚在一起。我并不介意，因为我从不介意自己独处。独处的日子会让我一天天离周末更近一点，看着埃里克从火车上走下来，肩膀上背着旅行袋，脸上挂着满满的喜悦。这些周末我们比以前还要密切。远离马瑟学院，我们的关系显得更成熟和惬意。我们感觉像是夫妻，所以我并不介意每个星期只见埃里克两天。

埃里克也不介意，但有他自己的原因。

如果不是我爸在 8 月的最后一个星期来纽约，并约我出去吃午饭，我可能永远都不会发现埃里克的那些原因。也许还会在秋天去往伦敦时，认为埃里克还是我的终生挚爱。我爸出了本新书，是本短篇故事集，他来纽约见他的美国经纪人和美国出版商，并在斯特兰德书店举办读书会。他并没有邀请我去参加，这也并不令我意外。好像在高三时，我曾经问过他能不能去一次他的读书会，而他的回答是："天哪，莉莉，你可是我的女儿，我可不会让你去。你终究会看我写的书已经感觉够糟了，更别说来听我大声念。"

于是我从图书馆请了一天假，坐上去纽约的火车。我和我爸在一家装修华丽的餐厅吃了顿午饭，那餐厅和他下榻的市中心酒店的大厅相连，我们谈论了有关下一年我去伦敦的事。他答应给我发一封邮件，里面会列出我需要拜访的朋友和亲戚的名单，以及他最喜欢的一些伦敦地标，其中大部分都是酒吧。接着他又向我打听我妈和她新男友的八卦，在他听到那个语言学教授总的来说是个体面的男人时非常失望。午餐过后，我们在酒店前分手。"莉莉，你自己好好的，别管你妈和我"，他已经不是第一次这么说了。我们拥抱着道了别。那天有着这座城市 8 月末难得的好天气，于是我朝市中心埃里克的办公室走去，之前我从未去过那儿。整整一个月空气都很沉闷，现在突然变得干燥起来，中午我沿着城市安静的走道前行，只觉得很是快活。我还在犹豫要不要上班时间打扰埃里克，并开始想象当我迈进他的办公室时他脸上的表情，突然间有人大声喊我，幻想随之而破。转头看到凯蒂 · 斯通在街对面朝我招手，她是马瑟学院的大三学生，是我在圣邓斯坦的聚会上认识的。

"我就猜到是你，"凯蒂说着踏上路牙，一辆黄色的出租车突然疾驰而过，"我不知道你今年夏天也在这儿。"

“我不在这儿。我在康涅狄格州我妈家里，但我爸在这儿，我刚跟他一起吃的午饭。”

“要不要一起喝杯咖啡？我今天下班早。天哪，纽约的8月可把我给闷坏了。”

我们去了一家连锁咖啡店，就在最近的角落里，点了两杯冰拿铁。凯蒂和我闲聊一些我们都认识的马瑟学生和一些我从没听说过的人。她可是八卦的搜集者和散播者，我很奇怪她竟然没有问我有关埃里克的事，于是我问她：“你能经常看到埃里克吗？”

凯蒂的眼睛在我提到埃里克时略微睁大了一些。“哦，我可没打算提他。是没打算说那么多啦，但少说一点还是可以的。你也知道，他就在这附近上班。”

“是的，我知道。你为什么不打算提他啊？”

“我只是不知道你们分手后你现在怎么样。我不知道你是不是想知道关于他的消息。”

一种彻骨的寒意遍布我的全身。我几乎就要脱口而出，告诉凯蒂我当然还在和埃里克交往，但某种力量阻止我这么做。于是，我问道：“怎么了？他出什么事了？”

“反正我是不知道关于他的事。我很少能看到他，但他周末从不在这儿待。他爸爸生病了，或许你知道这事？”

“我不知道啊，”我说，“他爸爸怎么了？”

“我猜是得了癌症。埃里克每个周末都会过去看他。他们的关系应该很好吧？”她说这话倒像是在提问题，我竟能点头附和，尽管我想马上冲出咖啡店离开她。好在这时凯蒂的手机响了，当她在硕大的包里找手机时，我忍住了这个冲动。我从咖啡师那儿借了把钥匙，把自己锁在一个衣柜大小的洗手间里。我的大脑飞速运转，拼命地试图理解刚才得到的信息。一个感性的我怀疑凯蒂刚刚所说的话一定出现了些愚蠢的误会，而一个更理智的我知道那都是真的，我一直以来就是个傻子。埃里克过着两种生活，没有人知道他周末都去见我。还回钥匙后，我看到凯蒂还在打电话，于是就趁着这个机会拍了拍她的肩膀，指了指我的手表，迅速走向大门。凯蒂放下电话站了起来，而我只是用唇语说了句“抱歉”就走了。

走出咖啡厅后，在街上我沿着住宅一侧走着。一座赤褐色砂石建筑前的石阶在枝繁叶茂的树影下若隐若现。我蜷缩在最高的一层台阶上，一点都不担心如果主人看到我让我离开该怎么办。我不知道自己在台阶上坐了多久，差不多有两个小时。在那段时间里我感到些许悲惨，但很快就冷静下来。我分析了现在的情况。埃里克将他的生活和我划分得泾渭分明，以确保那只会在周末发生，且不在这座城市。这就是他的行事方式，这也是他在大学时的行事方式。但他为什么又要对他周末在哪儿而撒谎呢？只有一个原因可以解释——埃里克在纽约又有别人了。

快到 5 点时，我走回埃里克工作的大楼。我知道详细地址，但并没见过大楼的样子。我走得很慢，眼神在人群里搜索着。我知道万一撞见埃里克，也不知道如何处理，但我还没打算现在就离开纽约。我想看看他到底在哪儿上班，也许只是悄悄地去看他，而不让他发现我。

他的办公室在格雷木瓜热狗店旁边，是一座没有任何明显特征的四层楼石头建筑。我坐在入口对面的长凳上，从旁边的垃圾桶里抽出一张《纽约邮报》在面前展开，眼睛却仍然盯着建筑的前门。刚过 5 点，一些穿西装的男人和一个穿裙子和罩衫的女人就出现了。埃里克不在里面，但他接着就和三个男人一起在下一拨出来了。他穿着一件浅灰的西装，和其他三个走到人行道上的男人一起着抽烟。我对埃里克抽烟并不感到奇怪，即便他告诉过我他毕业那天戒了。他周末来康涅狄格看我时从不抽烟，但那是另一个他。他的几个抽着烟的同事开始往市中心走，但埃里克在那儿站了一会儿，盯着他的手机。一辆黄色的出租车停了下来，我原本想着埃里克会坐进去，但竟然从里面走出来一个红头发、穿复古迷你裙的女孩，在埃里克扔掉香烟时亲了他一口。

他们聊了一会儿，埃里克把手搭在她的屁股上。

我的心被刺痛了，整个世界都从我眼前暗淡下去，一时间我以为得了心梗。最难受的感觉过去后，我挺直腰杆，做了次深呼吸，仔细打量起那女孩。她看上去很熟悉，但我看不到她的脸。刺痛我的是，她竟然和我一样有着红头发，即使隔着这么远我都能看出那个女人的红头发是在理发店染出来的，不是天生的。

埃里克和那个红头发转过身，我一瞬间非常害怕，以为他们要从路牙走下来，穿过马路走向我，但他们是往北走，胳膊挽在一起。我的视线越过报纸直达他们，终于看清了埃里克的城市女友长什么样。那是费斯，一个红头发的费斯。现在回想起来，我并不怎么惊讶那竟然会是费斯——那当然是费斯——但我仍很诧异她为什么要将头发变得和我的一样红。我非常愤怒，那是这么多年来从没有过的愤怒。

第11章　泰德

在离开康科德河旅店之前，莉莉和我一致决定，我要待在缅因州，花些时间在布拉德和米兰达身上。这一点是行得通的。之后，我们谋划了下一次的见面，那将会在我们第一次见面之后的第二个周六。地点是老山暝园，坐落在康科德中心纪念碑广场的一个山坡上。那里有些长椅，我们可以并肩坐在上面商量，不像在旅店的酒吧里那么显眼。

周六那天下午我先到。镇上有些游客，但山坡上一个人影都没有。我独自坐在一张冷冰冰的铁长椅上，大街上的木瓦屋顶一览无余。低垂的天空呈现出花岗岩一样的颜色。风匀速地吹着，不停地将霜染的树叶卷入空中。我探寻莉莉的身影，巡察着环绕纪念碑广场的汽车，尽管我不清楚她开什么样的车。我连蒙带猜，以为会是经典款，但只是猜测而已。可能是一辆复古款宝马，又或者是原始迷你奥斯汀。但当我发现莉莉时，她并不是从车里出来，而是在大街上快步走着。她穿着长款及膝的绿色外套，红色头发随着步子一起跳跃。

我看着她向暝园走来。她走到屋顶下面时，我的视线被挡住，看不到她。马上又见面了，我感到一阵兴奋。一是心中兴起的浪漫念想，但另一方面，令我兴奋的是，我要告诉她我去缅因的收获，告诉她我偷了布拉德的钥匙，打开了他的前门。在某种程度上，我感觉自己像一个带着优秀成绩单回家交给母亲的孩子。

莉莉走在瞑园石板路上，重新出现在我的视线里，她冲我微微一笑，然后坐在对面的长椅上。“风景不错。”她说。她刚从陡坡上爬上来，有点气喘吁吁。

“我看着你从大街上走来。你知道自己在我的‘监视’下吗？”

“没，我甚至想都没想，我担心自己迟到，你已经离开了。”

“哎呀，我不会离开的。我有一肚子话要对你说。”

她转向我，在10月灰色的光影下，她的脸色发白，头发的颜色比我记忆中的更红，是众多单一色调坟冢中的一抹惊艳的活力。我想伸手去触摸她，确定她是真实的，但是我缩回了手。“你去了缅因州？”她问道。

“是的。”我答道。然后告诉她我这一周的经历，与布拉德一起的日子，在他的房子里，还有，拿了他的钥匙。

“你认为他不会察觉少了把钥匙？”她问。

“不会的，他的抽屉里有一大堆。这是他的营生，所以我觉得他需要许多钥匙。据我所知，那些是能打开所有门的万能钥匙。”

“嗯，钥匙能帮点忙。记住完事之后扔掉它或者放回布拉德的屋子里。绝不能留下任何物证和把柄。这一点你是知道的。”

我点点头，莉莉问我：“你在家里发现别的什么吗？有没有完工日期？”

我告诉她，布拉德曾对我说过期望在12月初完工，最迟不过1

月初。

“那意味着我们需要加速行动。我认为在房子完工之前下手，这很重要。”

我们制订了一个计划，包括我需要什么时候在什么地点，以及我们共同需要做的事情。我和莉莉讨论这个问题，就像两个高中高年级的学生展示期末科学项目时，讨论各自的分工一样。我是一个注重细节的人，为了工作和赚钱我必须这样。我下意识地想记笔记，但我知道没什么可写的。正如莉莉之前所说，这将是我成为鳏夫之前我们的最后一次见面。然后我们可以偶然再见，就像从未见过一样。我们交谈时，我记着需要做的事。我感到胸口一阵发紧，喉咙和下巴堵得慌。我晃了晃头，脖子像断了一样。

“你没事吧？”莉莉问。

“没事。只是这将成为现实。这是我缅因州探寻之旅的一部分，但是我现在感觉有些异样。”

莉莉抿着嘴巴站起身来，眼神里透着担忧。“你知道，你不是非要这么做，”她说，“这是为了你，不是为了我，我最不愿看到你的所作所为将困扰你下半辈子的生活。”

“那倒不怕，我可能担心有些事会出错。”

“如果我们按计划行事，就不会出什么差错。我问你，如果今天缅因州地震，米兰达和布拉德都死了，你会有什么感觉？”

“我会很高兴，”我不假思索地说，“那就一了百了了，他们也是活该。”

“那就是我们正在做的。我们正在制造一个埋葬他们的地震。如果我们做得天衣无缝，每个人，包括负责此案的探警，都会很自然地认为布拉德杀了米兰达之后，逃离了现场。他们会尽全力搜罗他，但是永远找不到。他们可能会简单地怀疑你。不怀疑你才怪呢。但是他们找到的证据并没有指向你，你不在案发现场将是铁证如山。”

“好吧，我相信你。”

“听着，任何时候你决定不干了，只管告诉我。但如果你担心出什么差错，我认为没那个必要。如果我们按照计划敏于行事，你根本就不会成为嫌疑人。米兰达和布拉德将死有余辜，不仅如此，你会博得大家的同情。你年轻漂亮的妻子被她的情人残忍杀死。你不用操刀弄棍就能置他们于死地。”

莉莉笑着，捋了捋额头上的一绺头发。

“顺便说一下，”我说，“那可不是我的动机噢。”

“不是吗？”

“不是，除非你自己想要这么考虑。”

莉莉依然笑着。“啊，故事情节丰富了。”

“或者说是简单了。”

“对，或者是简单了。”她笑了。

我们对视了一会儿，莉莉的笑容消失了。她缩了缩肩膀，把外套往上扣了扣。“冷吗？”我问。

“有点，我们可以在附近走走吗？我以前没来过这里。”

好吧。我们手挽着手，像一对满载风霜记忆的老夫妇，不需要任何话语，安闲舒适地在陈旧的摇摇欲坠的墓碑丛中穿行。我们读一些铭文，大部分是纪念 18 世纪人们的文字。许多人英年早逝，现在看来是悲剧，但是他们也曾有过自己的生活。无论他们去世时多么年轻，至今已离世多年了。

有一些墓碑上的文字，由于岁月的侵蚀，只剩下一些笔画，无法辨认。许多墓碑上画着长了翅膀的骷髅头，还有的刻上了死亡警告："记住，有一天你会死去。"我指向其中的一个铭文雕刻。那是一个灯泡形状的骷髅，有着猫头鹰一样的圆眼睛和两排齐整的牙。在头骨和铭文之间是两组交叉的骨头。"我不知道人们什么时候会不在墓碑上画上死亡图案，"我说，"尽管它再合适不过。"

"是啊。"莉莉说着，拉我靠近她。墓地稍远的那一边地势稍低，我们正站在最高处，在一棵满是黄色叶子的树下面。我们几乎同时转身，我把莉莉搂进怀里，我们亲吻对方。我解开她的外套，双手伸进她的腰间。她的毛衣摸起来像是羊绒。她颤抖了。

"还冷吗？"我问。

"不冷了。"她说，我们接着亲吻，越吻越狂热，我们把对方拉得更近了。我一只手滑到她的胸前，感受着她的肋骨，接着是隆起的乳房，坚实的乳头。树枝折断的声音让我们转过头去。公墓的悬崖上蜷缩着一个身影，他正对着一个墓碑拍照。我们放开对方，但仍然望着彼此。

"我们今天就到此为止吧。"她说。

"好。"我的声音有点嘶哑。

"你了解计划吗？我们应该温故一遍吗？"

"我了解了。都在这里。"我拍了拍脑门。

"那好吧。"

我们都没动。"所以等会儿，"我说，"我们继续吗？"

"好的。"

"你会告诉我你所有的秘密吗？"

“我会的，我期待着把一切的一切都告诉你。”

我想起在康科德河旅店，我半开玩笑地问她杀了多少人。我再一次问自己正和谁搅在一起，但我又一次告诉自己我不在乎。

“我们应当各自离开。”

“我知道。在进入那个拍照人的镜头之前离开。”

我抬头望向断崖。那个人正站在那里，拿相机对准一排倾斜的墓碑。“我先走。”莉莉说。

“好的。到下次再……”

“对，下次再……祝你好运。”

她从我身旁走开，上了暝园的山坡，那个拍照人从未把镜头转向她。我站在原地，嘴上还停留着她的唇香。我拉上外套的拉链，把双手塞进口袋。天空还是花岗岩的颜色，比先前亮一些，所以我眯着眼睛看着莉莉远去。这是我从决定杀掉妻子以来第一次想要速战速决。我像圣诞节前一周的孩子，感觉一天又一天，每一天都过得太慢。我想要米兰达死。她带走了我们的爱情，还嘲弄它，也嘲弄了我。我一直在想，米兰达过去是怎么看我的。有时她把我看作是她宇宙的中心，然后却扯碎我的心。我怎么能和有如此作为的女人共享金钱？她扯碎了我的心，还一副事不关己的样子。这是我要杀她的理由，我告诉自己坚信这个理由。

现在我有了一个全新的理由。我有了莉莉。我这么做是因为莉莉。我要杀了我的妻子，这样我就可以和莉莉在一起了。这个理由比其他任何理由更讲得通。

第12章　莉莉

在我出国飞往伦敦之前的一个周末，我一人度过。我告诉埃里克，夏季结束时我患了严重的感冒，或许他不应当过来。他答应了，条件是让他周二开车送我去肯尼迪国际机场。我想，和他在车里的几个小时肯定更难熬。但也没事。我只是告诉自己要装作什么都没发生。

整个夏天，埃里克和我讨论了好几次我去伦敦的事。我给他机会表达任何不同的意见，他坚持认为我们应该在一起，继续这样互不干涉地在一起。他计划10月去看我，在我到那里六个星期以后。机票已买好，所以当我们在肯尼迪国际机场乘客上车点道别时，他说："六个星期并没有感觉中那么长，我们很快就会再见的。"

"嘿，"我说，"这听起来很奇怪，但我想让你知道，如果你认为这次分开时间太长，我能理解。如果你想终止我俩之间的关系，和别人在一起，我不乐意但我不会责怪你。现在是时候告诉我了，不要以后才说。"

他看起来有些担忧，盯着我说："这是你想要的吗？"

“才不是呢，但我希望你对我实话实说。如果你骗我，我可不是好惹的。”

“你永远不必担心。”我在他的脸上搜寻任何撒谎的迹象。这是我和父母一起生活这么多年常干的事。我认为自己能分辨其他人有没有对我撒谎，但我在埃里克脸上只看到了爱意和真诚。

“我迫不及待想在10月见到你。”我说，紧紧抱了他一会儿，一辆被拦住去路的路虎揽胜在我们后面按起了喇叭。在某种程度上，我没有说谎。我期待着埃里克前去拜访我。他装出的那副天真可爱的脸庞决定了他的命运。我还不知道我会怎么做，但我知道等他去伦敦看我时，我会设法惩罚他。

方斯艺术学院每年只接受少数外国学生。所以，在新生入学指导那周，我在罗素广场的一个酒店和大约四十个美国学生一起参加海外学习指导协会的活动，那是专门为美国大学生出国学习而设的。那一周，除了见面打招呼以及一些入学指导之外，我们要组团找房子住。学校给了我们一个专门经营短租的房产经纪人名单，并告诉我们四到六人一组找到房子的概率最大。其实，许多美国学生已经从原来的学校找好了同伴。正当我怀疑自己能否找到一个单间时，一个长相姣好的学生握着房产经纪人名单向我走来。“你组团了吗？”她问。

“还没有。你呢？”

“也没有，其实我姐姐也读这个项目。她告诉我，所谓组团最容易找到房子，那是骗人的。他们只是为了某种原因想让你留在大团体里。其实找到两人住的公寓更简单。所以我四处寻找，看到了你。”她用浓重的得州口音一口气说完这段话。

“如果你愿意，我愿意与你合租。”我说。很高兴认识一个对租房略懂一二的人。

她蹦了一下，棕色的长发落在肩膀上。“哦，太好了。所有这些团队都是男女混合的。不要误解我，我喜欢男孩，但不想这么快和他们中的某个人合租。我叫艾迪生·洛根。我的家人都叫我艾迪，但我觉得在伦敦期间，我可以尝试用我的全名艾迪生。你可以根据自己的喜好随便叫我什么。”

“我是莉莉·金特纳。”说完我们握了握手。

我们花了两天找房子。最终在梅达谷爱德华时期的公寓群里找到了一个一居室的地下室，从这里到方斯学院以及艾迪生上课的地方乘地铁需要很长一段时间，但它是我们所看到的最好的社区。艾迪生告诉我，这是我们看过的地方中唯一一个没有让她想立刻洗澡的，我也认同。我打电话给爸爸，他那个学期在加州某个地方当访问作家。我告诉他我住在梅达谷的公寓里，他说我好奢侈，并向我提到阿尔弗雷德王子酒吧。最后他告诉我：“在伦敦，唯一不好的就是那群美国学生。”

事实证明，艾迪生和我是关系很好的室友，主要原因是我们各自的时间安排使我们很少见面。搬到那里大约三周后，我见到她的次数更少了，因为她已经开始和同一个学习项目的一位得州小伙约会了。他在卡姆登镇有一套公寓。“我一路到伦敦来，结果却和卢博克市一个叫诺兰的人约会，我知道这很扯，但他是一个可爱的人。”

“不必感到抱歉。”我说。

“你的男朋友，叫埃里克对吧？他下次什么时候来？”

我对她说了，她承诺埃里克来的时候不给我添乱。我坚持说无论怎样都没关系，尽管我确实希望埃里克来的时候艾迪生不在场。我忙于学院的课业，探寻伦敦的书店和博物馆，同时我一直在花时间试图想出杀死埃里克并能洗脱罪名的方法。我非常确信已经想到了。

我计划的第一部分与埃里克喜欢竞争的天性有关。我曾经花了很长时间观察他在圣邓斯坦打球，我知道他有多讨厌失败。他试图隐藏情绪，但是当他失败了，尤其是败给他不喜欢的人，他的眼神会一片空白。他会想方设法再和那人比赛，直到打赢为止。刚过去的这个夏天，埃里克来蒙克屋看我时，他问了我后院里的那棵巨大橡树，说自己发现钉在树干上的两个褪色的旗子，一个在四分之三处，一个在顶部。我解释说，有一年夏天我爸爸的发小来住了一个月。爸爸和他轮流爬橡树，双方都想把各自的旗子挂得比对方高。这样竞争了好几个星期，直到有天晚上我爸爸喝醉了，爬树时从一根树枝上掉下来，折了手腕。告诉埃里克这个故事后，我知道他会试图爬上这棵树。果然不出我所料，他试了几次，比我爸和我爸的发小爬得都高。

“如果我把自己的旗子挂得更高的话，你觉得你爸会怎么想？”

我笑了。“我认为他不会在意。他会很开心。”

“我不需要这么做，除非你认为他会觉得有趣。”

“你一向这么争强好胜吗？”

他向我皱了皱眉。“我觉得我不算争强好胜，你应该见一见我哥哥，他才是。”

当时，我把埃里克的否认归结为缺乏自知之明，但现在我认为这是他狡诈天性的一部分。他真的在掩盖他不惜一切代价想赢的欲望。这暴露了他自己，暴露了他死性不改的特征。所以当听说有啤酒挑战赛时，我就知道自己会让埃里克去试试。比赛在我住的街道上的一个酒吧里举行，那是一个名叫“推杯换盏”的破旧酒吧。我不需要埃里克像我所计划的那样烂醉如泥，但那肯定有用。

在一个寒冷潮湿的周六他到达伦敦。艾迪生说话算话，周五晚上收拾了一下去诺兰那里待几天。“亲爱的，你一定很兴奋吧。”她说。

“当然。”我说。

“那就试试看。”

“我只是紧张，”我说，“我真不知道为什么，但确实紧张。”

“他到这里五分钟之后，你就不紧张了，你们只需要一起躺下。”她一只手捂着嘴，笑了。

埃里克的班机前一天晚上离开纽约，原定于早上 8 点左右到伦敦。我发电子邮件告诉他如何来我的公寓。对艾迪生说自己很紧张的时候，我并没有撒谎。让我紧张的不是实施我的计划，而是在采取行动之前有一段时间我们需要待在一起。我知道埃里克很可能一来就会想做爱。我还要勉强自己去应付。我告诉自己这是一个考验，试试我对他真正的感受。我知道再与埃里克在一起永远改变不了我被他背叛的感受，但我确实怀疑这可能会使我改变计划，不杀他了。我有点怀疑，但它确是一种方法。如果一切按计划进行，埃里克只能活十二个小时。我可以掌控这一切。

9 点半门铃响起，我穿过一小段楼梯来到碎大理石铺成的空地上，开门让他进来。飞行旅途让他看起来很疲惫，后脑勺上的头发翘了起来。我们相拥热吻，我带他到地下室公寓，到屋里到处看看。“你肯定很疲惫吧。”我说。

“是的，但是我不想一整天都睡觉。也许我会睡个午觉，然后我们可以去某个地方。”

“街上有一个很好的酒吧，名字叫‘推杯换盏’。”

“好的，让我先睡会儿。最多睡一个小时，除非你和我一起睡。”

我叫他先上床睡觉，我等会儿再去。希望他能睡着。但他去了卧室，我消磨掉十五分钟慢慢沏一杯茶之后，我确信我确实想和他一起睡。这不只是一个测试，还是一个道别的方式。我走进黑暗的小卧室，埃里克在被子里翻了个身，我能听到他平稳的呼吸。我脱光衣服，从他身后溜进被子里，他被惊动了但并没有醒。他也是全裸的，他那紧贴着我的修长温暖的身体并没有像我之前想的那样畏缩。我一只手顺着他厚实的胸部抚摸他平坦的腹部，触摸他的阴茎。他立马就硬了，喃喃地对着枕头说着我听不懂的话，然后慢慢地转向我。我张开双腿，把他夹在双腿中间。他开始说些什么，我把他的头拉向我这边。他的头发闻起来像是没洗过，但很好闻。我引导他进入我的身体，然后用床单和毯子蒙着头。我们在那令人窒息的黑暗里做爱，没有说话，一起慢慢地、半梦半醒地运动着。

我们做完后，他又睡着了。我悄悄围着被子离开。凉爽的空气吹在我光光的身体上，感觉很好。我的皮肤被汗浸湿了。我思考着那天晚上晚些时候针对埃里克的计划，权衡着内心感受。我把他与切特对比，切特想与孩子发生性关系，但至少不会假装爱任何人。埃里克是个彻头彻尾的坏蛋，他一生只会索取自己想要的，伤害爱他的人。我把我的爱、我的生命都交给了他，他却不屑一顾。

午后，埃里克醒了，迷迷糊糊的，肚子也饿了。他洗了个澡，穿好衣服之后，我们一起去周围转转。我和他去了一个便利店，买了三明治和饮料，来到毗邻运河的伦勃朗花园。雨已经停了，但天空仍然低沉黑暗。水从树叶上滴下来，洒得到处都是。我把夹克铺在一条木凳上，我们坐下来吃三明治。正好吃完时，雨开始稀稀落落地落在我们上面的树叶上。“很抱歉，天气不好。”

“正适合去酒吧。”他说。

“准备去喝一杯？‘推杯换盏’离这里不远。我唯一的要求是，你不要参加他们的啤酒挑战赛。”

“啤酒挑战赛是什么？”

我只要这么做就成功了。我们来到“推杯换盏”酒吧，按照伦敦的标准，这里朴实无华，四四方方。凳子是木头做的，地板上连地毯都没铺。埃里克看了啤酒挑战赛的情况，研究了一下那些榜上有名的人。要想在挑战赛上留名，你需要做的就是喝掉酒吧选出的十种酒，每种一品脱，按照酒吧排好的次序喝，比赛时间是五个小时。去洗手间会被监视，这是为了确保参赛者没有把酒吐掉。埃里克告诉我挑战赛听起来没那么难。我也这么认为，并在前一周和酒保斯图尔特讨论过这个问题。他说啤酒混着喝，包括黑啤、苦味黑啤、比尔森啤酒和苹果酒，是很难下肚的，比看起来烈得多。他看过许多健壮的人中途放弃比赛或者吐了出来。

“我准备参赛。”埃里克对我和当天的酒保说道。那是一个我没见过的年长女人。

“真的吗，埃里克？”我问这话的时候，酒保说：“这就对了，亲爱的。”她拿出签字表，“在开始栏签上你的名字和开始时间，我会写上你的名字缩写。当喝完十品脱时，你必须回到酒吧在末尾签上你的名字。中间的过程就看你的了。大多数参赛者将最后几品脱倒在了洗手间。”

我抱怨了几句，只是做做样子。我知道埃里克不会改变初衷。第一种啤酒是富勒特别型，我和埃里克一起喝。我们拿着酒到了酒吧角落的一个桌子旁。“我在度假。”他说，然后猛喝了一大口。

“我可不想让你在这期间生病。”

“我不会的，五个小时内喝十品脱，一点问题都没有。”

我在那儿大约待了三个半小时。很明显埃里克下定决心要完成这项挑战，他正慢慢喝着第七个品脱，黑啤。“要撑死了。”他说，但他说的话，因为时差和酒劲，都变得浑重不清。

“我们弃赛吧，”我说，“坐在这个酒吧里真让人恶心。”

“我大老远地来，不会就这么放弃。”他环顾四周，一些快要弃赛的当地人注意到埃里克想要榜上留名。我知道埃里克无论如何都会继续的。

“那我走了，我快饿死了，不想再吃薯片。我要订印度菜外卖在公寓吃。”

“很抱歉，莉莉。”

“没关系。玩得开心。不要吐在酒吧。几个小时之后见。你知道回去的路吧？”

“沿着街走就行了，是吗？”

我离开酒吧。已是黄昏，天空呈现暗紫色，空气中弥漫着薄薄的雾气。我径直走到街角光顾多次的印度餐厅，点了一份咖喱羊肉、咖喱鸡。等餐的时候还点了一杯可口可乐。“咖喱羊肉里面没有坚果吧？”结账的时候我问店主。我心里有数，但是想记录在案。

“咖喱羊肉里面没有，但是咖喱鸡里有腰果。”

“好的，我知道了。谢谢。”

我拿着食物回到公寓，把它们放在厨房的小木桌上，然后进卧室查看埃里克的行李箱。他带了几套换洗的衣服，一本彼得·林奇的《决胜华尔街》，还有一套跑步装。他的两支肾上腺素用塑料袋装好了放在有拉链的口袋里。他应该随身带一支的，我告诉他几百回了，但是我知道他听不进去。他对坚果的过敏是致命的，但为了虚荣心，他就是不随身携带这两支东西。"我应该怎么做，金特纳？给它们弄个搞笑的包装？"他说服自己，出门在外绝不在公共场合吃任何含有坚果的东西。我拿出这两支肾上腺素，把它们塞到床垫下，然后回到厨房。我饿了，直接吃了外卖盒里的印度食物，然后将咖喱鸡倒在一个大碗里。我把鸡肉和黄色酱汁均匀摊开，有条不紊地将腰果挑出，放到石臼里，那是我在厨房一个杂乱的橱柜里发现的。确定挑出所有坚果之后，我用杵将一半坚果捣成糊，然后将腰果糊倒回咖喱鸡里面，重新放回外卖盒里。我把另一半腰果放在一张折叠的纸巾里，藏在冰箱调味品后面。我清洗了石臼、杵和碗，并放回原处。我把装有印度食物的外卖盒放在公寓的小冰箱里。咖喱鸡是埃里克最喜爱的食物之一，我们在美国新切斯特餐厅吃的咖喱鸡里从来不放坚果。舞台已搭建，好戏即将登台，我现在要做的只是等待。

我想看看《狂欢之夜》，但是无法集中注意力。确切地说，我并不紧张，但我希望做个了断。埃里克 1 点半左右开始挑战，所以差不多 6 点半可以完成。6 点一刻的时候，门铃蜂鸣器高声响起，我猛地站起来。我猜想他放弃比赛了，但当我到前面开门时，发现是艾迪生。她哭着，肩膀一耸一耸的，正翻包找钥匙。

第13章 泰德

我在达特福特－米德勒姆高中读高三时，曾邀请丽贝卡·拉斯特，一个高二女孩去参加高三舞会。她是一个受人欢迎的金发美女，我们是在校报共事时认识的。她似乎很高兴被我邀请。尽管我知道她对学校的运动健将更感兴趣，但我不在乎，我只是想找一个约会对象。

舞会前一周，在邻镇一个废弃的军事基地举办的一个啤酒派对上，我遇到了丽贝卡。我听说过这些派对，但从未去过。大约一百名学生在那里，车停在基地老旧停车场破碎的沥青路上。在木板封掉的大楼南边，倾斜的山坡上人头攒动。大多数学生从父母或哥哥姐姐那儿带来了六个包裹。我和我最好的朋友亚伦一起去的，他和我一样，不受人欢迎也并不遭人排斥。下车之前我们差点调头离开。现场令人震惊，我们又很尴尬没有带酒。但后来我发现丽贝卡和一帮女孩从敞篷车里下来时，我说服自己至少应该和下周与我同去舞会的女孩打声招呼。

令我惊讶的是，她看到我似乎非常兴奋。在派对上，我们大部分时间都在一起，在山坡上喝温热的啤酒，然后探索废弃的基地。通过一个锈迹斑斑的防火梯我们爬上一个低矮的屋顶，非常兴奋。我们一起看星星，微醺的我们看着星星若隐若现，然后开始亲吻起来。那是一个温暖的春天夜晚，丽贝卡穿着露脐的吊带衫和牛仔短裙。她任我抚摸，一度向我低语说我们应该慢慢来，除非我带了安全套。但是我没带。那天晚上躺在床上，我告诉自己必须要在舞会前尽快弄到一个安全套。尽管这个想法令人兴奋，但更令人兴奋的是我有了第一个女朋友。

丽贝卡的父母住在位于米德勒姆池塘附近一座不起眼的房子里。舞会那天晚上我前去接她。丽贝卡的母亲正在拍照，她父亲靠在自己的道奇·达特小型轿车上，抽着雪茄，戴着爱国者帽，向我投来冰冷的目光。我很高兴我们能顺利地坐在车里，行驶在去舞会的假日酒店路上。丽贝卡穿着淡蓝色的低胸连衣裙，编了法式的辫子，身上散发着香草味。

尽管我心里藏着“小九九”，舞会开始的几个小时进行得很顺利。丽贝卡风骚健谈。我们吃了法式蓝带加冕鸡，跳了几次舞。其中一个慢步舞，我轻轻地吻了丽贝卡的头。她拉我靠近她，我想到了锡纸包好的安全套，它在钱包里的驾驶证后面。

但是在舞会结束前大约二十分钟，事情却砸了。我去了一趟洗手间，回来时丽贝卡却不在我们那桌了。我在舞池的远处发现了她。她倚着墙，跟一个我认识的高三学生比尔·约翰逊聊天。他是学校橄榄球队的中后卫。我没有继续看下去，我的四肢发凉，喉咙发紧。我没有穿过偌大的舞池去面对他们，而是回到我的桌子。就是在那里，我目睹了丽贝卡和比尔拥抱、亲吻，然后一起离开了舞会。

周一下午我在走廊里看到丽贝卡。我想她可能会道歉，但我看她避开我的眼神，然后转身离开。那个星期我了解到她确实和比尔在一起了。我不知道有多少同学隐约意识到我在舞会上被羞辱，但我知道如果丽贝卡至少向我道个歉，那么事情可能会有不同的结果。

我花了一年多的时间策划报复。如果我要对丽贝卡做些什么，是完全讲得通的。但我应该等待一段时间，否则，我自然会成为怀疑对象。我高中四年级时为取得最好的成绩拼尽全力，决不允许自己陷入任何可能受辱的境地。最终我被哈佛大学录取，连我的指导老师都感到惊讶。尽管这看起来是一种报复，但我仍然想让丽贝卡付出代价。照理说，我应该以其人之道还治其人之身，但我想不出来。我选择第二计策——我要吓唬她，吓死为止。

毕业前一周，一个阴天的下午，我把自己的福特·雅士停在阿尼酒吧后面的停车场上，穿过一小片树林，来到拉斯特家房子的后面。如果有人看到我，他们看到的是一个穿着牛仔夹克、戴着棒球帽、帽檐拉得很低的孩子。我平常从不这样穿。但没有人看见我。我背包里带了一根用来撬开后门的撬棍，但后门是开着的。我知道家里没人。拉斯特先生几个月前已经离开，拉斯特太太在西维斯药店上白班。我知道丽贝卡 3 点放学后独自回家，也希望这样。我躲在她卧室的衣橱里等着。

现在回想起来，我对那个狭小黑暗空间所产生的恐惧和兴奋记忆犹新。丽贝卡·拉斯特衣橱里的衣服在我身上摩擦作响。我脸上的面罩让我开始流汗。我把衣橱打开了一点点，听到丽贝卡的车开到车行道上，听到她进屋，慢慢上楼。她先去卫生间很长时间，然后冲洗厕所，进入卧室，不着调地哼着歌。我的心在胸腔里怦怦直跳，我很纳闷她怎么就没有听到。我原计划是戴着面罩从衣橱里跳出来，但我不需要这么做。她径直走向衣橱，拉开了柜门。我向她走过去，一手拿着剪刀，一手拿着胶带。她张嘴想叫出声来，却叫不出来。我看着她的脸渐渐没了血色。我确信她要晕过去，可是她想转身逃跑。我从后面将她扭倒，突然意识到她被我扒得只剩下内裤。我压住她，设法用胶带先粘住她的脸和嘴，然后粘住她的双手和脚踝。这并不容易，我被她踢了几次，但是没有弄出什么动静，她也不知道我是谁。用胶带把她捆绑严实之后，我把她拖进衣橱里。关上柜门之前，我用剪刀尖儿划她的脖子。她闭上眼睛，流下泪来。我能闻到一股浓烈的尿骚味。

我把外套、面罩、剪刀、撬棍和背包扔到酒吧后面的垃圾桶里，浑身颤抖着开车回家。既为报复了丽贝卡给我造成的痛苦而感到满足，又为自己做得太过分而羞愧。这种心理持续了整个夏天，羞愧感暂时战胜了担心被抓住的恐慌。我会当众丢脸，会去坐牢，也去不了哈佛。但警察从未出现，随着夏天一天天过去，我开始相信自己得以逃脱。相关情况我听到过一次，从一个爱讲八卦的朋友莫莉那听说的。她说："丽贝卡·拉斯特，你认识她的，对不对？哦，我的天哪，你和她一起参加过舞会的，不是吗？"她在她自己家里被人攻击，被捆住了手脚丢在衣橱里。每个人都认为是她爸爸干的，那个恐怖的家伙曾在一个加油站工作。这就是我听说的所有一切。

我仍然做着和丽贝卡·拉斯特有关的噩梦，这些是真实的噩梦：丽贝卡死于我把她用胶带捆住、丢在衣橱里的那个晚上。在这些梦里，我被负罪感折磨，害怕被抓，我记不清自己是想杀她，还是只是吓唬她。但无论如何，我是一个谋杀犯，这种想法占据了我的全部生活。

周五上午，米兰达坐飞机到迈阿密海滩参加一个单身派对。我从噩梦中醒来，独自在床上躺了一会儿，噩梦中的场景还在脑海中闪现，然后消失。起初，我以为这是一个有关丽贝卡·拉斯特的噩梦，但是后来我意识到噩梦中被我杀死的人是米兰达。我把她丢在丽贝卡·拉斯特的衣橱里，她死在那里。梦中其他的场景重现了：一个没有人看我一眼的葬礼，忘记把尸体藏起来的恐慌，父亲鼻孔里流着鼻涕，我在地上疯狂挖掘。在可怕的一瞬间，我觉得这些都不是梦中的场景，而是近期的记忆。我以前在半睡半醒间有过这种感觉，这些我梦到的可怕感觉实际上是真实的。我就是一个杀人犯，用不了多久，全世界都会知道。我摆了摆头，告诉自己是在做梦，然后从皱巴巴的床上起来，拿起梳妆台上的手机。8 点多了，比平时晚。米兰达租的车 8 点半过来接她去洛根。我穿了一条牛仔裤和一件棉毛衫，下楼了。

"嘿，懒虫。"我在餐厅看到她时，她说。她坐在斯蒂克利长桌旁边，行李放在身边。她穿着一件短款蓝色连衣裙和一双红色牛仔靴，沉迷于手机。

"你这样穿不冷吗？"

她抬起头。"冷，但是不会太久。我会叫司机把温度调到迈阿密气温。"她关上手机，把它放到钱包里，起身问道，"我不在家时，你起床之后打算干什么？"

"首先，你总是不在家，所以这并不是什么新鲜事。其次，很明显我要工作。"

"你今晚应该和马克一起吃晚饭。我想他有空。"

"其实他没空，他去参加他姑姑的葬礼了。我对你说过的，还记得吗？忘了。我要把冰箱里的羊肉拿出来，给自己做一顿特别的晚餐。"

"请把它都吃了。凯西说了，今晚我们要去乔的石蟹餐厅吃饭。"

我把她的行李拿到大厅，强忍着没说对于三天旅行而言，这包东西有多重。米兰达透过前门的铅条窗往外看。“车来了，”她说，“泰德，我会想你的。”她把我抱得异常紧。

“你才去几天啊？”

她拍了一下我的胸口。“不开玩笑，我真的会想你的。你知道吗，你是一个好丈夫。”

“我也会想你的。”我试图说得深情一些。我大致想了一下米兰达在单身派对上会做的事。她要在迈阿密约见布拉德吗？

米兰达把前门打开，司机从车上跳下来，跨上我家的台阶来拿行李。米兰达跟着他向车走去，一阵强风狂吹着她裙子的下摆，她转身向我挥手，衣着单薄让她看起来虚弱寒冷。我关门之前，她拿出钱包里的超大太阳镜戴上，给了我一个飞吻。

我有一整天的时间。我要打几个电话，校对招股说明书。但这些事只需花半个上午。我倒了杯咖啡，然后上谷歌搜寻莉莉·海沃德这个名字，搜了好多次，只搜到她在温斯洛学院的工作经历，其他搜到的都不像是她。我还搜索温斯洛镇，画了一张路线图，从我家到镇中心一家看起来不错的餐厅。我开车去那里吃个午饭会有什么呢？这将是一个美丽的10月天，漫长炎热的夏天过后，树叶在疯长。我可以散个步，吃午餐，看看莉莉居住的小镇。如果我看到她，尽管机会渺茫，那又有什么关系呢？我们不用打招呼，即便打了招呼，又会有什么影响呢？

我完成了工作，洗了个澡，穿戴整齐。在车库里，我脑子一热，决定开我的1976古董级保时捷911，那是我做成第一笔生意之后买的，我没买奥迪。我没有走收费公路，而是向河那边开去，把车开上斯多诺车行道。这条河上满是大学的皮划艇，都是为周末即将到来的查尔斯争霸赛准备的。那是完美的一天，天空中只有飞机留下的尾迹云。我抬起头，怀疑我看到的残云是我妻子搭乘飞往佛罗里达的飞机留下的。

从斯多诺车行道，我开到士兵战场路，然后经过沃尔瑟姆、牛顿路，直到找到波士顿邮报路，便向西穿过郊区到达温斯洛。换挡时，我在想自己为什么要买自动挡的奥迪。下一次买车，就买一个标配的。

我在温斯洛中心的主街道上开车行驶，在出奇繁忙的市中心寻找停车位。一大群学生正过马路，大部分女孩扎着马尾，穿着牛仔裤和靴子。在等待她们穿过人行道时，我透过金属门看了看大学校园。我能看到三座低矮的砖石建筑，边上是精心修剪的草坪。穿过校园的路上种着一排榆树。在某个建筑楼里能看到莉莉吗？她是那种在办公室吃自带午餐的人呢，还是会走到镇中心去吃午饭的那种？那是10月的一个周五，阳光明媚。后边的车鸣着喇叭，我挂上挡，然后把保时捷停在路边一个计时收费的地方。我找到一个最佳地点，于是便回到刚刚经过的餐馆聚集地。曾经读到过的卡福里餐厅就在那里。但我选择了一家叫艾莉森的餐馆，餐馆外面有一张桌子，正对着正午的太阳和温斯洛校园。我向大学生兼职服务员点了一杯血腥玛丽鸡尾酒和一份科布沙拉。望着来来往往的行人，学生们看起来是积极年轻的女权主义者。她们拖着背包，看起来好像是橄榄球队的啦啦队员。除了学生之外，大多是出来购物、吃午餐的中年家庭主妇。她们系着手工织的围巾，穿着荷叶边及臀的衣服。我看到几个教授模样的人，男的留着邋遢的发型，穿着花呢夹克；女的俨然是迂腐学生的年长版。但即使是吃饭时、午饭后我都没有看到莉莉。我又喝了杯血腥玛丽，然后在温斯洛校园里散步。

这是一所漂亮的大学。校园从温斯洛中心向一个四面小径环绕的池塘稍稍倾斜。我在校园植物园里的木凳上坐了一会儿，旁边是一个带有高高尖顶的温室。四下无人。我想莉莉很可能把午餐带到这样的地方来吃。也许就在这个凳子上也说不定。我坐在那儿，直到天上出现了云，直到太阳下山，天气转凉。

午饭后我忘了续交停车费，所以我的雨刷下出现一张十五美元的温斯洛镇违规停车单。我把它塞进夹克口袋，弯腰上车。我突然觉得累了，从收费公路一路回到波士顿，一回家就收到米兰达的短信，她已经安全到达迈阿密，庆祝活动已经开始。我回了短信，然后去电脑上查看电子邮件。这段时间我的工作节奏很慢，我并不需要工作。股市历经多年的停滞之后又飙升了。我的投资组合是稳健的，工作只是为了让我充实起来。

米兰达又发了一条短信：别忘了拿出冰箱里的羊肉。

我回短信谢谢她的提醒。

我确实是忘了，走到地下室的厨房里，把羊排从冰箱里拿出来，放在水龙头下冲洗。米兰达发的短信很奇怪，像是伤感的道别。她遇到什么危险了？或者，她可能与布拉德分手了，突然悔悟了？即使如此，也无法消除她已经对我做过的一切。

我走进隔壁酒窖，挑了一瓶旧世界西拉，西拉和羊排是很好的搭配。我打开瓶塞倒酒。羊排开始软化，我把它用塑料袋包起来，放到一碗冷水里，上楼去了客厅。我还没看当天的报纸。坐在皮革躺椅上，我边喝金汤力酒边看当天的新闻。过了一会儿，我放下报纸，思考着米兰达、布拉德、莉莉，和从伦敦回来的飞机上遇见莉莉之后已经发生的，或即将发生的一切。我一直不自觉地回想那天早上让我惊醒的梦。那种感觉很恐怖，一旦杀了人，你永远不可能回到过去，再让他们活过来。你将永远不会从梦中清醒，也不可能自欺欺人说自己的生活可能充满了罪恶，但不是杀人犯。我突然意识到，杀死米兰达和布拉德的计划已经成为用来达到目的的方法，已经成为一种接近莉莉的方法。我没必要通过去杀他们来达到目的。我只需要告诉米兰达我想离婚，然后发邮件给莉莉问她有没有空一起吃晚餐。除了我和莉莉，没有人知道我们制订的计划。米兰达可以和布拉德在一起，我可以拥有莉莉，地球照样转动。我一事一事一向分得很开，我会把所有和米兰达在一起时的愤怒和羞辱尘封起来。我会把我的婚姻交给律师处理，分得一半财产也足够了。我感到一阵解脱，就像从噩梦中醒来，意识到这只是一个梦，实际上并没有发生。

门铃响了，我从椅子上稍稍起身。

走到门口时，我本能地看了看表，正好刚过6点。谁这个时候会来？我告诉自己可能是送货员，并试图回忆我是否在等包裹。

我拿开门上的铁链，将门打开了五英寸。是布拉德·达格特。他脸上带着尴尬的微笑。我花了一点时间才意识到这个来自缅因州的布拉德就站在我波士顿的家门口，感觉极不协调，就像在一个乡村集市上看到一个身穿燕尾服的人一样。

“泰德，”他说，听起来有点上气不接下气，“很高兴你在这里，我们可以谈谈吗？”

“当然可以，”我说，我解开了铁链，打开门，“进来吧。”

话一出口，我就后悔了。布拉德一路从缅因州到这来见我，铁定没好事。他一脚刚踏进门，我稍稍推了推门，阻止他再往前走。“布拉德，你来这里干什么？”

“让我进屋，泰德。我会解释的。”他的声音发颤，我能闻到他嘴里的酒气。我们四目对视，我突然觉得害怕。我稍稍用力推门，但布拉德没动。他在夹克口袋里摸索着，我低头看见他在拿枪。“让我进去，泰德。”他重复道，我退后几步，布拉德进入我的房子。

第 14 章　莉莉

“艾迪生，你怎么了？”

“他妈的诺兰！”她说着进了门，跟着我下楼梯。她抖抖外套上的雨水，雨溅在我的后脑上。”

“你们吵架了？”我们走进公寓时我问她。

她看着我，用手掌擦着脸颊上的泪水。“他在得克萨斯基督教大学有个女朋友。正儿八经的女朋友。”

“烂人，”我骂道，“你是怎么发现的？”

艾迪生告诉我她在诺兰的电脑看了他的电子邮件，诺兰坦白了一切，说他一直打算告诉她关于琳达的事，但起初他认为他和艾迪生只是玩玩而已。现在他也不知道怎么办。我听得心不在焉，开了一瓶葡萄酒，给艾迪生倒了一杯，但脑中疯狂地想着等埃里克回来该怎么做。我是应该放弃整个计划，告诉埃里克我确定咖喱鸡含有坚果，还是应该当着艾迪生的面实施计划，让艾迪生成为证人？从某种程度上讲，艾迪生在场可能更好。她能为我证明，喝醉的埃里克误吃了含有腰果的印度菜，我们无法立即找到他的肾上腺素。但艾迪生在场也有很多不利。她可以及时叫救护车，她能注意到埃里克的肾上腺素不在他认为自己放置的地方。而且，如果埃里克问咖喱鸡是否含有坚果，那么我不能在艾迪生面前撒谎。最重要的是，让艾迪生看到埃里克死于过敏性休克，对她太不公平了。我决定放弃计划。

“等等，埃里克在哪儿？他的航班没到吗？”艾迪生问道，她转头在我们的小公寓到处看，好像他就在这里，她想念他似的。

“你知道‘推杯换盏’的啤酒挑战赛吧？”

“十品脱的那个？”

我对她说埃里克坚持要参加，我饿了，不想等他，所以先走了。

“我猜咱们都别想和自己的男朋友共度良宵了。”

“是的，但我还好。”我说，“你是受骗者，你打算做些什么呢？”

艾迪生还没来得及回答，门铃再次嗡嗡响起。“是埃里克，”我说，“做好准备，他可能已醉得不行了。”

“莉莉，我这就走。我完全忘了他今晚来。”艾迪生站起来，拿起她放在厨房桌子上的钱包。

“你完全不用走，就待在这里。”

我又爬上楼梯，准备去搀扶喝醉的埃里克。但当我打开门，却发现站在那里的并不是埃里克而是诺兰。他哭得眼睛都红了。“啊，脚踏两只船的人来了。”我说。他疑惑地看着我。

“她在这里吗？”诺兰又高又瘦，两只耳朵红得发亮。他留着板寸头，金色的头发几乎变白了。脖子上紧紧勒着一条普克珠贝项链。

“她在这里，”我说，“但是不代表她想见你。你在这儿等着，我去问问她。”

我让诺兰在门廊站着，回到楼下。艾迪生正在续杯。

“猜猜谁来了？”

“谁？”她看起来真的很困惑。

“是诺兰。我让他在上面等着。你想让我赶他走吗？”

她长长地吁出一口气。“不，我要见他。”她继续坐在桌子旁。我意识到她希望我去接他进来。那天晚上我大概爬了二十次楼梯，当我到达门口时，我听到男人大声交谈的声音。我听出了埃里克的声音，他从酒吧回来了。

“我看你们已经见过面了。”我说，打开门发现他们都在，埃里克一只手搭在诺兰的肩膀上，告诉他酒吧挑战赛的事。通过埃里克朝我转身的方式我就知道他赢了，他露齿一笑，非常帅气。“看来你获胜了。”我又对埃里克说。

“差点输了，他妈的，比看起来难多了。”

“你们两个下来吧，埃里克，让诺兰和我的室友待一会儿。他们需要谈谈。”

我们三人咔嗒咔嗒下了楼。艾迪生站在门口，一脸下定决心的样子。诺兰用嘶哑的声音唤了声“艾迪”。埃里克做了自我介绍，即便喝了这么多啤酒，听起来还相对正常。这是他改不了的特征，无论在什么情况下，他总是很懂礼貌、很友好，举止基本上像一个政客。

埃里克和我走了进去，诺兰和艾迪生站在楼梯底的门外面，只有一只悬着拉绳的光秃秃的灯泡亮着。我跟埃里克说明了所发生的事，想看看他听说诺兰的为人之后可能的反应，诺兰像他一样，脚踏两只船。

“你觉得他们会处理好这件事吗？”他问，还没等我回答，他又说，“我要吃点东西。”

我正要告诉他，冰箱里有印度菜，我可以热给他吃。他不应该冒险吃咖喱鸡，我认为里面含有坚果。此时艾迪生回到公寓，她说：“不要担心，我们给你们一些独处的时间，我们要去喝一杯。”诺兰在她身后。从他们嘴边的红印我可以看出他们在走廊上接吻了。我不知道诺兰说了什么，但确实奏效了。艾迪生抓起她的外套和钱包，又走进潮湿的夜色中。我突然意识到，如果我愿意，我的计划又可以实施了。我的心里满是焦虑，诺兰和艾迪生之间的事，我刚刚目睹，这更坚定了我的决心。诺兰和埃里克伤碎女人的心却没得到惩罚，像这样的男人太多了。

“你瞧，埃里克，”我说，“我筋疲力尽了。我喝多了，艾迪生又添乱。我要上床睡觉。你想吃东西，冰箱里有印度食物。我给你买了咖喱鸡。”

“该死的。”他说着，凌乱地吻了一下我的嘴唇。我走进卧室，半开着门。脱下牛仔裤和毛衣，穿上保暖的羊毛睡衣以抵御公寓的寒冷。我能听到埃里克在厨房翻找的声音，盘子的碰撞声，微波炉的嗡嗡声。我能闻到咖喱鸡加热时香料和椰奶的浓烈味道。我坐在床边，外表平静内心燥热，脑子里满是各种画面。我想起黄昏时分切特在草地上，在我上面晃着身子，不知道自己就要死了。我看到埃里克走出他的办公室，点了一支烟，与费斯相会。我想起埃里克和我第一次做爱的那个夜晚。他那双深棕色的眼睛与我的近在咫尺。

微波炉停止了嗡嗡声，我听到埃里克打开又关上微波炉的门。安静了一段时间。我认为他应该在狼吞虎咽，也可能还站在那里。

过了一分钟，卧室的门开了。埃里克站在那里，手里拿着外卖盒子，他脸上的皮肤已经发红，眼周出现浮肿。“这里面含有坚果。”他指着盒子说。他说这话时，嘴里好像含着一团棉花。

“真的吗？那么你的肾上腺素呢？”我问。

“包里。”他疯狂地在空中挥手，指向他的包。

我从地上拉起他的包，把它放在床脚。埃里克把外卖盒放在衣柜上，然后推开我向包冲过去。他在拉链口袋里寻找他放的肾上腺素，然后转向我，眼里充满恐慌。他的皮肤越来越红肿，一只手正抓挠着脖子。“你没带？”我提高嗓门，故作恐慌地问。

“带了。”他说。我几乎听不清他的话，听起来像是从远方传来，像是一个被困在地下潮湿狭窄洞穴里的人发出的呐喊。

埃里克把包里的东西都倒在床上，开始迅速寻找。他坐下来，身体绷直，噘着嘴唇试图把空气吸进肺里。我开始帮忙在他的衣服和洗漱用品中寻找。但他抓住我的胳膊，提示我打电话。“你要我打电话求助吗？”我问。

他点点头。他的脖子和喉咙惊人地红肿，像地形图上的红色陆地一样。刚才脸色一直苍白，现在有点发紫。我跑到隔壁房间，拿起电话，站了一会儿，只是想听听卧室里的动静：埃里克拉开另一个拉链，然后是一阵不大的响声。我轻轻地把话筒放回去，慢慢数到十，然后走向门口，向床那边望去。埃里克躺在那里，一只手还放在脖子上，但他不再挠了，他的手只是放在那里。我看着他，直到他停止呼吸。为了确认一下，我等了一分钟，然后进了房间，用两根手指放在他的喉咙上感受脉搏。没有跳动。我回到电话边拨打999，报上我的名字和地址，告诉电话另一头那个语音欢快的女人，我的男朋友正过敏性休克。

打完电话之后，我快速行动起来。我把冰箱里用纸巾包着的腰果拿出来，放了一些在埃里克盛咖喱鸡的碗里（微波加热后还是热的），还有一些放到外卖盒子里。然后我冲洗纸巾，洗干净手。卧室里的埃里克一动不动。我把手伸到床垫下面，拿出塑料袋子，里面装着两支还没使用的肾上腺素注射剂。埃里克的东西扔得满屋都是。我用一双袜子擦拭肾上腺袋子上的指纹，然后把肾上腺连同袜子塞进他的一只运动鞋里。这看起来是放紧急药物的地方。埃里克不会放在这里，但是他告诉不了任何人。他也告诉不了任何人我说过咖喱鸡里没有坚果。我会告诉他们，埃里克喝醉了，而且他决定无论如何要吃鸡。我在卧室里，然后我们找不到肾上腺素。我试图揣摩还需要为设定的场景做点什么。我觉得如果我在埃里克的胸部按几下可能更好，这样看起来我已经试过给他做心肺复苏术。验尸官会分得清这样的事吗？我正要这么做时，门铃蜂鸣器响起了。

我跑上楼让医护人员进来。

三天后，埃里克的家属接到通知，安排了船运送他的尸体回去。周五那天晚上，医护人员到后，警察随后也到了，他告诉我，不会有审查。

我当然高兴了，但感到惊讶。我读过很多神秘故事，以为任何稍不正常，当所有的证据都指向一个偶然的悲剧性死亡时，审查是必不可少的。我稍稍有些失望。

"好，"我说，故意一脸迷惑，"那是什么意思？"

"这意味着验尸官认为这属于意外死亡，不需要进一步调查。我想说的是，这是正确的决定，尽管官方可能会调查'推杯换盏'酒吧，以及挑战赛本身。我可能会带一个警察去那里和他们谈谈这件事。”这位警察目光慈善，上嘴唇留着茂密的胡须。到目前为止，我已经告诉他两次相关事实：埃里克是如何喝醉的，我怎样让他知道咖喱鸡里有坚果，他是怎样不管三七二十一吃了，以及他不记得把药放哪里了。

“非常感谢您。”我说。

“嗯，我想我可能去一趟那个酒吧，和他们多聊会儿。”他重复着刚才的话。他在门口停留片刻之后转身走了。他告诉了我他的名字，但是我不记得了。

我在方斯学院的导师问我是否想回美国，我告诉她，我在伦敦也挺好的。如果埃里克的追悼会在美国举行，我可能会回去。除了这次创伤，我在伦敦很愉快，学习也很开心。这是真话，我喜欢梅达谷的地下室公寓。也喜欢艾迪生，自从这次事件之后，她几乎从未来过公寓。我从未把自己当作一个城里人。比起压力重重的纽约，我更喜欢安静的康涅狄格州。但住在伦敦完全不一样。安静的长排公寓楼群，树木葱茏、低调，人们彬彬有礼。我住的地方附近的街道非常安静，鸟鸣声比人类的声音更常见。我很高兴通过邮件得知沃什伯恩家族决定举行私人家庭葬礼，而且过段时间还计划举办一个更大的追悼会。我打算去参加。一方面，如果我不去，那看起来很奇怪；我也想看看费斯是否会去，如果她去了，她对我会有什么样的反应。我仍然怀疑她和埃里克在夏天的时候合谋欺骗我，或者她和我一样是受害者。这些事我都想弄明白。

埃里克死后一个半月，我搭乘与往常不同路线的地铁回到公寓，途经“推杯换盏”酒吧。那是一个寒冷黑暗的夜晚，酒吧的窗户洋溢着柔光，映射着下班后饮酒者的人影。自从埃里克死后，我从未到过那里。推开门我走进拥挤的人群，耳边充斥着低沉的英语讲话声。我在酒吧里点了一品脱吉尼斯黑啤，端着杯子来到写着啤酒挑战赛规则的那面墙那里。一切都没变，我怀疑那友善的警察是否来过这里，与酒吧老板谈论改变挑战规则的事。如果他来过，那就是这帮人压根就没听。挑战规则的旁边是一块大木板，上面雕刻着名字，大多数是那些完成比赛的男人的名字。我看到名单的最后，埃里克·沃什伯恩排在倒数第二个。还有一个公告牌，上面用大头针别着宝丽来照片。所有快照看起来都一样，脸色苍白、睡眼惺忪的男人高举着一个空的玻璃杯。我在右上角找到埃里克的照片。他的头稍稍往后倾斜，一双明亮的眼睛，我认为那是骄傲。他的皮肤在夏天晒成了棕褐色。他低着头，像女生一样漂亮的睫毛更加明显。我想取下这张照片自己留着，但是最终没这么做。它属于这里，留在这里是个证据。

喝完这杯吉尼斯黑啤，我觉得自己不再是一个职业杀手了。不是因为我没兴趣，而是因为再没这个必要。我不会再允许任何人接近我，像埃里克一样伤害我。我现在是一个成年女性。我躲过了童年的脆弱、初恋的危险。令我宽慰的是，我永远不会再处于这些境地。从现在起，只有我自己该对自己的幸福负责。

那天晚上我走回空空的公寓，给自己做了简单的晚餐，然后坐到我最喜欢的椅子上看书。

漫长而简单的生活摆在我的面前。

第15章　泰德

我退后到大厅，眼睛盯着布拉德手中的枪。

“你他妈的搞什么？”我瞥了一眼他的脸说道。他看上去不太好，平常红润的脸色变灰了，脖子上的肌肉紧绷着。他穿着一件羊皮衬里的牛仔夹克，前额上都是汗，似乎是喝醉了。

“你这地方不错。”他阴阳怪气地说，像是排练过一样。

“我可以带你四处看看吗，布拉德？可以给你倒杯酒吗？”

他低了低眉头，好像我的话让他感到迷惑。“是啊，这地方比我那临时的狗窝要好很多啊，对吧？真正的男子汉就应该住在这里，是吧？”

回忆在我的脑海中闪现。那天晚上，我和布拉德一起喝酒，我说了一些关于布拉德住处的话。他的脸上带着恨意。我突然明白布拉德是来杀我的，而不是来吓唬我的。我变得冷静而理性，脑子超负荷运转着。我知道我可以劝他不谈这些。我知道我比他聪明。

“说真的，布拉德，你拿枪做什么？”

“你觉得我在做什么？”他说着，举起枪指着我的头。我感觉房间里除了那支枪，一切都消失不见了。

“天哪，布拉德，三思啊！”我盯着枪，可能就是我在布拉德肯纳威克的抽屉里看到的那把双动式手枪。我看着布拉德把拇指放在枪杆上。他难道不知道只需扣动扳机吗？我需要采取行动，要么反攻要么逃跑。我离他不到两英尺，而且自己身体向前冲。我上次打架还是三年级，当时输给了一年级的一个叫布鲁斯的孩子。我只是用最大的力气推了布拉德一把。他的身体打了个转，枪就不再对着我了。他往后退了几步，头“咚”的一声撞到前门上。我以为他可能已经被撞晕了，但是他嘶嘶地说了一句我听不懂的话。我转身跑向楼梯。踏上第一级台阶的时候，我就想到了一楼楼梯平台上的电话。我听到布拉德响亮的枪声。后背一阵发凉，就好像子弹与我擦身而过。我继续往楼上爬。到楼梯平台时，我能听到布拉德就在我身后，他的工作靴踏上了前几节楼梯。我伸手去够古董电话桌上的电话，跌跌撞撞摔在铺着地毯的地板上，打翻了电话和桌子。某种温热的液体从我的腹部流了出来。我把手放在那里。当我把手拿回来时，惊讶地看到了血，那一瞬间，我不知道血是从哪里来的。布拉德就站在那里，用枪指着我。他喘着粗气，一股唾液从下嘴唇流下来。

“为什么？”我说，但话一出口我就明白了。布拉德没得精神病，他决定杀我不是因为我羞辱他的住处。他这样做是因为我的妻子。在那一瞬间，整个阴谋展现在我的面前。米兰达利用布拉德来摆脱我。她想独吞我所有的钱。为什么我以前没有看清？我的内脏一阵剧痛，我露出痛苦的表情，然后差点笑出声来。

我抬头看着布拉德丑恶的嘴脸和摇晃的枪。“米兰达永远不会和你在一起的。”我说。

“你他妈的知道个屁。”

“布拉德，米兰达在利用你。你认为他们会怀疑谁？她在佛罗里达。所有人都知道你们有奸情。”

看到他脸上露出怀疑的表情，我感到有一线希望。我用手按住肚子上的出血口。温热黏稠的血液涌出来，流到手指上。

“你觉得自己很了不起吗？”他说。

“布拉德，你是个白痴。”

“我们走着瞧。”说着，他扣动了扳机。

第二部

意料之外的死亡

第16章　莉莉

“你好，这边。”我对泰德·西弗森说。他坐在希思罗机场商务舱休息室的酒吧里。我立刻认出了他，但不知道他有没有认出我。我们只在几年前见过一次，那时我在波士顿南区露天市场偶然遇见费斯·霍巴特。

“我现在名叫米兰达。”费斯对我说。

我“哦”了一声。

“这是我的真实名字。费斯是我的中间名，我的全名叫米兰达·费斯·霍巴特。”

“我不知道这些。你不再叫费斯了，同时你的信仰也没了。”

她笑道：“我猜你会这样说。这是我的未婚夫泰德。”

一个英俊却有点拘谨的男人将目光从一个古董凸版印刷托盘上转过来，和我握了握手。他很职业地握手，手干燥有力。简单说了几句很高兴见到你之类的话后，他转身去了货摊。我告诉费斯，也就是米兰达，我有约在先得走了。在离开之前，她低声说：“埃里克的意外之死好可怕。很抱歉我后来没有和你联系。但是你在伦敦，还有……”

“没关系，费斯，没关系的。”

我走了。我之前想过很多遍，如果再遇到费斯可能会怎样。（我想从现在开始我应该叫她米兰达。）她会如何回应我？她发现埃里克在伦敦看我期间死亡，会感到惊讶吗？她也出过轨吗？那天在露天市场上遇到她，看到她新做的一头乌黑头发，五百美元的靴子，一副心不在焉的未婚妻模样，随意地对我表达关心。我知道她也在处心积虑地欺骗我。当她和埃里克在纽约时，她知道埃里克周末在西保格和我见面。这是为了报复我和埃里克约会吗？她就是那种从别的女人身边勾走男人的女人吗？一个短暂的瞬间，在波士顿的南区，我又重新经历了一遍埃里克和米兰达背叛我的心痛。我的生活再也回不到从前了。

我告诉自己不要担心，其实我也没有特别担心。但当我在机场看到泰德·西弗森时，我决定和他聊聊。现在米兰达和他结了婚，我在《环球报》上看到过婚讯。“你好。”给他一个认出我的机会，尽管我怀疑他认不出来。他抬头一看，不知道我是谁。很明显他是喝醉了，眼睛和下唇松弛。他喝的是马丁尼。我也点了一杯，尽管我不喜欢马丁尼。

我们乘坐同一个航班回波士顿，他向我诉说自己悲伤的生活、米兰达如何欺骗他、他的愤怒和听之任之。他告诉我这些，因为他认为永远不会再见到我。要是换个时间和地点，他就不会告诉我这一切。他甚至告诉我他有多讨厌他的妻子，还开玩笑说想杀了她。我告诫自己不要卷入其中，但从我们一开始说话，我就知道已经太晚了。米兰达因为某种原因再次进入我的生活。也许是因为自私，也许是正义，也许还有些其他原因，但在接下来的几周里，我成功说服泰德·西弗森谋杀米兰达和她的情人布拉德·达格特。就在计划即将实施时，一天早上我弯腰整理完周日《环球报》，在厨房桌子上沏咖啡时，看到一张泰德的照片出现在地铁专栏顶端的一个小正方形版块里。我看了图片附带的故事，端起的咖啡杯停在了嘴边。

波士顿南区一居民在家中被枪击

警方正在调查一起周五傍晚波士顿南区伍斯特广场居民谋杀案。

警方下午6：22接到枪击报警电话。据波士顿警探亨利·金伯尔所说，三十八岁的受害者泰德·西弗森在自家二楼的楼梯平台上被发现，当场死亡。

“我们也在调查周五晚与谋杀案同一个街区的盗窃案。”金伯尔说，“我们现在还不知道两起案件是否相关，但我们正在询问可能提供更多信息的人以推进案件的侦破。”

泰德·西弗森，西弗森咨询公司的总裁，先于他的妻子离世，他的妻子米兰达·西弗森，娘家姓霍巴特。枪击案发生时她一直在佛罗里达。

据邻居乔伊·罗宾逊所说，泰德和米兰达·西弗森是一对男才女貌的年轻夫妇，他们看起来就像电视里的明星一样。我不相信这样的事发生在他们身上，而且就发生在这附近。”

若有与杀人案或盗窃案有关的线索，请拨打波士顿罪案举报热线。

我放下咖啡，再看了一遍这个报道，浑身发凉。

我从来没想到，泰德和我设计杀害米兰达时，她也可能对泰德做同样的事情。这件事肯定是布拉德帮助米兰达完成的。一个随机的盗窃案不可能演变成谋杀案。他们做得天衣无缝，米兰达去了佛罗里达州，有不在场证据。一定是布拉德从缅因州过来打死泰德。也许他在附近盗窃，是为了混淆视听。也许不是。无论哪种方式，泰德不再是米兰达的拦路虎，泰德所有的钱财都会归她所有。

我想到了泰德。他被发现遭枪击后死在二楼楼梯平台上。他一定是让布拉德进屋，然后设法想逃走。他一定知道自己快死了，一定知道米兰达设计了这一切。我的喉咙发紧，眼泪在眼眶里打转。我已经喜欢上泰德。第一次在飞机上见到他时，只是把他当作复仇同盟者。米兰达·费斯·霍巴特只是我生命中的过客，即使她偷了我的男朋友，让我受了委屈，我也从来没有确信她是一个真正狠毒的人。但在飞机上听泰德讲她的背叛，我知道事实并非像我想的那样。她真的坏透了。

也许是又有了猎物，我很兴奋。我承认这一点：杀人就像一处瘙痒，就像多年没挠的痒痒一样。

但泰德引起了我的好感，不仅仅是好感。当我们在康科德的墓地那儿接吻时，我对自己的反应感到惊讶，为自己对那个吻的感受感到惊讶。我告诉自己，就像我每次和男人产生纠葛时对自己说的那样，绝不可以坠入爱河。我知道自己再也折腾不起。但我非常喜欢泰德。他外表英俊，又有点笨拙，好像他从来没有真正习惯自己的好运。他就是那种拥有全世界却不自知的人。我能看出米兰达对他的吸引力。在任何地方，她不仅是最性感的女人，而且对自己非常自信。他一定是被她这种品质所吸引。我和泰德之间除了热吻、周围黄色的树叶和他伸到我毛衣里的手，还有更重要的。与泰德在一起让我感到不寻常的是，我能够做我自己，能够与另一个人分享秘密。他告诉我他内心深处的想法，他想谋杀妻子的愿望；我告诉自己，有一天，我也许可以告诉他我的过去。

但现在，泰德已经死了。

我能想到的是我多么想再见到他，但这永远不可能了。

我上网查看能否多了解一下周五晚上发生的事。但没什么新的消息，只有几篇报道，重复着《环球报》的内容。我再三思考这个谋杀案以及米兰达的策划。肯定是布拉德扣动了扳机。有可能还有第三个人在现场，但我持怀疑态度。那么，他们是如何实施的？米兰达离开小镇，确保泰德周五晚上一个人在家。布拉德从缅因州开车过去。首先，他破门而入，到邻居家偷窃。那肯定是米兰达了解的邻居。她知道房主不在而且没有安装警报系统。这相对容易。在入室盗窃后，布拉德肯定去泰德家敲门。泰德会让他进去，那么布拉德所需要做的就是向泰德开枪。这看起来原先是个盗窃案，最后变成谋杀案。完事后布拉德返回缅因州。

我怀疑布拉德的不在场证明。他必须有不在场证据，但他怎么可能从缅因州南部开车到波士顿来回，作两个案？这至少需要三个小时，可能更长，因为他需要遵守高速公路的限速规定。也许米兰达盘算着绝对没有人知道她和她的建筑承包商之间的勾搭。有这个可能性吗？泰德发现了。镇上其他人肯定也知道了。布拉德的员工？肯纳威克酒店的调酒师？所有人都不知道他们之间的奸情？这似乎不太可能。

起码我知道。这让我处于一种独特的境地。从泰德·西弗森那里掌握了所有这些信息，这世上没人知道我们认识。我当然可以去报警，告诉他们一切，但对泰德也曾打算杀死他的妻子绝口不提。但我并不打算这样做。警察很有可能驳回起诉，米兰达会被无罪释放。即使她被逮捕，罪名成立，她将成为全国的名人。我非常清楚米兰达的计谋：一个女人利用外表说服情人谋杀亲夫，那会在电视上播好几年。

米兰达理应得到惩罚，就是现在。

我发了条短信给我的朋友凯西，告诉她我不舒服，取消下午看电影的计划。然后我给温斯洛学院的领导发了一封电子邮件，告知他我正患感冒，想明天请一天假。我的老板非常害怕病菌，总是乐于批准病假。

我有事要做，第一步是去肯纳威克拜访布拉德·达格特。我知道我必须速战速决，因为警察可能已经准备结案，我必须赶在他们前面。

第17章　米兰达

上午10点刚过，我能闻到布拉德口气里的酒精味。他的发际线上还有汗珠，眼睛下面浮肿，有瘀伤。

“你一个人在这里吗？”

“是的。”布拉德回答。

缅因州的房子工程已过半，我们站在旁边的砾石车行道上。那天是周日。我知道布拉德上周五晚杀了我丈夫。我看着他，原来我低估了他的能力。他看上去很狂热，他的眼睛发亮。

“进展顺利，”我说，“正如我们策划的那样，警察认为这是一个入室盗窃演变成的杀人案。

他又说了一声“是的”。

“你感觉怎么样？你看起来像病了。”

“我觉得不太好。比我想的要难。”

“宝贝，对不起，”我说，“这种感觉不会持续太久，我保证。我们要结婚了。你有钱了。相信我，这种感觉不会持久的。”

“对，我知道。”

“那么你必须振作起来。如果警察来找你谈话，你不要看起来像个僵尸一样呆板，好吗？事情已经做了。泰德死了，没有回头路了。”

一辆汽车经过密克马克公路，布拉德转头望过去。我看着布拉德。那是一个寒冷的早晨，他呼出的气息凝聚在空气里。他转向我。“我不知道我们是否应该像这样在这里见面。”说着从夹克的前口袋里拿出一支硬盒的万宝路香烟。他划了一根火柴，点了烟，用双手护着，尽管一点风也没有。

“你是我的建筑承包商，我丈夫刚被谋杀，我需要通知你把工作暂停几天，我要弄明白接下来需要做些什么。这没什么大不了。我去看望我的母亲。没有人知道我们的事。没有人。你必须振作一点，布拉德。”

“我知道，我会的。只是……你当时不在场。他看上去吓坏了。”

“那是当然，他肯定吓坏了，宝贝儿。”

“还有其他的事。”

“什么事？”

“我觉得他知道我们的事。”

“什么意思？”

“他说了几句话。他说你永远不会和我在一起，你是在利用我。”

“他可能只是拼凑事实。一看到你拿着枪进去，他就认为你和我在一起。他不可能知道我们两个以前的事。”

“我想他知道。他看上去并不惊讶，好像他从头到尾都知道一样。”

我想了一会儿，想了想是否有这个可能，但认为不可能。“他怎么知道？”我对布拉德说。

“我他妈的不清楚，米兰达，但我告诉你，他知道。”他的声调提高了，说话时拿着香烟的手上下晃动。

“嘘……没事的。也许他知道，但他现在死了，所以没关系的，好吧？”

“他可能告诉别人了。”

“他会告诉谁？我了解他，他没有密友。也许他只是怀疑我们，但他不会告诉别人的。我保证。”

“好吧。”他长长地吐了一口烟圈。

“宝贝儿，听我说。你必须准备好你的说辞。你是一个为我和泰德干活的建筑承包商。泰德从来不在周边，但是我在。我看起来有点无聊，关注房子的每一个细节。除此之外，我和普通人无异。我从未挑逗你，你也从未挑逗我。你为什么要搞砸一个像以前那样的大交易呢？他们非常富有。你不知道是谁杀了泰德。你不知道我和泰德是否幸福。你看到我们在一起的时候，我们似乎是幸福的。但说实话，你没太注意。就是这样。这就是所有你知道的。”

“好的。”

“对我复述一遍。”

“天哪，米兰达，我知道怎么说。”

“好吧，告诉我你和波利那天晚上怎么样。”

“嗯，我们在库利吃午饭，喝酒到3点左右离开，然后回到我住的地方。我走之前敲了她一锤，她晕倒了。”

“你上她了吗？”

“天哪，米兰达。”

“我不是为自己问的，我不在乎。你最好上了她，以免她被问及此事。”

“为什么有人会盘问她？我认为你说的是……”

“没人会盘问她，但我只是确保万无一失。她是你的不在场证明。我想知道万一警察调查你的不在场证明时，她会说什么。”

“没问题的。她可能会说我是她男朋友，我们喝了一些酒，然后回到我住的地方做爱。她会说她记得我整晚都在那里。她不会说自己晕了过去。我了解她。”

“你回去时她还在那里吗？”

“是的，她没动过。”

“你叫醒她了？”

“是的，我按你说的做了。大约10点钟，我把她叫醒，送她回到她的车上。”

另一辆车在密克马克公路上开过，布拉德又看了看。他扔掉烟头，另一只手抓抓鬓角。“好吧，”我说，“我要走了。告诉工人们休息几天，等我想清楚下一步的计划，我会打电话给你，但只是出于工作原因，好吗？”

“好，我明白。”

“布拉德，我保证不会发生什么坏事。我认为警察甚至都不会找你谈话。”

“我知道。”

我走上前去，朝路那边望去，确保没人之后，我拉起布拉德指节突出的大手，将它引到我穿的瑜伽裤裤裆里面。我没穿内裤。周五在迈阿密的那几个小时，我和我的闺蜜们去水疗中心做了一个完整的巴西水疗。我将布拉德的手指推向我的两腿之间。“等这一切都结束了，”

我低声说，“咱俩就去没人认识我们的热带岛屿上度个长假，到那时，我会爽死你。”

“好吧，老天保佑，”他说着把手缩了回去，退后一步说，“有人会看到我们的。”

“你担心得太多了，”我说，“这是你的毛病。”

“好吧。”他又说了一遍，同时又从烟盒里拿出一支烟。他瞥了一眼他的卡车，可能在想他放在卡车储物箱里的瓶子。

“走了，宝贝儿，”我说着，钻进自己的车里，“别担心，好吗？”

他点点头，我调头离开车行道。毋庸置疑，选择布拉德是一个巨大的错误。我唯一能做的就是希望警方继续在波士顿调查，不要询问布拉德。

我回到 95 号州际公路，开了很长时间才到欧洛诺。与泰德结婚后，我试图说服母亲搬到离波士顿近一些的地方住，但她坚持住在缅因州。我给了她一些钱，结果她买了一套一千六百平方英尺的联体别墅，因为她喜欢里面的不锈钢冰箱和花岗岩台面。我告诉她，欧洛诺一个不错的房子，只相当于波士顿的半个停车位。但她还是不想搬来。我认为她想留在缅因州的原因是希望在朋友们面前炫耀她刚拿到的钱。除了别墅，她还买了一个新衣柜和一辆奔驰。

“你有没有告诉你爸爸，我现在开的是奔驰？你知道的，我们曾经有过奔驰，不过才大概五分钟。”她买了车后对我说。

“爸爸不在乎您开什么车，妈妈。”

“你这么想，是因为他是那种不关心别人开什么车的知识分子。”

“不，他只是不在乎您开什么车，妈妈。”

这是几周前的事。直到昨天我们才联系。我打电话告诉她，她的女婿泰德在一起盗窃案中被杀，我要去她那里住几晚，不想留在波士顿。

“你当然不想了，费斯。”我妈依然叫我的中间名——费斯。我从六岁到大学毕业都叫这个名字。因为一年级时班上有个女同学叫米兰达，我就坚持改用费斯。当我告诉我妈，自己要重新叫米兰达的时候，她不同意。“我叫习惯了费斯，不再改回去了。”

当我告诉金伯尔警探，自己正开车去缅因州的母亲那里时，看得出来，他不太高兴。“我们可以在镇上给你找间酒店。”他说，“你的妈妈可以来这里。”

“我留在波士顿很重要吗？”

“你留在这里可以回答我们可能有的任何问题，这对我们很有帮助。”警探亨利·金伯尔低声说，似乎太紧张，怕被警察局职位高的人听到。他留着稍长的棕色头发，有一双棕色的眼睛，穿着花呢外套和牛仔裤。我觉得他看起来像在大学文学杂志工作的一个落魄鬼。我想知道多快我可以让他爱上我。要他妈的很快，我想。

“我只是去缅因州。你有我的手机号码。我不能留下……我现在不能待在我的房子里，现在，你理解的……”

“我当然理解，西弗森太太。完全理解。好吧，那我们保持联系。如果调查中出现什么新情况，我马上给你打电话。”

这次谈话是在我辨认泰德的尸体之后。我从警察局带了一个警察回到我们的房子，收拾了一个包。布拉德认为这么急着开车去缅因州会遭到嫌疑，但是我认为这完全正常。

失去丈夫之后想和母亲在一起是讲得通的。如果你不认识我母亲，这绝对说得通。但开车去缅因州，让我有机会在肯纳威克停留，看看布拉德，考虑一下自己是否要担心布拉德的神经过敏。事实证明，我的担心绝非多余。

经过波特兰时，车内的广播电台开始没信号。我抽出泰德为我制作的光盘。他说第一首歌是我们相遇的派对上播放的，吸血鬼周末乐队的《折线形屋顶》。我不记得派对上放过这首歌曲，但我喜欢它，跟着一起哼了起来。我嫁给泰德时，并不打算杀他，我不爱他，但我足够喜欢他。他慷慨大方，从不埋怨我花了他的钱。但并不是说他真的无可挑剔。当然，他的钱永远花不完。后来一天早晨我在波士顿醒来时，太阳通过卧室的窗户照进来，我看着仍然沉睡的泰德，他的脸上有枕头褶子的印迹。我看了一下他下巴上的一小块黑胡楂，肯定前一天忘剃须了。他鼾声很轻，但每一声都是从鼻腔里发出，像是呼吸时碰到什么东西的边缘而受阻。这声音听起来令人恼火。我意识到下半辈子一醒来就要面对这张脸，而这张脸越来越老，鼾声越来越大。这糟透了。我知道，泰德醒来时会看看我。他会很高兴，还会说："嘿，美人，过来。"那是最糟糕的。我想做的一切就是扇他那张带着愚蠢笑容的脸，但我却不得不强颜欢笑。泰德翻了翻身。我知道他会醒来。我尽量轻轻地掀掉身上的羽绒被，将腿滑到床沿下。我还是不够快。泰德醒了，用一根手指触摸我的后背，用昏睡呆笨的声音说："你要去哪里，性感的美人？"那时候，我知道我不能走。我想要钱，但不能与他共度一生，亲近也不行。我们肯纳威克的房子刚开始破土动工。我想到了我们的承包商布拉德·达格特，我想，他除了建房子之外，可能还有其他用处。

当我到达班戈郊区时，光盘已经播放两遍了，但我一直在听。我下了 95 号州际公路，穿过托马斯山水塔和城市大道，一路进城。很糟糕，树上的叶子变黄落下了，大多数被装袋或覆盖在树根上。这个城市又回到熟悉的色调，灰色天空笼罩着低矮的砖瓦建筑。

我上了斯戴特街，绕过佩诺布斯科特河，北上欧洛诺。离母亲的别墅还有四分之一英里时，我的电话震动了。我关掉广播，接听电话。

“西弗森太太，我是金伯尔警探。”

“您好。”我说，尽管他可能因为任何事打电话，但我的心跳还是加快了。

“很抱歉打扰你，但我们有一个疑问。你知道你丈夫那天都干了什么吗……周五的白天？

“嗯，据我所知，他一整天都在家。早上我飞往佛罗里达之前见过他。他告诉我自己有工作要做，晚上打算独自在家吃饭，他要做羊排。我发短信提醒他把羊排从冰箱里拿出来。”我故意让自己的声音有点颤抖。

“嗯，啊，你丈夫在温斯洛有认识的人吗，太太？”

我放慢了车速，寻找我妈妈的联体别墅。

“在温斯洛？我觉得没有。为什么问这个？”

“我们在他车里发现了温斯洛镇开出的停车罚单。那是下午的2点33分，就是你丈夫被杀的那个周五。我们只是好奇，你是否知道他为什么去那里。”

我找到了母亲家的车行道，把车停在那辆钻石白双门奔驰跑车的旁边。

“我不知道。温斯洛在哪儿？那儿有大学，对吗？”

“是的，你丈夫在那里有生意上的往来吗？”

“有可能，我不清楚，怎么了？你认为这和本案有关吗？”

“不，没有，我们在跟进所有线索。所以，据你所知，你丈夫周五白天没见任何人。”

“是的，据我所知，但是我没和他在一起……”

“当然。非常感谢您，西弗森太太。如果你想起其他什么事，或记起你丈夫可能在温斯洛认识的人，请联系我。你有我的电话号码吧？”

“您刚打过来了，我有的。”

“对的，谢谢你。”

我在车里坐了一会儿才下去，尽管我看到母亲从二楼客厅窗户往外眺望。我有点担心警方发现有必要调查泰德被杀那天他所去的地方。我本指望他们会简单地假设泰德与窃贼打斗。我深吸一口气，想了一下我妈妈是否还抽烟，如果家里有烟，可以让自己冷静下来。他们当然想知道泰德那天去哪里了。这是惯例。但泰德为什么去温斯洛，为什么没有告诉我呢？我告诉警探，据我知道，泰德在温斯洛没有认识的人，我并没有撒谎。但温斯洛这个城镇的名字让我有所警觉。我不记得具体原因。某个我认识的人现在住在那里，还是我把温斯洛和温彻斯特弄混了？泰德为什么去温斯洛？他也可能有秘密？现在我担心布拉德失去自制的同时还要担心这件事。这就是我的命啊。

我走进欧洛诺寒冷的空气里，枯叶在车行道上飞舞。我把包从后座拿下来，向母亲联体别墅的前门走去。

第18章 莉莉

开车从温斯洛到肯纳威克的路上，我一直在想米兰达对泰德的所作所为。泰德是无辜的。尽管他已经计划杀死米兰达和布拉德，但是我深知，他并非一个天生的杀手，也不是一个真正的捕猎者。我现在意识到，他一直都是猎物。我不知道他潜意识里有没有感觉到米兰达在追捕他。那就是他要杀米兰达的原因吗？因为他感觉到米兰达是潜在的威胁？就像老鼠能感觉到草丛中潜伏的猫一样？

那天天气寒冷，天色灰蒙蒙，但我开着车窗。下了 95 号州际公路之后我转弯到了朴次茅斯北边。我能闻到空气中腥咸的海水味。我对缅因州不太熟。自从住在马萨诸塞州，我只去过几次科德角，住在韦尔福利特一个同事兼朋友家。我只去过几次州界线以北。我上了 1 号公路，穿过基特里——品牌折扣店之城。我看到了贸易站，泰德就是在那里买了双筒望远镜监视米兰达。我可以想象他几周前就在这条路上；我可以想象他内心的感受，那种对自己所爱的人失望透顶时，内心翻腾得被掏空了的可怕感觉。

我穿过这些折扣店，路面宽阔起来。我瞥见海边的沼泽地和远处的大西洋，洋面几乎和低沉平静的天空一样灰暗。

我花了一些时间找肯纳威克酒店。在肯纳威克海滩下了1号公路，然后我回到南边向肯纳威克港出发。经过几个褪了色的出租小屋群，我不知道哪一个是布拉德和他的家人住的。我也路过库利酒吧，在周日下午早些时候它的霓虹招牌还没亮起。一辆小型敞篷货车停在停车场上，我不知道布拉德是否来了。密克马克马路穿过肯纳威克海滩，贯穿豪宅地段。我留意着泰德和米兰达正在建的房子，几乎是一下子就发现了，一座米黄色的怪东西屹立在远处的悬崖上，背后是深色的海洋。我看到房子的前面有两个大垃圾桶，但是没看到运载车辆。

我继续开车，来到酒店，停在砾石车行道上，上面几乎一辆车也没有。酒店木质招牌下面挂着一个牌子，上面用绚丽的字体刻着“尚有空房”。我知道会有。那是10月的一个周日，每年这个时候游客都去山上观赏树叶，海边只剩下常住居民。

我仔细看了看肯纳威克酒店。这是一个傍路而建的梁柱式建筑，一路往后扩展得很大，设计得像古老的原始建筑。所有外部木制品最近都漆成了白色，即使是在灰色的天空下，看起来也闪耀着豪华和舒适的光芒。我不知道在这儿订一间房是否明智。米兰达也在这里的可能性极小。而且，她的丈夫刚刚被杀，我认为她会在波士顿处理生意上的事。但我不能确定。即使遇到她也不是最糟糕的事情。她没理由怀疑我与她的丈夫有什么瓜葛。我们没有交集。但是这可能会让她有了防备。为了我的计划奏效，我需要她放松警惕。

我决定留下来。真实的原因是，我想看看米兰达在过去的一年里住得最多的地方。这里的人应该认识她。可能会有流言蜚语。所有这些都可能对我有利。

我下车走向酒店前台，大自然的空气中弥漫着一股木头烧着了的烟味。我要进门时，一个穿着满是油漆斑点工作服的工人从酒店的侧门出来。我提着包进去时，他帮我开了门。走过由厚木板铺成的不平整地板，我来到前台，那里没人。我等了一分钟，然后按了铃。一位头发灰白、留着八字胡的老人从旁边的办公室出来。他的胸牌上写着：门房约翰·康宁。

“退房吗？”

“其实是入住，如果有房间的话。我没有预约。”

约翰花了大约十五分钟描述几间可入住的房间。我选了酒店老旧区域的一间。他警告我说，那里天花板很低，但是海景很好。

“只是过来玩玩？”约翰问。

“我有几天假，从来没来过这里，所以想犒劳一下自己。”

“嗯，你挑选了完美的地方。这里有水疗服务，但不上门，你需要提前电话预约。今晚餐厅关门，但地下室的利弗里酒吧开放，食物同样很好吃。如果你要我推荐，我会叫你试试培根生菜西红柿龙虾，并且我很乐意推荐附近的餐馆。需要叫人带你去房间吗？”

我告诉他不需要，然后自己爬上狭窄的楼梯，到了二楼。我的房间外景是一片穿过路边树丛的海洋。房间很好：深蓝色的墙，线条简洁的家具，床的四角各有一根柱子，床上面铺着红白蓝色的被子。我想知道泰德和米兰达是否住过这个房间。他们一起睡过这张床吗？

我打开包。我在前台告诉约翰住两晚，但是打包的衣服不止穿两天。我将随机而定。房间太热，散热机咔嗒嘶鸣。我打开窗户站在那里，凉爽的空气扑面而来。下午低矮的云层变薄，我可以看到酒店的影子拉长到马路对面。不到一个小时天就会黑。我本打算去悬崖上走走，但决定第二天再去。我离开窗口，躺在柔软的床上。天花板上交叉着昏暗的光线。我想象米兰达在这个房间里盯着同样景观的场景。我想象着她一个人裸睡在床上，想着她生命中的两个男人——她的丈夫和情人。她策划着谋杀。我试图想象泰德，但我的思绪总是跳到米兰达那里。有没有可能是我误解她了，泰德真是被窃贼杀死？我不这么认为，但知道这是有可能的。这是我首先需要弄清楚的，也是我需要尽快会一会布拉德的原因。

我满脑子想的都是米兰达。记得几年前的那个晚上，她在圣邓斯坦喝醉了。她盯着我的眼睛说想研究它们，想好好看看。我也就让她看着。我能闻到她呼吸里香甜的伏特加味道。她用一只手触摸我的手腕，告诉我她能在我的眼睛里看到的颜色。我那时候不知道她想做什么。我觉得和埃里克有关。我那时认为她想吓唬我，因为我正和她的前男友约会。但是现在我不知道是否与我有关。她在我眼中看到了什么？她看到我眼底的切特吗？除了埃里克·沃什伯恩，这是我俩之间的唯一共性。

在房间的另一端一些人喊道："已经接吻了。"他们的名字是什么现在我都忘了。随后，我们不再目光接触。但我永远不会忘记那一刻。我不知道她是否也记得。

我在房间里待到5点多，然后换上紧身牛仔裤，把头发梳回马尾辫，化了一个比平时稍浓的妆，包括黑色的眼线。在利弗里吃完晚饭后，我打算去沙滩上的库利酒吧。我要看看那个地方。

当我坐下时，利弗里酒吧里很安静。一个系着领带、穿着背带裤的酒保正在切柠檬和酸橙。他看起来身形巨大，脾气火暴。一名女服务员正在擦桌子。酒吧区很狭长，一头是一个未点燃的壁炉，另一头，一个灰色长头发的男人正取出一把木吉他，摆弄着扩音器。我把自己的手包挂在橡树酒吧的钩子上，点了一瓶低度啤酒。电视正播放足球比赛集锦。我假装兴致勃勃地观看。我想知道谁会在周日晚上6点在这里露面。当我喝第二瓶啤酒时，店里至少来了十五位顾客，他们大多坐在酒吧里。拿着木吉他的男人已经唱了两首老鹰乐队的歌。我那天只吃了早餐，所以点了一个火鸡汉堡和炸红薯条。食物送达时，给我办理入住的酒店门房约翰，在和我隔两个凳子的地方坐了下来，点了一杯灰雁马丁尼。

“你好。”我说，并朝他那边转动着我的高脚凳。

我看到他盯着我的脸看。我知道我和办理入住时看起来有些不一样。经过漫长的几秒钟，他说：“你好，没预约的客人。你喜欢你的房间吗？”

“你说得对，房间很不错。”

“头有没有撞到门上？”

“差一点。”

他的酒到了，伏特加在杯子的边沿形成一个颤抖的半月形。“伙计，你让我怎么喝？”他对酒保说。后者一声不吭，拿起一个黑色小吸管放到他的马丁尼酒里。约翰喝掉四分之一英寸伏特加，然后把吸管弹向酒保，吸管从酒保的胸口反弹下来，掉在地上。

“离开工作岗位，走不到一百码就能喝一杯马丁尼，真好。”我说。

“当说这地方有多好时，我没有开玩笑。看看，我就是个活广告：在自己工作的地方喝酒。”他傻笑一般，肩膀上下抖动。

我吃汉堡，他喝加冰的马丁尼，我们一起聊天。我正要放弃打听任何泰德和米兰达的八卦时，约翰的第二杯马丁尼到了，他问：“你说你来自波士顿？”

“不是的，我来自马萨诸塞州的温斯洛。在波士顿西面大约二十英里。”

“你在报纸上看到波士顿南区的谋杀案吗？泰德·西弗森。”

“我知道。这是一个入室案什么的，对吗？”

“对，他正在这里盖房子，在这条路往北差不多一英里处。”他用一只肉乎乎的大手指着北边，“他们一直住在这里。”

“哦，我的天。你认识他吗？”

“我很了解他和他的妻子米兰达，去年她几乎都住在这里。”

“她的确住在这里，”酒保也不再沉默，“她大多数晚上都到这里吃饭。”

“希德听说了吗？”约翰问酒保。我注意到酒吧里两个年轻女人停止了交谈，正在专心听我们的谈话。

“我不知道，但我想她知道了。现在已经满城风雨了。”

“房子完工了吗？”我问道，想要让自己参与谈话。

“没，还没有呢，”约翰说，“如果你走到悬崖尽头，会看到它。这将是一座大房子。我觉得那房子有点碍眼，不要向其他人说这是我说的。”

“你认为房子将来会怎样？”

“不知道，真的。就我所知，米兰达会把它建好，然后搬进去。”

“哦，她肯定会搬过来。”两个旁听的女人中的一个这样插话。她们都是二十几岁的年轻人，一个穿着新罕布什尔大学的运动衫，一个穿着风衣，戴着爱国者帽。说话的是穿运动衫的女人，她的声音很刺耳，仿佛她年轻的生命都用来抽烟了。

“你这么想的吗？”约翰问。

“是的，我的意思是事实上她就在这里住过。她总是说自己多么喜欢这座房子，它将会多么棒等等。你知道的，她来自缅因州的欧洛诺。我的意思是，既然她的丈夫死了，也许她现在不会想搬进这样的大房子了。但如果她到这里来，我也不会感到惊讶。她的钱可以让她住在任何地方。”

“既然房子没完工，为什么她总是在这里？”我问道。

约翰回答说：“她在监工。她总说房子实际上是她设计的。她丈夫以前周末过来。我们都非常了解他。”

“他是个什么样的人？”

“什么样的人？他人很好，但我觉得有些距离感。每个人都觉得非常了解米兰达，但不太了解泰德。或许最主要是大多数时间她都在这里。”

“而且，米兰达总是给酒吧的人买喝的，泰德从不。”这是戴爱国者帽的女士说的，她一说完脸就苍白，好像想起了泰德被杀，她捂住自己的嘴说，“不是……”然后退后走开了。

“他们有钱吗？”我问。

围在一起聊着八卦的每个人立刻做出了回应：那两个女人齐声说“有啊”，约翰大声呼气，酒保慢慢地夸张地点头。

“非常有钱，”约翰说，“你明天应该去悬崖走走，看看那房子。你不会找不到的，毫不夸张地说，它有十间卧室。”

吉他手独自弹奏滚石乐队的《月光英里》。我的新朋友们谈论泰德和米兰达如何有钱。穿连帽运动衫的女人使用“亿万富翁”这个词，而约翰表示他们“贼有钱”。我去了趟洗手间，回来的时候，两个女人都把托盘放在百威酸橙淡啤瓶上，出去抽烟了。约翰已经给我新买了一杯啤酒。

“既然我们在聊八卦，”我说，滑回我的凳子上，“看起来似乎很奇怪，她丈夫不在这里，她一个人花这么多时间在酒店。你们有没有觉得她和某人在约会？”

约翰抚摸着一侧的八字胡。“我不觉得。泰德来的时候她总是看起来很兴奋。”约翰的声音略带寒意，可能是我问了太多问题。

“只是好奇。”我说，“这太悲剧了。”

我在那里又喝了几杯啤酒。约翰喝完第二杯马丁尼之后离开了。我坐过去加入两个女人的行列。相互做了自我介绍，她们一个叫劳里，一个叫妮可，都是服务员。一个在朴次茅斯海鲜餐厅工作，一个在两英里外的海边酒店餐厅工作。周日晚上是她俩外出玩乐的夜晚。她们一直在谈论泰德和米兰达，时而尊重时而淫秽。8点钟，酒吧几乎满了。另外一对儿，马克和卡莉加入了我们。他们是劳里和妮可的朋友，三十多岁，也在做餐饮。他们坐下来，许多有关泰德被杀的事又被重复一遍。我待在那里，大多数时间在听。我决定明天晚上再去库利酒吧。尽管我喝的是淡啤，但喝得太多，大多数是我的新朋友买的，我喝得太醉，不相信自己还能和布拉德·达格特谈谈了。

接近打烊时，八卦小组的声音越来越吵。我又问了一遍米兰达在缅因州鬼混的可能性。

“我认为不会，”劳里说，她把自己归为亲米兰达派，“如果她是，那我不知道她什么时候这样做。她晚上一直在这里，夜深时，她总是径直回到自己的房间。不，我认为她不会在这里做任何事的。我的意思是，在这些地方挣点外快什么的。”

“是的。”妮可也这样回应。

“不是冒犯，马克。你有你的道理，但是说真的，我表示怀疑。”

“她真他妈漂亮。这会令人好奇。”马克说，他的女友卡莉由衷地点头赞同。妮可和劳里也点头了。

“她是这样的吗？”我问。

“哦，我的天，是的，她像华丽的模特儿，太火辣了。”

“所以她一定有人追吧？”

“如果她去其他地方当然会有人追，比如库利酒吧。但这儿没有，真的没有。这里不是一个调情的酒吧。”

“希德可能跟她有点感情。”卡莉说。

再一次，他们所有人的反应是点头。“是的，希德着了迷，”劳里说，“莉莉，女酒保希德大多数晚上都在这里。她完全爱上了米兰达，但是，那纯粹是单相思。”

我没有了解到其他的什么。当酒吧10点钟关门时，我回到自己的房间，穿上睡觉用的短裤和T恤衫，抖松被子之后钻了进去。如果脚完全被盖住，我就无法入睡。我关掉床头灯，房间变得非常黑暗，那种我不习惯的黑暗。我在温斯洛的住处很安静，但是有街灯，我的卧室从没有完全黑暗。我试图去怀想泰德，但房间的黑暗让我想起了他现在身在何处。当我平静下来入睡时，米兰达又进入我的脑海。她的眼睛离我一英寸远，她对我手腕的触摸变成了控制，锋利的指甲像魔爪一样扎向我。

第19章　米兰达

在欧洛诺那天晚上，吃完难吃的中餐外卖，眼睁睁看我母亲询问有关我死去丈夫的问题，而不是告诉我她的悲哀生活。我躺在简朴客房的单人床上，那是房间里唯一的家具。墙是可怕的柠檬雪纺白色，即使外面的路灯亮着昏暗的灯光，尚未干透的墙面还是令我深感压抑。

我全无睡意，还在担心布拉德和他的保密能力，还想知道泰德为什么在布拉德杀他那天去了温斯洛。我自言自语念叨了一天温斯洛这个地名，仍然确信我认识住在那里的某个人。显然也是泰德非常了解的人。我想破脑子，把我们所有的朋友罗列一遍，试图找出答案。到目前为止，没有答案。

我咬着指甲周围的皮肤直到尝到血的味道才罢休。我想起床，下楼去找母亲推说没有的香烟。但我知道如果她听到声响，就会像牦牛一样从卧室出来吼叫。所以，我想自慰，这是我确定能让自己入睡的唯一方法。我想象着冷面人，正如我一直所做的那样，但是他们的脸却一直被泰德的或者布拉德的脸替代。我最终放弃，任凭自己一整晚睡不着。我盯着天花板，看着一辆辆车经过屋外路面时，偶尔照进来的光。

我一定是睡着了。醒来时，妈妈穿着粉色长袍站在我旁边，淋浴之后的头发还是湿的。

“天哪，妈妈。”我说。

“对不起，费斯。我只是想看看我平静睡着的女儿。”

“说得对，我是在很平静地睡觉。”

“那就接着睡。我会在楼下厨房里，让你的早餐一直热着。”

她离开后，我醒着躺在床上，查看我的电话。从前一天晚上开始它就一直关着。我有上千条来自朋友的语音邮件和短信。他们向我表达同情并询问是否需要帮助。我上网查看有没有关于泰德谋杀案的新情况。没有。报道的主题依旧是盗贼入室盗窃，附近邻居团结一致也很恐惧。我告诉自己，没有消息就是好消息。我决定当天回到波士顿或者肯纳威克。和我妈妈一起再待一天一夜是不可能的。

早餐时我们谈论我的计划，我妈妈只问她已经知道答案的问题。一向如此。以前的问题是：第一天上学你要穿什么衣服？你想申请哪里的大学？你认为你爸爸为什么会离开，为什么会做这样的事？那天早上她问我，既然泰德不在了，我打算住哪里，不等我回答她就说：“当然不住在波士顿。我已经知道了。”

“有可能住在波士顿。”我说。

“费斯，别那样说。发生这样的事之后，你居住的区域显然是不安全的。我从来没觉得安全，我是对的。我看过关于南波士顿的电影，由马特·达蒙演的那部。”

“妈妈，我生活在波士顿南区，不是南波士顿。它们是完全不一样的社区。”

“它们当然是不同的地方。实质上它们却一样，都是暴力的、危险的。你可以搬到这里，向欧洛诺的每个人展示一下你的生活，展示一下你可以买大房子的钱。”

“妈妈，我不想说这个，现在不说这个，好吗？”

她郑重地点了点头，开始在水槽里洗盘子，为我叹了几口气。我原谅她的不礼貌和自私。我总是这样。人们说人的性格在五岁时形成，但我母亲桑德拉·罗伊的性格，至少下半辈子的性格是完全因为父亲的所作所为形成的。他是缅因州大学历史系主任，却因为一个大一的女学生丢掉终身教职。在那之前，母亲都还想着要过奢侈的生活。我猜某种程度上是因为她在德里的出租屋长大，顺利地上了缅因大学。在那里，她遇到了亚历克斯·霍巴特，一个来自佛蒙特州中产家庭的研究生。她大三时退学嫁给了他，几个月后，她生了我哥哥安德鲁，一年后生下了我。我和哥哥小时候，父亲在缅因大学历史系获得终身职位。他表现得非常出色，成为学校历史上最年轻的系主任，他逐年增长的工资在欧洛诺称得上是一大笔钱。我的母亲，只要带两个孩子，过得很快乐，按照自己的设计打造了我们定制的殖民时期风格的房子。我九岁时，全家去欧洲旅游。回来后我母亲改变了说话方式，听起来像20世纪50年代的美国女演员，全是缩略词和模糊了的英语元音。

然而我上高中那年，一切都分崩离析。一位大一女生选了我父亲的古埃及研讨课，他诱使她用发生性关系来换取成绩。这一切被这女孩录了下来。这件事公开之后，父亲立即被解雇。母亲把他赶出家门并提出离婚。我记得那一年，母亲总是自言自语，似乎更多的是责怪父亲丢掉了他赚钱的工作，而不是企图要挟发生性关系。母亲对着我唠叨这些。安德鲁喜欢上了酒和费西合唱团，一有空就头戴大耳机待在他的卧室里。我们没有储蓄，我父母以前所有的钱都花在房子装修和度假上。离婚两年后，母亲卖掉原来殖民时期风格的房子，搬进了一个通常租给学生的三居室阁楼公寓。那时候上高中的安德鲁，在公寓里待了不到一个月就搬到一个朋友的家里。我母亲不同意，但我知道她不是真的介意。她与所有男人反目，包括我那无能的哥哥。“现在就剩我们女人了。”她说。她坚信住公寓是暂时的，但是我高中三、四年级时都住在那里。我的哥哥毕业之后，花了一年时间追随费西合唱团的全国巡演，最终在圣地亚哥定居，他至今仍住在那里。最近一次我听说，他在啤酒屋工作，和一个已经有了四个孩子的女人同居。泰德死后，他给我打电话留言，但是我没有回他电话。可能不会回了。

离婚后，父亲搬到波特兰，在那里的社区学院谋到一个兼职职位。母亲则在牙医诊所当前台。她的工资加上父亲微薄的抚养金支票，我们实现了收支平衡。在我们两个女人住的房子里经常重复着这样的话题：母亲的生活毁了，但是我的可以更好。我过得好了，意味着她会有更多的钱。

在高中我非常不起眼，但我却沉沦为一个顶级的商店神偷。我的大部分盗窃是在欧洛诺以外的地方，班戈或者拜访父亲期间去的波特兰。我主要在百货商店行窃，那里的侦探像顾客一样走来走去。他们经过训练，通过观察肢体语言，寻找那些举止紧张或可疑的人。我从未被抓是因为我的举止不像小偷。我完全像一个用父母信用卡漫无目的购物的女孩。无论走到哪里，总是带一个大钱包，寻找昂贵的小物品，比如围巾、香水。我变得非常熟练。

我唯一一次失手是在欧洛诺一家药店里被一个同学发现。我很少在那里偷东西，那里离家太近，而且是我常去的商店。我当时高中三年级。我从一个目光锐利的老太太收银员那里买了几样东西，但出去的时候带了三包吉列维纳斯可替换剃须刀放到我的钱包里。

从自动门出去之后，我听见一个男人的声音说："你有些东西忘付款了。"

我转过身。这是一个我在学校里认识的学生，叫詹姆斯还是什么的。我没意识到他在药房工作。"你说什么？"我说，比起和药店员工谈话，听起来好像我还有更重要的事情要做。

"在你的钱包里。我看见你把剃须刀放进去了。"

"哦，天哪，"我说，故意让自己一脸震惊，"我完全忘了这些。"我开始向药店走去，"我马上就——"

男孩笑了，抓住我的胳膊，带我走过闷热的停车场。那是8月，是缅因州北部每年天气闷热、蚊虫猖獗的两周。这两周沥青软化，空气中弥漫着它的气味。"我不拆穿你，"他说，"我只是看见了。如果你偷了，我也不举报。我总是这样做。"

"哦。"我笑了，"我认识你，不是吗？"

我们互相介绍。他叫詹姆斯·奥迪特，也读高中三年级。他去年才转学到欧洛诺。他长得很帅，浅蓝色的眼睛、高颧骨还有浓密的金发。他个子矮，但肌肉紧实，跳着脚走路，像一个体操运动员。我在高中有点不合群，只是等待时机读大学而已。那时我下定决心提高成绩，确保自己足够优秀以获得州外的财政援助。詹姆斯和我很快成了朋友。他承认他认为生活中唯一重要的就是钱，他打算赚很多钱。

"那就娶一个有钱的女人。"我说。我们喜欢去相隔两个城镇的快餐便利店玩。

“我太矮了。有钱的女人想要高大的丈夫。”

“是吗？”

“这是事实。但是你肯定能嫁给一个有钱人。看看那对奶子。”

“啊，我看起来像一个怪物。”

“相信我。在高中聚会上你将不再是那个笨拙的女孩。你看起来像一个模特儿。我已经看了一百遍。”

“在哪儿见过？”

“当然是电影里了。”

高中毕业后我们在欧洛诺市中心找了份工作。詹姆斯在比萨店打工，我在以前时不时偷窃的那家药店打工。我进了康涅狄格州的马瑟私立大学。这是一所主要招收纽约和波士顿富人家庭孩子的学校。但我以全班第三名的成绩高中毕业，我父母的财务状况决定了我超过一半的学费都来自援助。詹姆斯去了缅因大学，他父亲是那里的摔跤队教练。我们两个是处男处女，那年夏天的 7 月，我们决定做爱，这样进入大学后就不是零经验了。我们在詹姆斯的雪佛兰卡普里斯经典款的后座上完成此事。完事之后他问我感觉如何。“有点像乱伦。”我说。我们都笑了，詹姆斯从后座上摔下来，摔伤了屁股。我们就这样交往着，谈论着夏天我们看过的每一部好电影。时间过得很快。在父亲接我去康涅狄格州的前一天晚上，我们一起度过最后一个晚上。詹姆斯说：“很高兴认识你。”

“嗯，我们感恩节再见。”

“不会了，我知道。我觉得到时候你交了一些有钱的男朋友，甚至会不愿和我说话了。”

“我会和你说话的。”我说。

但他说对了，我们上大学之后几乎没见过面。我回缅因州时才会想起他。不知道他是否了解现在的我多么富有。

吃完早餐后，我们去了客厅。透过那里高高的飘窗，我们可以眺望墓地旁边的卫理公会教堂。我问妈妈："你听过关于奥迪特家的事吗？"

"他们的儿子吉姆结婚了。他在班戈的一家银行工作，我听说他的妻子怀孕了。"

"他现在叫吉姆？"

"佩格是这么称呼他的。从他上高中我再也没见过他。我听说他还是很矮。"

我的手机响了。我认出是昨天晚上金伯尔警探打来的那个号码。一阵恐惧感袭遍全身。"妈妈，我需要接个电话。"我边往厨房走，边接电话。

"是西弗森太太吗？"

"是的。"

"我是金伯尔警探。你好吗？"

"很好。"我平静地说。

"很抱歉打扰你，但我需要你回到波士顿。"

"好的，为什么呢？"

"你的一个邻居认为她看到可能杀害你丈夫的人。我们画了个素描，需要你过来看看。"

"为什么？你认为可能是我认识的人吗？"我说完立刻就后悔自己说话的语气，听起来我是在自我防备。

"不一定。我们仍然把此案当作盗窃案，但是需要排除其他可能性。有可能是犯案人希望你丈夫死，如果是这样的话，那么你也许能认出他。”

“我今天下午开车回去。”

“那太好了，西弗森太太。我知道这对你来说并不容易，但任何有助于——”

“没问题。”

警探连续咳嗽六声。“不好意思，感冒了。还有一件事，有没有想起你丈夫在温斯洛可能认识的人是谁？还记得我上次问你的——”

“没有。我想过了，但是很抱歉我什么都没有想起来。”

“我只是问问。你回到波士顿后请给我打电话。无论你在哪儿，我可以把那张素描带给你看……”

“我会的。”我说完挂了电话。

我能听到妈妈在客厅里打电话。我能听出来的都是重复好几遍的“恐怖”这个词。我凝视窗外，下午天色变暗了，蓬松漆黑的云快速移动，暴风雨即将来临。因为外面的黑暗，我可以看到自己在厨房窗户上的倒影。我盯着自己，认真思考温斯洛。我知道有我认识的人住在那里，是高中认识的还是在马瑟认识的？然后我灵光一现，想起是谁了。是莉莉·金特纳。那个来自马瑟的令人毛骨悚然的女人。埃里克·沃什伯恩在伦敦意外死亡时和她在一起。我听说她一直住在温斯洛，在大学的图书馆当管理员。但是她不认识泰德。至少我认为她不认识。有没有可能几年前我在南区遇到她时，他们见过一次？泰德见的人是她吗？

我妈还在打电话，大声地窃窃私语，好像我听不到一样。我上楼去收拾东西回波士顿。

第20章　莉莉

泰德告诉我库利是一个低级酒吧，他说得对。这是一个经过多年累积、媚俗形成的酒吧，给人的感觉不真实。如果它在纽约或波士顿，你几乎会认为是一些积极进取的潮人开办的。在这里，大量的喜力滋灯罩上积满灰尘，暴躁的酒保脾气真的很坏，不仅仅是其中的某个试图装成那样。我坐在酒吧最远的角落里，那里能看到前门。我想知道布拉德·达格特进来时我能否认出他。我觉得我可以。泰德曾称他是一个英俊的正在变老的白痴。这话可以形容周一晚上来库利这样酒吧的大约一半的人，但是我肯定布拉德刚杀了人，凭借这一点，我想我可以认出凶手。

5点刚过我就到了。我冒着暴雨，在昏暗的天空下从肯纳威克酒店开车到达这里。库利停车场上停了三辆车，但我是第一个顾客。我坐在凳子上，脱下潮湿的夹克，点了一杯美乐淡啤。酒保长相酷似迪斯尼动画《伊老师与小蟾蜍大历险》中的伊老师——伊卡博德。他开了酒，递了过来，然后放下一个卷着角的破旧菜单。我扫了一眼，库利的蛤蜊派是特色小吃。

那晚过得很慢。我对前一天晚上利弗里相对活跃的人群感到惊讶，但在库利，在寒冷潮湿的周一晚上，看到寥落的人群并没有什么好惊讶的。到7点钟，酒吧里只有其他五位顾客。一个孤独的男人，至少有七十岁，他挪着沉重的身躯坐在凳子上，点了一杯波本威士忌。两个金发的半老徐娘占着酒吧的另一端，两个中年游客在门口徘徊了一阵，觉得没有勇气转身离开，就坐在其中一个后背很高的小包厢中。我在库利待了两个小时，喝了两瓶啤酒，尝试了著名的蛤蜊派。它被放在一个有缺口的盘子里端了上来，旁边是一小撮香菜。这是馅饼面团加上切碎的蛤蜊和面包屑混合的馅料，颜色像湿沙子，尝起来像是从烤虾上刮下来的恶心馅料。我吃了两口，然后点了一盘薯条。酒保看起来被我逗乐了。

我大多数时候都在肯纳威克酒店，在大厅的壁炉旁看报纸，然后在利弗里吃午饭。希德给我上菜，人们认为这个身材苗条、长相漂亮的酒保追求过米兰达。我吃沙拉时，她去了吧台后面，确认每一个玻璃杯都是干净的，所有杯子表面都已擦拭。她穿着一件牛津衬衫，袖子高高卷起，炫耀着她的肱二头肌。她的一只手臂全部文上了鲜花和美女。她似乎并不健谈，所以我决定不问她关于泰德和米兰达的事。但正当我离开时，一个酒店员工到酒吧来灌一杯外带的健怡可乐，我无意中听到她们的谈话。

“你和米兰达聊过吗？”这个留着浓密黑发、穿着黑色西装的员工问希德。

“我给她发了一条短信，说我们多么遗憾。我没指望得到回复。”

“天哪。”

“对，我知道。我一直想她……想那件事……还有泰德。”

“你认为她会怎么做？”穿西装的女人问。她看上去像一个项目经理，用吸管猛吸了一口健怡可乐。

“所有人都问我这个。老实说，我他妈的不知道。她是我的朋友，我想，但我没有那么了解她。就我所知，我们再也见不到她了。”

我把现金留在吧台上，跳下凳子走了。我已经听到了自己想听的。除非他们不愿直言，听起来利弗里的员工和常客好像不知道米兰达和布拉德在鬼混。我一点也不惊讶。米兰达显然一直在非常努力地掩盖着，要不是泰德看见她和布拉德吸同一根香烟，以及后来越来越严重的嫌疑，那么除了布拉德和米兰达他们本人之外，没有人会知道他们除了雇主和雇员的关系，对彼此还意味着什么。这使我意识到米兰达很可能从一开始就计划利用布拉德杀死泰德。她从未去过库利。布拉德也从未来过利弗里。我的猜测是，他们唯一发生身体接触的地方是在正在建的房子里，并且是在没有其他员工在场的前提下。

午饭后我回到房间穿上登山鞋和风衣，准备去悬崖边走走。我很期待这次散步。外面寒冷，刮着风，我从酒店房间看到的大海是灰色的，有风的。我在手机上查了天气预报，当天晚些时候会有大风暴雨。我走出酒店，穿过密克马克马路，风猛烈地吹着我的衣服。我走在通往海滩的岩石台阶上。沙滩上还有两个人，一个站着不动的男人和一个巧克力肤色的小伙子，他正在大步跑动着，想去接那个男人用塑料球拍击出的网球。我继续前行。潮水很高，海水冲刷着平坦的岩石，第一个一百码的路很光滑。在这之后，路面升高，拐向内陆，有一小簇生长不良的树和灌木——大多是白英，黄色的浆果已裂开，露出里面的红色，还有冬青为我挡风。我走得很慢，不是因为小心，而是因为我尽情享受散步的美好。我从来不喜欢海滩——那些静坐的、涂着油的躯体沿着海滩躺着就像烤肉工具下的烤肉。也许自从我苍白、带有斑点的皮肤变成炽热的红色而不是棕褐色开始，我就有这样的偏见。我喜欢游泳，但更喜欢在湖泊和池塘里游，而不是在咸咸的海水里。我从来不愿感受沙子环抱腿脚的感觉。但缅因州这个延展的海岸线，给我的感觉不一样。也许是因为多变的天气和疾行的云。沿着这条道路走，我感觉被美丽大自然的原始力量所包围。灰色的大块岩石比大多数人渴望的绵延海滩更具吸引力。我深呼吸了几下，仿佛对这样的空气渴望已久。

那天路上没有其他人。我并不感到惊讶。走到尽头时，我看到了泰德和米兰达房子的背面。风开始大了起来，豆大的雨点落下来，嗒嗒地打在我的雨衣上。

我环顾四周，寻找泰德可能用望远镜巡视的地方。有几处看起来合适，但一棵矮歪脖子树后面一个长满草的山岗，似乎是最佳的藏身处。在一片笨拙的推土机清理出的土地后面才是他们的房子，距离有点远，泰德的双筒望远镜效果一定很好。我原想穿过这片土地近距离看看房子，但是担心布拉德或者其他工人可能在那里，所以决定转身离开。波浪拍打着岩石，激起阵阵水花和泡沫。我把脸转向斜飘的雨中，不再担心被淋湿，小心而又坚定地沿着原路返回。

在酒店我去了一个大堂有炉火的小酒吧，点了一杯热的威士忌。它是父亲冬天喝的酒。我拿着酒回到房间，一边泡在极深的浴盆里，一边饮酒。我感觉很好，但也不得不提醒自己我到肯纳威克的目的，我要报复一个朋友。洗澡后我小睡了一会儿，然后换回前一天晚上穿的紧身牛仔裤，重新化了妆，开车去了库利。

我在那里待了三个小时，喝了四杯淡啤。我确定布拉德可能不会露面了。游客们陆续离开，酒吧里的两个女人也走了。这时候来了三个孤独的男人，每个人都是摇摇晃晃地从外面进来，抖掉衣服上的雨。我曾希望是布拉德。但是他们一个二十出头，一个是长满大胡子的梨形脸，第三个进来时穿着白领衬衫和蓝色上衣，下身穿一条熨烫平整的牛仔裤。他的年纪正好，四十岁左右，胡须刮得很干净。我仔细地观察着。他可能是剃了泰德曾经提到的山羊胡子。这样打扮可能事出有因。也许是约见一个新客户，也许是等着约会。他发现我看着他，朝我这边扬了扬眉，抬起啤酒杯。我看着手机，不想邀请他走过来。我确定他很可能不是布拉德。他坐得离我很近，我能看到他柔软的手，打了摩丝的头发，除非布拉德是一个完全改变了自己外貌的谋杀案主谋，我才怀疑这人是他。我用现金支付我的账单，踩着不习惯穿的高跟鞋蹒跚地走出了库利。

“不要因为我的缘故而离开。”我经过穿蓝色上衣的人时，他说。我转身问他：“你叫什么名字？”

“克里斯。”

“克里斯，你在哪里工作？”

他似乎对我的问题有点困惑，但回答我说：“我是基特里香蕉共和国连锁店的经理。我认识你吗？”

“不认识，”我说，“我只是好奇。祝你有个美好的晚上，克里斯。”我继续走出酒吧。

早先外面的大雨已经变成了毛毛雨。风向变了，尽管海就在路的另一边，空气里飘荡着松树和新鲜泥土的味道。横跨两个停车位，停着一辆小货车，司机那一侧的车窗摇下来。经过时，我闻到潮湿空气中香烟的味道。我走到车旁，摆弄了一会儿手包，希望卡车司机吸完烟后会走出来，这样我就可以看到他。正当我把钥匙从手包里掏出来时，卡车的发动机熄火了。我转过身，看到抛出的烟头画成一道优美的弧线，穿过停车场，落在水坑里滋滋有声。一个高个子男人下了卡车。库利外面的灯光把他照亮。他黑色的头发，宽阔的肩膀。当他转身关门时，我能清楚地看到他的黑色山羊胡。这人肯定是布拉德。

我不想跟着他回到库利。“布拉德。”我说。他抬起头看着我。即使在昏暗的停车场，我依然能看出他那因为缺乏睡眠而肿胀的眼睛，他的神情就像做了坏事一般，紧张不安，犹如幽灵。

“叫我吗？”他说。

“你是布拉德，对吗？”

“嗯，是的。”

“布拉德·达格特？”

“是的。”他快速瞟了停车场一眼，好像在寻找只要他突然动一下就准备抓他的特警。

“我们可以聊一会儿吗？要不就在这里？这很重要。”

“好的，当然可以。我认识你吗？”

“不认识，”我说，“但我们有共同的朋友。我和泰德和米兰达·西弗森很熟。你看，这外面潮湿寒冷。我们可以坐到我的车里谈一谈，或者也可以坐到你的车里，如果你感到在那里更舒适的话。”

他又环顾停车场四周。我知道他的脑海里肯定一直在想我可能是谁，想要干什么。“没什么可担心的，”我说，让我的声音听起来尽量使人宽慰，“为什么我们不坐到你的车里呢？”

“好吧，当然可以。”他说着打开车门。我三步跨过潮湿的停车场，打开了副驾驶座的门。进去之前，我拉开手包的拉链。手包最上面有一把六英寸眩晕枪，看起来像手电筒。我认为我不需要使用它，但我想小心点。我不知道布拉德将如何回应这样一个事实：不到一周前他无情地杀了人。我不得不认为他神经兮兮的，很偏执，可能很危险。

"那么你认识西弗森夫妇？"我们都上卡车之后，布拉德问，听起来像故作漫不经心。卡车内一尘不染，只有香烟和牛魔王清洁剂的味道。

"是的，"我说，"嗯，我认识泰德·西弗森，也认识米兰达。"

"太可怕了……"

"我知道泰德的遭遇，我了解真相，这正是我到这里的原因。让我先说一会儿，好吗，布拉德？你不会喜欢我要说的话，但是我需要你听一会儿。你觉得自己能做到吗？"

我直直地看着他。他的眼睛布满血丝；尽管晒得黝黑，他的皮肤看起来如不健康人般肿胀。他的呼吸闻起来像打湿的谷物。我不知道他已经喝了多少酒。他点了点头。"可以，当然可以。"

"布拉德，我需要你帮我一个忙。一个大忙。如果你帮我这个忙，我不会告诉任何人你上周五晚上开车去波士顿杀了泰德·西弗森。"

我做好了心理准备，手包打开，一只手放在里面的眩晕枪上。我以为他可能会刺杀我，或者至少粗暴地告诉我，他不知道我在说什么。但是，他垂着沉重的下唇，下巴一紧，过了一会儿我觉得他就要大哭起来。然而，他却用干燥绝望的嗓音说："你是谁？你想从我这儿得到什么？"

"现在，"我回答，"我是你在这个世界上最好的朋友。"

第 21 章　米兰达

我驱车离开欧洛诺，途径班戈，原路返回。在走 95 号州际公路之前，我把车开到当地一个加油站，一个十几岁的男孩给我加了油。我坐在车里，担心着布拉德。他这个笨蛋在谋杀案发生的那晚，有没有在我家附近被认出来？我只希望警探手里的人物素描完全是画的别人，或者看起来一点也不像布拉德。如果看起来像布拉德，哪怕只是一点像，我都要对此解释一番。如果真是那样，警察将会盘问布拉德·达格特。我真不觉得他有能力应付过去。我在脑海里想象着他满脸大汗，双眼滴溜溜四处扫视的样子；而警察只要看他一眼，就知道他就是他们要抓的人。毋庸置疑，他会崩溃。在审讯室里待上一个小时他就会招供，而我唯一能做的就是坚称布拉德有妄想症。很明显他非常喜欢我，所以才独自一人杀死泰德。我甚至可以告诉警察在我正在盖的那幢房子里，我跟布拉德发生过数次性关系，但我从没暗示让他去谋杀我丈夫。我跟布拉德肯定会各执一词，警察永远无法证明我与谋杀案有关。但是真相终将公之于世，是的，肯定会的。我发现自己正咬紧牙关，于是停了下来。我用鼻子闻着，一边享受着汽油味，一边等服务员来给我刷卡结账。外面下起了雨，硕大的雨点连续不断地拍打车顶。我开车离开加油站，直奔 95 号州际公路。

在开往波士顿的路上，我大部分时间都在担心布拉德。也许当警察问他话时，他能应对自如。也许他的不在场证明经得起调查。也许，同时我也希望，警探手里的素描看起来一点也不像布拉德，这将是最好的情况。但内心深处，我总觉得那张素描看起来会很像布拉德，还觉得他被别人撞见，搞砸了事情。想了一会儿，我强迫自己去想点别的事情。于是，我想起住在温斯洛的莉莉·金特纳。要不是泰德上周五去了温斯洛还被开了停车罚单，我永远也不会想起她。在我生活中，有那么一段时间莉莉一直是个令人讨厌的存在。她比我晚两年上马瑟学院，我是在大三那年认识她的。当时，我的男朋友埃里克·沃什伯恩邀请她参加圣邓斯坦聚会。

“她是谁？”我问道。直到上大二的时候我才被邀请参加圣邓斯坦周四晚上的聚会，而且是在我与埃里克·沃什伯恩发生性关系三周之后。

“认识大卫·金特纳吗？那个小说家。”埃里克问我。

“不认识。”我回道。

“她就是他的女儿。”

第一个周四晚上的聚会，她来了，但我几乎都没见着她。她像从维多利亚时代某本小说里走出来的流浪儿，体瘦，肤白，还有一头红发。我观察着她，起初我以为她很紧张，手里拿着酒紧靠着墙，太害怕了才没有跟任何人交谈。但当我靠近她时，再一看，才确定原来她并不在乎自己是在圣邓斯坦。她看起来似乎对聚会毫无兴趣，就像坐在后排的女孩对无聊的讲座没兴趣一样。她难道不知道作为大一新生能得到一张邀请卡意味着什么吗？我原以为她不会再来聚会了，但她竟然每周四都来。很明显这是因为埃里克对她产生了兴趣。我在图书馆找了一本她爸爸写的书，在地下小阅读室内看了一会儿。这应该是个喜剧，但主要内容却是英国寄宿学校的男孩子们彼此间的冷酷无情。埃里克竟然极端崇拜这种烂书，我感到大为惊讶。但在那时，我对此并不是特别在乎，因为我开始跟马修·福特滚床单了。与他相比，埃里克相对逊色。我大学四年级时，埃里克和莉莉在一起了。我对此无所谓。与埃里克相比，马修更适合我。与埃里克不同，马修相当没有安全感，于是为我购买想要的一切来弥补。我把我的故事跟他娓娓道来，告诉他我来自一个富裕的法裔加拿大家族，但我父亲丧失继承权，因为他把我们一家搬到缅因州，而且还只教我英语。那年，在圣诞假期，我告诉马修我需要一千美元偷偷溜到蒙特利尔，去探望我那不省人事的奶奶。于是，他给了我现钞。我们之间关系很好，但是对于我们的关系是否能够维持到大学毕业之后我并未抱有任何幻想。我认为埃里克和莉莉之间的关系也一样，特别是她才读大二。但是我见到他俩的次数越多，我就越觉得他俩是认真的。至少，莉莉是认真的，我很确定这一点。但我不确定埃里克是不是真爱她。在爱情方面，他跟我一样，对另一半的兴趣来也匆匆，去也匆匆。当我们在一起时，他曾经告诉我他自己能很容易脚踏两只船。我永远也不会忘记他说过这句话。在大学在校的最后一个星期我还谈起这点，那时我们的考试都已结束，低年级学生还在埋头苦读。

“你想说什么？”他问我。我们坐在圣邓斯坦的楼梯井上，合抽一根烟，听着下面聚会传来的余音。他们正放着电台司令乐队的歌，有人大声嚷嚷着要求换音乐。

“不知道，”我回道，“所有人都认为你和莉莉是来真的。”

“那你跟马修呢？”

“从毕业那天起分道扬镳。”

“噢耶！”

“听着，”我边说边抚摸着他长满胡楂的下巴，“现在是大学在校的最后一周，你有什么想说的吗？”

那晚我们又好上了，接下来的整个夏天我们一直这样。每逢周末，埃里克去莉莉父母的住处找她，而周一至周五都是与我在一起。莉莉从没来过我们所在的城市，而埃里克对他那群朋友则声称周末他是去探望生病的父亲。作为玩笑，我把头发也染红了，装得像埃里克自始至终都只有一个女朋友。我很享受那个夏天在纽约独自一人的周末。我打算把我在乡下的一居室转租出去，那样周六跟周日就完全属于我了。我想象着埃里克和莉莉在乡下卿卿我我的情景，但这一点也影响不了我。事实上，我会因此发笑。

那年秋天，埃里克死在伦敦。他去找莉莉，忘了带抗过敏药，吃了坚果后就倒地而亡。我过去常想，他死后莉莉会怎样。听说，他死在莉莉的公寓里，而且莉莉目睹了一切。我想象着莉莉发疯似的寻找他的肾上腺素想救活他的场景。我一直认为莉莉很走运，因为她所了解的埃里克·沃什伯恩是一个忠诚的男朋友，她从来都不知道他的真面目。

几年之后，我遇见莉莉。她不玩脸书，但是我却听到关于她的传言：她好像是温斯洛大学的图书管理员，她爸爸出了车祸，她的继母因此丧生。我立马认出了她，她一点也没变，依旧皮肤很白，像个流浪儿，面无表情，留着一头红发，发型和颜色与《长袜子皮皮》中的主角一致。我告诉她我很同情埃里克·沃什伯恩的遭遇，她盯着我看了许久，眼神平淡而坚定。这就是我们交流的全部情形。我试图回忆是否向泰德介绍过她，我觉得很可能介绍过，但不能确定。她那冷冰冰的眼神和那双绿得几乎透明的眼睛，我倒是记得很清楚。她知道我跟埃里克那个夏天的事吗？如果她知道，那么埃里克是否有可能不是意外死亡？我认为不可能，但再次想到她，却莫名其妙地心神不宁起来。有很多原因促使泰德周五可能去温斯洛，但与莉莉有关的可能性小之又小。

下午 4 点，我回到波士顿，把车停在离我的房子三个街区的街道上，然后去了一家精品酒店的酒吧。我喝了一杯加冰伏特加，又点了一盘龙虾耳壳粉。我饿极了。吃完龙虾耳壳粉，我回到车里，给金伯尔警探打电话，电话很快接通了。

“我在波士顿。”我说。

“太好了，”他说，“具体在哪儿？如果你愿意我可以去接你到警察局。”

我告诉他我就在离我们房子不远处的街边上，车也停在街上，不知道要干什么，要去哪里。说这些的时候，我的声音有点微颤。“完全理解。如果你在那儿等，我就去接你。来警察局之后，你可以打几个电话。也许你想要住朋友家，又或者住在酒店……”

十分钟后，警探开着一辆白色的水星大侯爵到达，把我载向警察局。车内有股手卷烟和薄荷的香味。他穿着牛仔裤和灯芯绒夹克，领带看起来过时了，一边还有点磨损。

“非常感谢您能回波士顿。”他边说边穿梭于车流之中，一只手握着方向盘，另一只放在膝盖上，食指像跟随音乐般不停地敲打着，“我们对这一线索感到挺满意。有人详细描述了杀害你丈夫的凶手。”

“是怎样的？”我问道。

“有个女的正要去你邻居家，当时她正坐在车里发短信。她看到一个男人从一间被盗的屋子里出来——317号贝内特家，你认识那一家子吗？然后，这个男人向你家走去。他看上去鬼鬼祟祟，还紧张不安，所以她就继续观察着。这个男人径直从路灯下经过，因此她看清了他的面部特征。经过她与我们素描画家的合作，我想，我们已经有了一幅相似度极高的画像。”警探看向我，笑得有点害羞，似乎不确定自己应该怎么做。我看到他的眼神扫过我的脸。

“为什么你们想要我看看那幅素描？你们认为我有可能认识那个男人吗？”

“我们认为有这个可能性。目击证人说嫌疑犯按了你家的门铃，你丈夫出来开了门，还跟他聊了一会儿。事实上，目击证人说之后她就没再往下看，因为看起来他们俩似乎互相认识。当她再次抬头望去时，那个男人已经不在门口，她认为那个男人已经进了你家。”

“哦，我的天啊！”我说道，“泰德认识他？”

“西弗森夫人，这只是一种可能性。也有可能他是个随机作案的窃贼，说服你丈夫才得以进入你们的房子。所以我们才想让你看看那幅素描。”

“你确定敲门的男人就是那个拿枪杀了……杀了我丈夫的人？”

警探随意地打着方向盘，来回几下，把车停在警局前的停车位上。

“我们是这样认为的，”他边说边关掉发动机，“目击证人说她坐在车里时大约是晚上6点，验尸官大约也是在那个点赶到的。她没有听到枪声，那会儿车还没熄火，而且你家房子的墙壁很厚。他们告诉我的大概就是这样。”

我低下了头，深深地吸了口气。

“你还好吧？”警探问道。

“好多了，抱歉，我只是需要一点时间……我们进去看看那幅素描吧！”

金伯尔警探陪我进警局时，我俩都没说话，匆匆穿过防卫森严的接待区来到了走廊，走廊的油毡地板有些磨损，两侧是砖墙。我跟着警探走进一个空间宽敞的房间，里面被隔成几个格子间。我放慢步伐，很显然听到的一切都表明布拉德肯定已被发现。我强忍愤怒，寻思着需要对警探说的话。如果画像看起来有点像布拉德，我就得说有点像；否则，如果他们最终逮捕了布拉德，我就可疑了。我迫切希望那幅画像看起来一点也不像他，那样我就可以如实地说我不知道画的是谁。

我们走进一间临时隔成的格子间，来到警探的办公桌前。他拿了把模制塑料椅，让我坐下，自己则坐上一把软垫转椅。他的办公桌很杂乱，成批的文件夹和活页纸看上去好像被分成不同的几堆，每堆上面都有一张颜色不同的便利贴。他从较低一堆的上面拿出一份文件夹打开。“在这里能看清楚吗？”他问我。我们的头顶是一盏明亮的日光灯，它嵌在低矮的聚苯乙烯天花板中。我说看得很清楚。他从马尼拉纸文件夹中抽出一张并捻了一下，我看到了那张素描。这简直就是布拉德的画像：粗脖子，黑色山羊胡，浓密的眉毛下一双黑色的眼睛靠得很近，他的最鲜明特征——浓密的头发和低低的发际线——被他的棒球帽掩盖了。我能感觉到金伯尔警探在盯着我看，能感觉到他兴奋地期待着我的答案。

“我不知道，”我说道，我噘了噘下嘴唇，仔细看着那幅素描，让自己多些时间思考，但是画像太像布拉德了，我不能不说了，“这画中的人看起来像……”我说道，“像我们在缅因州的一个承包商，布拉德·达格特。但是布拉德几乎不认识泰德，而且他不住在波士顿，所以……”我站了起来，看着警探，“不知道我说的这些是否对你有帮助。”

“布拉德·达格特？”他说，“能拼写一下吗？”于是，他写下了布拉德·达格特的名字，“你能跟我讲讲他吗？

“真的，真没太多可讲。我虽然与他在工作上合作较多，但是对他的私事一无所知。我真想不出布拉德为什么去见泰德，或者杀了泰德。这一切都毫无道理！”

“他是你的承包商？有没有可能是你丈夫和他有金钱上的纠纷？”

“据我所知，这不可能。只有我一个人和布拉德密切合作过，而且关于钱的问题大都是我在做决定，所以应该没这个可能性。”

“那你跟他有过争执吗？在任何事情上？”

“偶尔在些小事情上，比如他买错了天花板线条，但都是小事。他非常专业，而且付给他的工钱也不少。”

“他现在有老婆吧？”

“谁？布拉德？他现在没有。他结过婚，因为我确定他有孩子，但他从没提过他的老婆。”

“他对你有过不当行为吗？有没有让你觉得他……嗯，对你有意思？”他说这话时有点结巴，似乎不太舒服。我心中闪过这样的念想：他的紧张情绪是真的还是故意装出来的？

“没有！也许有吧，但如果他真有歹念，也从没让我知道。正如我说的，他非常专业。”我又看了一眼素描，太像布拉德了。我感到恼火，他也真够蠢的，竟被发现了。于是我又补充道：“怎么看都还是觉得像布拉德，但仅仅是表面上看起来像。这是个有山羊胡子的男人。就这些了。”

“好的。”金伯尔把素描转向自己，“我们会去调查他，你有他电话号码吗？”

我拿出手机，告诉警探布拉德的号码。“我真不认为……”我说。

“是的，是的，我知道。但我们还是需要跟进，只是为了对他进行排查。我猜测谋杀你丈夫的人就是素描里的那个。这个人破门而入，四处寻找，企图偷取珠宝首饰和一些别的小物品。也许凶手利用某种借口成功进入你家。你觉得泰德容易相信别人吗？如果一个陌生人有巧妙的说辞，泰德会让他进家门吗？”

我想了想，在心中坚定地对自己说“不”，却对警探说：“我能看得出，泰德的生活似乎冥冥中有神保佑，从未发生不幸。你想想看，他赚了那么多钱……但他很容易相信别人。”

金伯尔警探坐在转椅上，靠着椅背，对着我点了点头。我能感觉到我俩都在逐渐放松，这却又使我紧张起来。我知道只要我不在，他就会打电话给布拉德。尽管就布拉德如何回答警探的问话，我们已经演练上百次，但我根本就不相信他能很好地处理警探的电话。我想先给布拉德打个电话提醒一下，让他冷静，但随后意识到那样会有电话记录，警察就会知道我在指认素描画的就是布拉德后，立即给他打了电话。

“你知道吗？”意识到不能再对警察有任何隐瞒，我说，“其实，昨天早上我在去缅因州的路上见过布拉德·达格特。我需要让他暂停修建房子。”

“噢。”警探将椅子前倾。

“他看上去毫无异常。对泰德的遭遇，我认为，还有点小震惊。”

“如我所说，我们只是对他进行排查。我相信他有不在场的证据。就你刚才所说的来看，他不像与这起谋杀案有关。哦，还有一件事，西弗森夫人，负责犯罪现场的警察已经完成任务，你随时可以回家了。我不知道你是否要……”

“我需要回去，”我说，“就去收拾几件衣服，感受一下待在那里的感觉。”

“好的，”他站了起来，我也从座位上起身，“我得待在警局，”他说，“是否需要我请警察载你去开自己的车，或者载你回家？”

“不用了，谢谢。我可以打的。”

“那好吧，我帮你叫辆出租车。非常感谢您能过来帮忙辨认素描，您帮了我们大忙。根据我的经验，一旦我们找到相似的人，就立即逮捕他，会有人认识他的。”

我在原地站了一会儿，犹豫着是否离开，我知道案情可能开始迅速接近真相了。我感到一阵晕眩，心想大概要不了几个小时，布拉德将会被警察盘问。我已经教过他该怎么说，但远远不够。此外，还有其他事情，比如，泰德最后一次去肯纳威克时偶遇布拉德，还和他在海边的酒吧喝醉了。泰德干出这样的事真是奇怪。我对布拉德前天说的话感到疑惑，他是怎么确定泰德已经知道我和他勾搭成奸？也许泰德已经知道了，但那怎么可能呢？如果他知道了，那他有没有告诉别人？即使他不知道，布拉德和泰德一起喝过酒，这也只会让警察更加怀疑布拉德。

“你还好吗？”金伯尔警探笨拙地问道。我这才意识到他已经发现我一直愣在那里，出神地想着什么，足足有五秒钟。我垂下肩膀，假装强忍着抽泣，抬头看着他，让泪水从眼中流出。他迅速环视一下办公室，但我靠近他，他不得已把我拥入怀中。我开始啜泣，把他抱得更紧，将头埋在他的下巴下面。我抱得非常紧，感到自己的胸扁平地贴在他的胸膛上。“别难过，西弗森夫人。”他说道，随之把一只手搭在我肩上，另一只手垂直地放在身侧。我从他怀里抽出身子，疯狂地道歉。正巧他的搭档詹姆斯警探，一个高个的黑人妇女飘然走过来，问我是否需要什么帮助。

“一辆出租车，”我说道，“对不起，真的很对不起。”

“别担心，我完全能理解。”对待悲痛欲绝的寡妇，詹姆斯警探非常得心应手。她态度温和又很坚决，领我离开金伯尔的办公桌。我停下脚步，转过身来。

“哦，警探，”我说，“还记得你昨天问过我，认不认识来自温斯洛的人。”

他仍然站着，拿着手机：“当然，我记得。”

“我想起了一个人，她叫莉莉·金特纳。我跟她一起上的马瑟大学。我确信泰德周五去那里跟她毫无关系，但是……”

“他俩互相认识吗？你跟她熟吗？”

“不熟。事实上，她大学时抢走了我的男友，当然我对他也不上心……但泰德和莉莉并不认识……噢，我想想，他们可能见过几次。几年前我在波士顿遇到过莉莉。”

“怎么写她的名字？”

我告诉了他。其实泰德和莉莉之间没有联系，但我认为提供警方另外一条追查线索也无妨。这也许能延缓现在看起来似乎无法避免的事——布拉德将遭逮捕，他大有可能把我也供出来。

我告诉詹姆斯警探我没事，只是想离开。“在你离开前不需要来杯水吗？”她低头看着我，用沙哑的声音问道。我估摸她差不多有六英尺高。她肯定对自己的身高有点不自在。每次看到她时，她穿的都是平底鞋、深色套裤和有领衬衫。她从不佩戴首饰。她会让我感到紧张，而金伯尔警探就不会。并不是因为我觉得她在怀疑我，而是因为我真猜不透她在想什么。她可能是用对付公路收费员的眼神看我。

“我能送你出去吗，西弗森夫人？”

“不用了，我没事。请叫我米兰达。”

她对我点了点头，转身离开了。我很确定她也没有化妆。

金伯尔警探肯定打电话叫了出租车，我走到警察局前门时，一辆出租车正在等着。已是傍晚时分，开始下起雨来。从我妈家出来后，糟糕的天气就一路伴我左右。

第22章　莉莉

周二一大早我就从肯纳威克酒店退房，我想直接开车去温斯洛大学。再缺勤一天，引起别人的注意，这样做毫无意义。我在酒店喝了两杯咖啡，中途在基特里的一家唐恩都乐连锁店又喝了杯咖啡。我筋疲力尽。前天晚上，我和布拉德谈了几个小时，一开始在他的卡车里，后来又到了他出租的小屋。不管他对泰德做了什么，我为他感到丝丝难过。布拉德是个受过创伤的人。当他知道我不打算告发他时，他抓住我就像抓住救命稻草一样。他告诉我，他想约米兰达在那晚的10点见面，如果米兰达同意，他就会用库利酒吧的公用电话打我家的电话，就响两下，号码会显示在我家固定电话的数字显示屏上。

我是第一个到办公室的人。登录工作邮箱后，得知老板奥托因为前天下午感觉自己有点咳嗽，所以周一很早就离开了办公室，周二也打算不上班。对此我一点也不惊讶。毫无疑问，奥托·莱姆基最易受外界影响，尤其是任何的小病小痛。仅让他知道我周日身体不适大概就足以让他陷入自己心病的旋涡。我上午写了些简单的报告，是关于把档案传至内网供师生使用的。完成上午的工作之后，我穿过校园，去了一家由学生经营的咖啡馆，我午餐大都在那里解决。前一天的大暴雨让天空看起来很明亮，像被洗过似的，就像刚从洗车场出来的汽车一样。深蓝色的天空万里无云，空气很清新，有股苹果的香味。我点了份全麦咖喱金枪鱼色拉三明治，把它拿到外面一张石凳旁，在这里可以看见一排鲜黄色的榆树，它们在微风中挺直身躯，把温斯洛大学的中心广场一分为二。我的生活很美好，我捋了捋自己为什么会卷入米兰达、泰德和布拉德之间肮脏的三角恋。我计划明晚在肯纳威克干的事有很大的风险。它能否成功取决于布拉德，那家伙太脆弱，弱点显而易见；还取决于米兰达，当布拉德约她时，她不要怀疑才行。我觉得自己已暴露，也没有百分之百的信心了。但我知道已开始执行计划许久，现在必须完成。相比以往，现在更应该为泰德复仇，惩罚米兰达。

那天下午，我原计划外出拜访一位曾在温斯洛念书的学生。她现在八十多岁了，打算把自己学生时代的物品捐给学校档案室。外出拜访是我做得最出色的工作，当然也有最糟的时候。这完全取决于以前学生或教授的神志清醒度以及我对他们的期望值。有时，他们只有一些破旧的教科书以及一些课堂笔记，这些人通常是孤家寡人，想找个谈话对象，找个不得不倾听他们学生时代冗长故事的人。然而，有时这些校友会捐献一些贵重的档案资料。女学生把一切都保存了下来：有 1935 年冬至舞会的打印菜单；有 1960 年 3 月的暴雪照片，那次的积雪足足有七英尺厚；有梅·贾里斯还是访问作家时的手写诗。我从不知道这些拜访会有什么样的收获，只有开车能到的地方，我才安排上门拜访。否则，我们会请求捐赠者把物品邮寄过来。

我几乎准备取消那天下午的拜访。因为睡眠不足，我一直感到很疲倦，而且还不确定自己是否能够陪伴一个陌生人感怀她的往事，但我告诉自己应该尽可能按计划工作。于是我出了门，开车往西经过几个小镇到了格林菲尔德，1958 级的普鲁登斯·沃克就住在这里。我到的时候，她正在耙落叶，落叶已经装了好几袋，都放在了马路牙子上，等着收垃圾的运走。四周是殖民地风格和甲板室风格的房屋，她的却是科德角式样的，干净、整洁。我把车开进她的私家车行道，停在一辆新款凯美瑞轿车后面。她放下手中的耙子，走过来跟我打招呼。

“你好，非常感谢你能过来，真是帮了我老太婆一个大忙。”她穿着一条褪色的牛仔短裙、一件绿色的风衣，灰白的头发往后梳成一个小圆髻。

“小事一桩。”我说着下了车。

“都用盒子装好了，就放在前门台阶上。我原本想自己送过去，但是把它们从阁楼拿到前门台阶已使我筋疲力尽。很明显，那时我就决定保留一切资料。这些材料，大部分是我的剪贴簿，还有我所有的课堂笔记和课程大纲，另外还有一扎试卷。你说过你想要这些，是吧？”

“我将全部带走，再次感谢您提供这些。”

我走到前门台阶，搬起那只沉重的箱子。她跟着我，步履蹒跚。

“我不想劳驾你老远开车到这里，又老远开车回去。我要设法在太阳下山前把这些落叶耙在一起，我给你倒杯水吧？或者喝点其他东西？”

“不了，谢谢。”我说道，把盒子放进了后备厢。

在她家的私人车行道上倒车时，我看到她蹒跚地回到靠在枫树上的耙子旁。对她我突然产生一阵强烈的喜爱之情。她十分乐意忘却过去的生活，不再回首过往。但实际上，我只是因为不需一下午都坐着翻看她的剪贴簿而心生感激。

我把盒子放在温斯洛大学，回了几份电邮后开车回家。我那农舍式的两居室建于1915年，可以俯瞰风景如画的池塘，但里面污泥太多，不适合游泳（整个夏天会滋生很多蚊子），却非常适合寒冬溜冰。我看了下固定电话，库利酒吧还没来电。家庭医生办公室的电话提醒我与医生的预约；我妈妈也打过电话，却没有留言。5点还没到，我打算在做晚饭前小睡一会儿。躺在客厅的沙发上，正当我迷迷糊糊快要睡着时，门铃响了，我惊得猛然坐起来，恍惚间不知道自己身处何方。我用手向后捋了捋头发，起身走到门厅，透过前门旁边的铅条窗户向外看去，一个三十多岁，看起来有点邋遢的男人站在外面，搔着脖子后面。我把门打开一点，门链还拴着。

“有事吗？”我问道。

“你是莉莉·金特纳吗？”男人问道，从人字斜纹软呢夹克中掏出一个钱包。还没等我回答，他就打开钱包出示他的波士顿警徽。“我是警探金伯尔，我们可以简单聊几句吗？”

我解开门链，打开门。他在我家门前的门毡上蹭了几脚后，进了屋。“我喜欢这屋子。”他边说边环视四周。

“谢谢。我很好奇，我能帮你什么吗？”我慢步走进客厅，他跟在我后面。

“事情是这样的，你的名字出现在一起案件中，所以我过来问几个问题。你有时间吗？”

我拿了把红皮低背安乐椅给他。他坐在椅子的边缘。我坐在沙发上，既害怕听到他即将要说的，但又急切地想知道。

“关于泰德·西弗森，你知道多少？”

“周末在波士顿被杀的那个男人？”

“嗯。”

“我只能告诉你在报纸上所看到的，那也是我了解的一切。我确实跟他有点关系，但我不认识他，他是我以前一个同学的老公。”

“你和米兰达·西弗森一起上过学？”警探从外套里掏出一个笔记本并打开，又从笔记本的螺旋装订处抽出一小支铅笔。

“是的，马瑟大学。那个时候她叫米兰达·霍巴特。事实上她叫费斯·霍巴特。”

“她用不同的名字？”

“我想，费斯是她的中间名，是她在大学时用的名字。”

“你和她保持联系吗？你怎么知道泰德·西弗森和她结婚了？”他稍稍直起身子，往椅子后坐了点。他的头发稍微长了点，特别是对警探来说。他浓浓的眉毛下长着圆圆的棕色眼睛，大大的鼻子，一张女孩才有的嘴巴以及丰满的下嘴唇。

“几年前我们在波士顿见过，只是偶遇。”

“那时候她跟她丈夫在一起吗？”

“你要知道，在看了泰德·西弗森被杀的新闻后，我自己也一直在想这件事。我想，那个时候她是和一个男人在一起，她还引见我们双方，但是我记不太清楚那个男人了。当我读到波士顿谋杀案时，我真不敢相信自己的眼睛。警探……金伯尔？……我要去煮咖啡，需要煮两人份吗？”我站了起来，意识到自己可能言行可疑，但我需要时间思考。

“嗯，当然，如果你要去煮咖啡的话。”

“除非你认为我们能马上结束这场对话。我真的十分好奇，你为什么会来这里。”我边说边走向厨房。

“还不行，煮咖啡吧，我喜欢来点咖啡。”

一到厨房，我就深吸一口气。把水烧上，将咖啡粉倒在法式咖啡机的底部。我需要理清头绪。发生的某件事把我和泰德·西弗森联系到一起，我必须相当谨慎，不能让警探认为我在说谎，也不能自相矛盾。警方已经发现一些真相，只是我不知道他们查出了多少。水开了，我把它倒进咖啡机里，装上压杆，把咖啡、两只马克杯、一盒牛奶以及一碗方糖放在托盘上，捧到客厅。看到警探正站着，盯着客厅里嵌入式书架上的书脊，我大吃一惊。

“不好意思，”他说道，重新坐在椅子边上，“你有一些书很有趣。希望你不要介意我的问题……你是大卫·金特纳的女儿，是吗？”

我把托盘放在咖啡桌上，坐回沙发。“嗯，是的。你认识他？请随意喝咖啡，别客气。”

“我确实认识他。我读过他的几部书，以前还见过他诵读自己的作品，在新罕布什尔州的达勒姆。”

“哦，是吗？”

“他真是个爱出风头的人。”

“我听说过，但之前没见过他朗读自己的作品。”

“真的？我有点惊讶。”

“不必惊讶，他是我父亲，但我对他工作上的事一点也不感兴趣。至少我小时候是这样的。”

我看着警探倒了杯咖啡，加了点牛奶，但没加糖。他的双手很漂亮，十指纤长。我突然觉得他和埃里克·沃什伯恩长得很像，瘦瘦的，很有男子气概，但脸部特征又很女性化——漂亮少女似的嘴巴以及浓密的眼睫毛。他喝了一小口咖啡，把马克杯放回咖啡桌上，接着说："你要知道，找到你真不容易。你现在的名字还是金特纳？或者你已经把名字正式改成了莉莉·海沃德？"

"没改名字，法律上我还是叫金特纳。这里的人都叫我莉莉·海沃德。海沃德是我奶奶未嫁时的名字。不要太在意名字的事。实际情况是这样的：我在大学里工作，人们熟悉我的父亲以及所有与他勾搭的女人，所以当我在这里工作时，我就决定用另外一个名字。"

"可以理解。"

"所以你知道我父亲的遭遇？"

"英国发生的事故？"

"对。"

"是的，我听说了。对这件事我感到很难过。我真的是你父亲的忠实读者。实际上，我读遍他所有的书。我记得他的最后一本书是写给你的。"

"是的。很遗憾，那不是他写得最好的一本。"

警探笑着说："也没那么差。我认为那些评论有点苛刻。"他又喝了一小口咖啡，沉默了片刻。

"那么，"我说道，"重新谈谈泰德·西弗森吧。我一直很疑惑你为什么来这里找我。"

"嗯，当然，一切可能都是巧合。但是泰德·西弗森在被杀那天来过温斯洛。我们是通过停车罚单知道的。他有没有碰巧过来看你？"

我突然对泰德这一愚蠢行为感到愤怒，随后又感到一阵悲伤。他来找过我，到过我住的小镇。但我摇了摇头。"正如我所说，我跟他不熟，他跟我也不熟，我们大概就见过一两次……”

“9月份你在英国的，对吗？”

“是的。我父亲出狱后我去看望他。事实上，他正打算搬回美国，于是我在那儿帮他收拾东西。”

“你还记得回来的航班？”

“如果你想知道，我可以帮你查一下。”

“没关系，我知道那次航班。和泰德·西弗森从英国出差回来坐的是同一班。你记得在飞机上见过他吗？”

对此我早有心理准备。警方肯定会知道我和泰德坐的是同一航班。但我高度怀疑他们知道泰德和我之后在康科德河酒店见过面。他们知道那天之前我去过肯纳威克？大概不知道，但不难查出来。

“你有他的照片吗？”我问道。

“我现在没有，但如果你这里能上网……”

“好的，我将再次确认一下。我确实在那架飞机上和一个男人聊过天，现在想来，他可能就是泰德·西弗森。实际上，我们是在希思罗的机场酒吧偶遇。我记得相遇时，他跟我打招呼的方式看起来好像认识我似的。我们自我介绍，又聊了会儿。我确实跟他不熟。”

“你们没有告诉对方名字？”

“告诉了，但我真没听清他的名字，即使听清了，我也记不住。”

“但是你告诉了他你的名字？”

“是的。我还告诉他我在温斯洛工作。”

“所以，如果他想的话，可以过来试着找找你？”

“理论上是这样，”我回答道，“但如果他真想与我联系，不知道为什么没有设法打电话给我。”

“你给他电话号码了？”

“没有。”

“所以，可能他试着查过你的号码，但是没找到，于是就直接开车过来。”

“当然，我猜有这个可能性。但似乎又不太可能。那次我们相谈甚欢，但并不是调情，他是已婚男士，而且……”

警探笑着耸了耸肩。“你也许没太在意，但我们这种事情见得多了。某个男人偶遇某个女人，女人对此毫不在意，但接着她就发现那个男人正跟踪她；或者相反，但这并不常见。”

“你认为我被跟踪了？”

“现在无从知晓。我们只是好奇：他为什么在被谋杀那天开车来这里。他的死疑点重重，所以最近发生的任何不寻常之事，我们得调查一番。如果他开车来这儿是希望撞见你，那么我无法揣摩这和他的死有何联系。”

“是的，我也是。”

“你介意我问下你有男朋友吗，金特纳小姐？”

“不，我不介意。我没有男朋友。你可以叫我莉莉。”

“莉莉，我只是排查一下。你没有善妒的前男友？”

“我印象里没有。”

看着他螺旋装订的笔记本，警探沉默片刻。我心情有所放松。就我的理解，我已经尽己所能掩藏自己。我不能否认在飞机上见过泰德，因为有目击证人。但是我没理由承认其他事情。如果警察发现在谋杀案发生后，我立马在肯纳威克待了两晚，我就只能声称只是巧合而已。这也许看起来奇怪，但又能对我有什么影响呢？我又不是好像真的卷入周五晚上的谋杀案中了。

“对不起，莉莉，我不得不问下面这个问题：周五晚上你在哪里？”

“我就在这里，一个人。我做了晚饭，接着看了部电影。”

“有人来过吗？或者有人给你打过电话？”

“很抱歉，没有。我想是没有。”

“没关系，”他喝完咖啡，站了起来，“能在网上看一下泰德·西弗森的照片吗？这样你就可以确认一下。”他问道。

“当然。”我答道，拿来笔记本电脑，我们一起浏览，发现一张附在泰德被杀新闻上的图片。我说，就这张，就是他，我很确定他就是飞机上与我交谈的那个男人。

“太奇怪了，”我说，“读了这篇文章，我发现自己有点认识这个男人，至少我肯定认识他的妻子，而且最近见过他，跟他说过话。”

在门边，金伯尔警探把手伸进夹克口袋，然后说：“哦，还有一件事，我差点忘了。”他掏出一把锃亮的钥匙，“你介意我试一下，看看这把钥匙能否打开你家的门吗？”

我大笑起来。“太扯了，你认为这个男人有我家的钥匙？”

“不，我没有。但我们在他的遗物中发现这把钥匙，我需要查看一切可能性。我只想排除是你家钥匙的可能性。”

“好吧，请检查，我理解。”这把钥匙肯定是泰德从布拉德家里偷来的，可能是打开所有租赁房屋的万能钥匙。如果布拉德成了嫌疑犯，他们查出这把钥匙是属于他的只是时间问题。

我看着警探把钥匙插进我家前门的门锁里。钥匙很轻易进去，我感到一阵困惑和恐惧，担心这把钥匙也许会打开我家的门，也许泰德由于某种原因真的有我家的钥匙。但最终我家的门没被打开。警探轻轻转动几次后拔出了钥匙。“打不开，”他说道，“但是我不得不排查一下。今天你帮了我大忙，如果你想到其他什么事……”他递来一张名片，我接了过来，朝下扫了一眼，他名叫亨利。我站在门边，目送他开车离开。天几乎黑了，橙色的云彩在空中纵横交错。身后的电话响了两声停了下来。我向电话走去，知道这电话铃声的用意。我拿起电话，数字显示屏上出现“未接电话”几个字以及来电号码。电话区号是207。我在餐巾纸背面写了库利酒吧公用电话号码，我要核对一下，但我非常肯定它们是相同的。这电话铃声意味着布拉德已安排好当天晚上晚些时候与米兰达的会面。一切都按计划进行。警探的来访让我有点紧张，但正如他所说，他只是排查而已。

打开冰箱，我朝里看了看，决定着晚饭做什么。

第23章　米兰达

以前当布拉德和我策划谋杀泰德时，我有个短暂的念想，使用两部不可追踪的临时手机，就是为了以防万一。但由于不想留下任何指向我们犯罪的物证，我后来放弃了，看来真愚蠢。现在，我真希望能拥有两部手机。在波士顿南区的房子里来回踱步，我快要疯掉了，犹豫着该不该给布拉德打个电话，警告他将要受到盘问。我甚至不知道我的警告有没有用。如果他知道警察要来，也许会更加恐慌。我又想，该不该告诉布拉德有目击证人认出了他，让他开着卡车跑路，离开小镇。

各种场景在我脑海里浮现：

根据你的电话记录，西弗森夫人，在你指认布拉德·达格特就是被目击进入你家的那个男人后，当天晚上你给他打了电话。现在我们找不到他。在长达十分钟的通话中，你们到底说了些什么？

我会这样对警方说：我打电话给布拉德是想让他知道警方可能会盘问他，还想让他知道我已经确认那个嫌疑犯跟他长得很像。但是我告诉他不要担心，没人真的认为他参与谋杀案。我不知道，警探，我的意思是，为什么我要告诉你们这些？

西弗森夫人，听到这个消息你会很高兴。我们今早已抓获布拉德。实际上，他并没有跑太远。警方在美加边境抓到他的。他已经供认杀死了你丈夫。关于谋杀案，他有很多详情要说。你介意来警局对质吗？

不介意。布拉德逃跑不是办法。他需要保持冷静，需要长久地保持冷静，直到调查偃旗息鼓。最终我会为布拉德制订计划，但需要等待一段时间。

我站在二楼客厅宽阔的窗户前，外面天已经黑了，雨连绵不断，还算令人舒适。街对面是邻居的褐砂石房子，一个个房间灯火通明。我看到一个房间的窗帘被拉上，有个身影在晃动。

我在窗户旁站了一会儿，家里一盏灯也没打开。我感觉自己是隐形的，眺望着眼中的城市。一辆小车缓慢地沿着街道行驶，轧过一个路坑，雨水飞溅到人行道上。警察已经开始监视我了吗？我是嫌疑犯吗？今天是周一，谋杀案发生在上周五，现在还没人被捕。警方肯定越来越紧张，而且我知道，在某种程度上，我将不得不变成一名嫌疑犯。我曾经是一位有钱人的妻子，而这个男人却死得很离奇。但是剧情远不止这些？我把窗帘拉上，确保它们在中间的位置合上，接着啪嗒一声打开灯。一圈白色的灯光照亮整个房间，我快速地眨了眨眼睛，又把灯关了。黑暗中，我躺在沙发上，心里想着回家是不是一个错误的决定。也许我住在酒店会好一些，正如那个娃娃脸警探建议的。

我不断想象着警探找到布拉德，问他周五晚上在哪里的场景。我想象着，他满头大汗，结结巴巴，警探立刻觉得他很可疑。我知道事情很快就会败露。我错看布拉德了。我们初次相遇时，我眼中的他是一个自大、有点笨头笨脑的承包商，勾引他简直易如反掌。一直等到只有我跟他独处一室时，我向布拉德要了一支烟，让他不要告诉我丈夫。“嘿，”布拉德说，“我不会告诉你丈夫任何你不想我告诉他的事。”时值8月初，我穿着一条前面用纽扣扣上的短款连衣裙。我把连衣裙绕过头顶脱下，褪去内裤，横卧在抛光的厨房柜面上。这个高度非常不合适我俩做爱，布拉德不得不滑动过来一箱瓷砖，站在瓷砖上面。真是不方便又无法令我满足。后来，我撒了个谎，泪眼婆娑地告诉布拉德，这是我自婚礼后一周以来第一次做爱，我丈夫在这方面对我没兴趣。我俩穿好衣服，我哭了一会儿后，双方又脱光了。坐在工人们带来午休用的一把折叠椅上，我们又开始了。跨坐在他身上，我面朝前，腿部肌肉颤抖着。他的双眼掠过我，面部表情诉说着我需要知道的一切。“不要再去任何地方了，”那天下午我跟他说，“就在这里，而且只能在完全确认没有旁人会出现时做爱，好吗？”

“好的。”他答道。

“你会告诉别人这件事……”

“不会的。”

一周后，我告诉他，有时候我会梦到自己把丈夫杀了。两周后，布拉德告诉我，如果我有这个愿望，他会替我杀了丈夫。真是太容易了。我告诉他，如果我们处理得恰当，不犯错误，没人会怀疑我们中的任何一个，而且我们还能结婚，买游艇，花一年时间度蜜月。当我提到游艇时，布拉德双眼放光，这是我从未见过的，即使在我们做爱时。性爱让他痴迷，但贪婪才能掌控他。我曾一直以为他会保持冷静，但现在我没把握。

我从沙发上起身，舒展一下胳膊，用脚后跟蹦了几下。我毛骨悚然，思绪如飞。倒了些冰镇坎特一号伏特加，我在黑暗的屋子里踱来踱去。二楼楼梯平台还留有泰德的血迹，警察已经说过这事，所以我并没有被吓到。我用光脚趾触碰这块血渍，深褐色的一摊几乎可以比得上木质地板上的斑渍。保洁服务明天过来，我一定要告知他们这块血渍。我把酒端到多媒体室，不停地换着频道，最终停留在《风月俏佳人》这部电影上。从我还是个小女孩起，我就最爱这部电影。电视上一直播着，我也喜爱看，多年以前，我就明白妓女是做什么的。现在看来这部电影似乎很乏味，但不管怎样，我还是在看，在演员说台词之前就自言自语地把台词说了出来。我平静下来，电影结束时，我的酒也喝完了。我知道我需要开车返回缅因州，然后和布拉德谈谈。他需要为接下来的事做好准备，而且我觉得如果我能跟他待上一段时间，将会起很大的作用。

我的车没停在车库，而是停在街上。我穿上牛仔裤，套上深绿色的连帽运动衫，出门了。冒雨来到车前，我控制自己不去四处张望，不去看是否有人在监视我。我想应该没有。我的车停在街角，上车之后，直接驱车离开，然后向 93 号州际公路开去。路上很安静，没有车灯突然闪现，看上去不像后面有人。我上了高速，确信没人跟踪。转入中间车道后，我把 CD 装进播放器，设法让自己放松下来。雨水被车灯照得闪亮，高速公路向身后快速退去。我到达新月小屋时已经很晚，连绵大雨变成毛毛细雨。布拉德的卡车不在他家门前。我猜想他在库利酒吧，我得等他出来。这意味着当我最终有机会跟他谈话时，他已经被盘问了，但我希望他说得不要太过，那样事情就不会暴露。我原计划是帮助他做好接受盘问的准备，确保他知道如何回答，然后在天亮之前开车回到波士顿。

穿过马路，我把车停在一棵橡树下，它的树枝被大雨打弯了腰。没等多久，布拉德的卡车在晚上 11 点左右停在他家门口。我稍稍打开一点车窗，但即便如此，在等候的过程中，车内还是蒙上了水汽，看不清楚布拉德的卡车。我把车窗摇到底，向外望去，有另外一辆，大概是一辆四四方方的本田车停在布拉德车子的旁边。操！我想那可能是波利。先是布拉德从自己车上下来，然后一个苗条的女人也从自己车上下来。布拉德开着门，让那个女人先进入他的小屋。她穿着紧身牛仔裤，夹克衫光滑且反光。她太瘦了，脚步也非常稳健，不像是波利。布拉德也跟着她进屋。他俩进门的方式让我觉得这并不是一次常见的偶遇。他俩就像商人进入会议室一样。等了五分钟之后，我脱下帽子，下了车。我原以为外面还在下雨，但其实是从橡树残留的叶子上落下来的雨滴。

我穿过马路，来到布拉德的小屋前——我从没进他家门，但几个月之前，我和他还没有发生亲密关系时，我曾站在他家门口来送还设计图。我记得那时他家是那么整洁，那么一尘不染。我蹑手蹑脚地走向前门左边的一扇窗户。里面有百叶窗，但室内的灯光透了出来，我想能够看到他们。我想看看是否认识这个女人。当我快要走到窗边时，门上方的灯突然亮了，刺眼的白光洒满屋前。我快速闪向旁边，运动鞋踩在碎贝壳铺就的车行道上嘎吱作响。我紧贴在木墙板上，这里最看不清人影，等着室外的灯自行熄灭。漫长的一分钟之后，灯灭了。听不到任何人在屋里走动，路上也十分安静。小屋的一侧有一扇窗非常低，我踮起脚尖就能看到里面的情形。百叶窗合上了，但是还有缝隙，厨房的摆设尽收眼底——白色的冰箱，空荡荡的工作台面。另外，我还能看到客厅，布拉德和一个红发女人正坐在沙发上谈话，面前的咖啡桌上摆着两瓶啤酒。有那么一瞬间，我以为那个女人是从马瑟来的莉莉·金特纳，我打了个冷战。但这个女人的头稍微动了动，我觉着她不是莉莉。她的妆容很廉价：黑色的眼线，鲜艳的口红。除非莉莉改变了，否则她绝对不会这么化妆。

我观察了一会儿，布拉德和这个女人专心致志地聊着，但无论如何我都想不出他们正在聊什么。布拉德看上去处于下风，双肩耷拉，嘴巴大张。那个女人，不管她是谁，大部分时间都是她在讲个不停。布拉德看上去就像个迟钝的学生，试图跟上老师的讲话。这并不是我所期望的。我期望的是布拉德和库利酒吧的某个荡妇在沙发上做爱。我本来不是特别喜欢那一幕，但与现状相比，我更喜欢那一幕。他们谈论的可能是什么呢？

布拉德一连串地点着头，就像由线拉扯的木偶。他在夹克口袋里摸索一番，掏出香烟。那个女人站起来，舒展四肢，衬衫上蹿露出白色的腹部，接着向厨房走去。我凝神屏气，继续透过百叶窗往里看，祈祷着她不会朝我这边看过来。我想看看清楚。她打开冰箱，弯下腰往冰箱里看，这样我看清了她的侧面。她看上去非常像莉莉·金特纳——瘦弱娇小的流浪女孩身材，苍白的面色，红色的头发，但穿着打扮却对不上号。

那个女人从冰箱里拿出一个水瓶，打开瓶盖。在回客厅之前，她转着头，双眼扫视着一尘不染的橱柜台面。厨房天花板上的日光灯反射在她的双眼上，她眼中那种天真的绿色片刻间熠熠生辉。我放下踮起的脚尖。这个女人就是莉莉·金特纳。我看到她的双眼，现在很确定。我毫不犹豫地快速朝我的车走去，远远绕开大门，避免再触发感应灯。我悄悄坐进车里。那女的就是莉莉，我非常确定。但怎么会是莉莉呢？她怎么可能跟布拉德扯上关系？而且还不仅仅是布拉德，很明显，泰德去温斯洛无疑是去看她的，所以她肯定与泰德也有关系。他们当时有奸情吗？是她主动勾引泰德？这是她构思已久的报复？当然，此刻更重要的是搞清她是如何找到布拉德的，她又想从布拉德身上得到什么。

在座位上我又向下滑了点，头晕目眩。雨已经停了，但天空依旧阴云密布。我恍如被大树的黑影保护着。看着布拉德的小屋，我心想莉莉会不会在他家过夜，但我很清楚，我得一直等着，因为万一她不在那儿过夜。我脑海里充斥着一堆可能性，但所有的可能性都指向有人缠上我了。莉莉正在以某种方式缠上我。

当布拉德家前门打开，莉莉出来时，尽管实际上才一个小时，我感觉两个小时已经过去了。门外的灯啪的一声亮了，我看着她坐进自己的车里，倒车退出车行道，向南驶向密克马克公路。我有点想跟着莉莉，看看她要去哪里。但与之相比，与布拉德谈一谈更为重要，搞清究竟怎么回事。我强迫自己等了五分钟，以防莉莉万一落下什么，又回头来取。我冲过马路，敲响布拉德家的门。门打来一条缝，他看着我，肿起的眼睛迷惑了片刻。我把帽子从头上扯下来："布拉德，是我，让我进去。"

“该死的！”他边说边为我打开门。我往屋里走了一步，把身后的门关上。我闻到一股廉价香水味。

“他妈的莉莉·金特纳在你家干什么？”我问道。

“那是她的名字？”

“天哪，布拉德，她究竟想要什么？”

“我今晚才遇到她，在库利酒吧，在停车场她过来找我。”他的眼睛不停转动着，似乎在揣摩如何对我说。我尽可能地忍住揍他吼他的冲动。

“布拉德，她他妈的到底想从你这儿得到什么？”

他垂下头，像一条鼻子刚刚被重击的狗，说道：“她想杀了你，米兰达。她想让我设计谋杀，还告诉我如果不想坐牢，这是唯一的方法。我发誓，我是准备告诉你这些的。”

第 24 章　莉莉

周二晚上 8 点我到达肯纳威克，昨天这个时候我正在与布拉德密谋。一路上交通顺畅，从马萨诸塞州过来仅用一小时多。我把车停在阿德米拉酒店，这是一家全新的度假酒店，建在肯纳威克港对面海滩的悬崖上。停车场上车不多也不少，我绕场一周后停好车，正好面对一小片海滩，对面是肯纳威克酒店柔和的灯光。我在车里坐了一会儿。夜空万里无云，黑色的天幕上布满黄色的星星，凸月的影子倒映在海上。我带了一把小手电筒，能够照着我沿着悬崖走到泰德和米兰达的住宅，但我想可能用不着。

在来之前，我吃了乳酪加煎蛋权当晚饭，然后打电话到老板家，告诉他我喉咙还疼着，而且可能会变得更严重。

“明天别来了，待在家里，把身体养好。”他说道，声音里带着渐增的恐慌。

“好的，我明天肯定待在家里。”

“是的，你应该这样做。如果需要，你可休息一周。”

打完电话，我审查计划的每个细节。计划很冒险，是否成功完全取决于布拉德能否按照我的要求设置圈套。我不喜欢依赖别人，之前我从没这样做过。这次我本不需这么做，只因我需要加快行动。我前一天见到的那个警探，亨利·金伯尔，大概正在调查布拉德和米兰达，也许只是布拉德。我想在他之前快速采取行动。

我在车里坐了一会儿，穿了一身黑：黑色牛仔裤和黑色高翻领毛衣。从气温降到三十多华氏度时我就穿了好几件衣服。我脚上穿了一双登山鞋，鞋底质量很好，头上戴了一顶深绿色的羊毛冬帽，帽子上的绒球被剪掉了，帽子里面塞着我的辫子。我有一个专门为白天徒步旅行设计的小型灰色背包，里面装了一副手套，一把眩晕枪，一把手电筒，一个装着热咖啡的保温杯，一个装着杏子白兰地酒的酒瓶，一把带有皮套子的鱼排刀，一把莱泽曼牌万能工具刀以及一些塑料袋。

下车时，外面比我想象的冷，凛冽的寒风不断从海上吹来，我真希望自己带了防风外衣。把手电筒放在牛仔裤后面的口袋里，我背上双肩包，锁好身后的车子，沿着悬崖，向着悬崖小道的入口走去。我尽可能随意地走着，以防被人盯上，想象着自己是那种经常在月夜下沿着海岸漫步的人。就目前来看没人看到我，就这样，我来到了悬崖小道。

我时间充裕，于是走得很慢，仅仅在走过一段大树盘绕下的小道时开过一次手电。两天前那个大风的下午在这里散步，这里的景色惊艳，但现在的景色更美：远远望去，在高高悬挂的银色月亮之下，大海一片银色。我仿佛走进20世纪30年代的黑白电影里，大海和天空交相辉映，夜空闪闪发光，宛如幻境一般，既感觉浪漫，又令人感伤。我就这样走着，感到浑身不自在，就好像是一只小动物刚从洞穴出来，来到大千世界。突然月桂树丛里沙沙作响，我停下脚步，看看是不是另外一只如我的动物，还是从海上吹来的那股阵风。没任何动静，于是我继续前行。当走到小道尽头时，我蹲下身子看着那幢隐约可见的房子。月光下，它看上去已经完工，三角屋顶与夜空互相映衬。大海和屋后之间那片开阔的土地在阳光下看起来坑坑洼洼，但在月光的作用下，就像壮观的斜坡草坪，就像它最终的样貌。我看了看身后的夜空，一片残云正在迅疾飘动，将要从月亮面前飘过。我看着那片云，当它遮住月亮时，整个世界暂时更暗了。我深吸一口气，穿过一片空地向屋子走去，小心绕过挖了一半的坑，这坑应该是用来建游泳池的。我两大步跨上建好的露台，再一次蹲下来，脱下背包，拉开拉链，拿出眩晕枪、小刀、一副皮手套和两只塑料袋，然后重新拉上拉链。直起腰来，我把小刀装进牛仔裤的前口袋，枪装在另一只里。我把塑料袋套在登山鞋上，袋子的末端塞进羊毛袜里，然后戴上手套，试试玻璃移门有没有上锁，布拉德说过没锁。确实没锁，于是我进入漆黑的屋子。

我关上身后的门，伫立良久，一边认真地听着周围的动静，一边让眼睛适应这一片漆黑。一段时间之后，双眼终于适应了。屋内昏暗模糊，我能够看清的是铺好的地板，一叠又一叠到处堆着的瓷砖，装着石棉水泥板没拆封的大盒子。我向前移动几步，进入门厅，塑料袋在地板上窸窣作响。有东西打到我头上，我不由自主地猛然一惊，抬头看到两条悬挂着的电线，应该是用来装灯的。

我走向朝南的厨房，那里宽敞的窗户助我找准方向，希望其中一扇窗户能眺望屋前的车行道。但一扇这样的窗户都没有。于是我转身，在模糊的光线下，像电影里的慢镜头一样移动着。屋内和屋外一样冷，空气中夹杂着木屑和胶水的味道。我找到了前门，门有普通人身高的两倍高。透过门旁的一扇窗户向外望去，只看到一只大垃圾桶，沿着桶壁有样东西在风中飘动，外面一辆车也没有。窗户是落地的，我盘着腿坐着，等待着。我早来了一个小时。

在那一小时里我多次告诉自己可以站起来，直接离开，沿着悬崖小道原路返回，回到车里，开车回家，回到温斯洛。到目前为止我没做任何违法之事，没做任何涉及犯罪之事。我毫发未损。但我又告诉自己，如果我真那么做了，真起身走了，那么米兰达·霍巴特会在我们的世界里逍遥法外。泰德死了，埃里克·沃什伯恩死了。要不是米兰达，他俩也许还活着。

我先听到布拉德的卡车声，车随后进入视线。他关掉车前大灯，车继续在砾石车道上行驶，嘎吱作响，最后停在垃圾桶和屋子之间。夜空万里无云，室外很亮，我能看到布拉德坐在驾驶座上，米兰达坐在乘客席上。依照我手表上的时间，他们来得有点早。米兰达大约在卡车里待了一分钟。我不知他俩在说什么。当她打开车门时，卡车内的灯随即亮了。我看着布拉德，他嘴里叼着一根未点燃的香烟。当米兰达从车上下来，站在车行道上时，他迅速地把手放在灯上。米兰达扭着屁股朝屋子走来，和我记忆中的一样。她的头发塞在一顶看着像是报童帽的帽子下面。当她走近大门时，我站起来，向后退了一步，站在屋里较暗的地方。我的胸膛里心脏怦怦地加速跳动，一股电流传遍全身。

我听到插进钥匙的声音，咔嗒一声锁开了。门朝内打开，米兰达跨了半步，走进屋子，然后停了下来。屋外的风变大了。我知道米兰达与我刚才一样，正在使双眼适应黑暗，她暂时看不到我。在光线下她的脸呈灰色，眼睛睁得很大，试图看清周围，双唇轻微分开。我看了看她放在门把上的手，她也戴着手套。

“在这里。”我说道。

她转过身，我打开手电筒，将灯光打在地面上，让她看到我站的地方。她一看到我的位置，我便啪的一声关了手电。

“莉莉？”她问道。

“进来，你的眼睛会适应的。”

她关上身后的门。“太有戏剧性了吧？”她说。突然，大学时代有关费斯的记忆如洪水般涌入我的脑海。她刻薄，有点阔绰，在圣邓斯坦聚会上昏暗的灯光下，我们聊着天，她一只手握着酒杯，另一只夹着香烟。

“布拉德跟你说了我想要什么吗？”我问道。

她向前走了一步，身穿一件七分长外套，右手插在大口袋里。我本能地摸了摸放在身前口袋里的眩晕枪，枪把向外凸着。

“他说了，”米兰达应道，在我面前一码远的位置停下来，我想向后移动一点，但又不想让她听到我脚上塑料袋的窸窣声，“我感到很惊讶。”

“惊讶什么？”

“嗯，一切都感到惊讶。惊讶于你在这里，惊讶于你认识泰德。但最让我惊讶的是你想从我这儿敲诈一笔，这一点不像你的风格，与你的父亲有关吗？”

“你这话什么意思？”我问道。

“他杀人了，对吗？在英国。还有一些诉讼费用。”

“与他没有关系，钱是为我自己要的。”

“好吧，钱对我来说不重要，”她说道，“你知道的，我不可能立即给你钱。我得先处理完丈夫的遗产，这需要花费很长时间。”

“我了解。我只是想今晚在这里见你一面，这样可以听到你亲口承诺。这之后，所有的事情都由布拉德来处理。”

“我能问你些事吗？你跟泰德睡过吗？怎么会睡到一起的？你俩怎么碰到的？”

“我俩乘的是同一班飞机。你知道吗，他知道你所做的一切。他知道你跟布拉德搞在一起，对他不忠。你欺骗不了他。”在模糊的光线下，我看到米兰达耸了耸肩。她离我很近，我能闻到她身上的烟草味以及昂贵的润肤霜味道。

“那你为什么不告发我？”米兰达问道，“如果你确信我是有罪之人。”

“我会告发你的，费斯，如果你不按照我说的去做。”

“这真的与埃里克有关吗？”她问道。我听到屋内有扇门发出嘎嘎声，外面的风更大了。

“与埃里克没关系，”我回道，“一切都与你有关。”

米兰达先转身。布拉德从黑暗中出现，站在我和她中间，右手拿着一个长长的笨重扳手。他肯定是从露台上的某个门进来的，在屋里走动悄无声息，我有那么一瞬间怀疑他是不是脱掉了鞋子。在灰暗的光线下，他的脸扭曲着，下巴来回晃动，仿佛有东西卡在喉咙。他看着我。我看到他把笨重的扳手举过头顶，准备往下砸。

第25章　米兰达

花了两个小时，喝了一壶加少量威士忌的咖啡，布拉德告诉了我一切。他告诉我在傍晚时分看到警车停在他家门口，他惊慌失措，直接开过自家小屋，前往宾州的黎巴嫩郡，去他父亲的垂钓小屋。他几乎打算在那里过夜，但转念一想，这样做看上去很奇怪，像一个有罪之人所为。于是，他开车返回肯纳威克，没有回家而是径直来到库利酒吧。也就是在那里他发现莉莉·金特纳在酒吧的停车场等他。他们在布拉德的卡车里谈了谈，莉莉告诉布拉德她知道整个谋杀事件。她知道布拉德和我在搞婚外情，而且一起计划杀死泰德。她还知道布拉德开车去过波士顿，为了让谋杀看起来像是入室盗窃不遂引起的，他首先闯入泰德邻居家，然后敲响泰德家的门，让泰德放他进屋，接着开枪杀死泰德。

“她怎么知道这一切的？”我问道。

“米兰达，我没问她怎么知道的，她就是知道，知道这一切。”布拉德的声音升高了一个八度，喝咖啡时手在颤抖。

“嘘，会没事的，有我在。”

“我知道。本来明天早晨我做的第一件事就是打电话给你，让你知道一切。”

“宝贝，我知道你会这样做。但还好我连夜开车过来，这样我们就有更多的时间去厘清如何对付她。她想要什么？”

布拉德犹豫了。“我应该告诉你她想要钱。”

“你他妈说这话什么意思，什么叫你应该告诉我？”

“听着，我要告诉你一切。我应该告诉你她想敲诈你，一年一百万的封口费。她还想明晚跟你在密克马克的房子里见面。她想当面听到你的同意。”

“明晚？”

“是的，晚上 10 点。我开车送你过去，然后你俩在屋里见面，一对一地见面。”

“天哪。”

“不，米兰达，你没听明白我说的。这些是我应该告诉你的。但是她还想杀了你。她正在计划怎样杀你。她是这么说的。”

“怎样杀我？”我问道，这是我脑海里闪现的第一个问题。

“她有一把眩晕枪，接着她说她打算把你勒死。”布拉德用手背擦了擦鼻子。

“我不懂她为什么把这一切都告诉你。”

“她讨厌你，她说自大学时代起就认识你，你是个邪恶之人。”

“哇哦，天哪。”我说道。

“你看起来对这事挺开心的。”

“有吗？没有。我吓坏了。”我吓坏了，但又有另一种莫名的感觉。

就像在高中时，发现班里最酷的男孩跟他的朋友们在谈论自己一样。我过去惹怒了莉莉，却对此浑然不知。

“她怎么就认为自己能够逍遥法外？她怎么就认为你能够逍遥法外？警察已经开始怀疑你。在波士顿有个该死的目击者，他看到你，布拉德，进了我家。这就是为什么今晚你家门口会有警察。你要被盘问了。”

“你在说什么？”他唾沫横飞，喷到了我脸上。

“放心，这没什么大不了，”我对他撒起谎来，“你有不在场证明，还记得吗？这也是我第一时间开车赶过来的原因。警察要与你面谈。我不知道是什么时候，但快了。你只要记住我们说过的一切，死守我们编造的假话，那样一切都会没事。”

“但现在有别人知道了。”

“我知道。让我想想。”我深吸两口气，绞尽脑汁于这两个事：莉莉了解整个谋杀事件，她还想杀我。“莉莉说过她是如何认识泰德的吗？”

“没有。我以为你知道。但是已经发生的一切，她知道得一清二楚。”

“她怎么就认为自己会逍遥法外，杀了我而逃脱惩罚呢？”

“她说她打算把你的尸体和车藏起来，那样看起来你像是偷偷溜走的。她还说这是我不被警察逮捕的唯一办法。按计划我明晚开车送你俩见面，然后我应该帮她把你的尸体运回你的车里。她早就安排妥当了。”

“什么？你告诉了她，你很乐意为她做这事？”

“米兰达，我有那该死的心脏病。她知道一切。我跟她说我会考虑考虑。按照计划，如果事情安排好了，我明天应该从库利酒吧给她打个电话，只要响几声就行，她有来电显示。当然，我打算把一切都告诉你，但是我得同她一起，我还能做些别的吗？”

“没了，你说的没错。你做得对，我为你骄傲。让我想一想。”

布拉德使劲拽着鬓角。“我知道我们需要做什么，”他说道，“我知道我需要做什么。”

“做什么？”

“我要杀了她，米兰达。杀她很容易。她告诉我，她是偷偷溜过来跟你见面的，没人知道她跟这事有关。我将把你送到你家的新房前。你从前门进去，然后我会走开，从后面进去。你一直跟她讲话，然后我会悄悄地靠近，用东西砸死她。我可以把她埋在院子里。”

“你会为我这样做？”我说道。

“我为你杀了你丈夫。米兰达，我爱你。当然，我也会杀了这个贱人。”

这合情合理。我知道这是唯一的办法。如果莉莉知道一切，那么她就必须死。但我又有担心。“难道她料想不到这些？”我将自己的想法大声说了出来，“对她来说，前来与我见面太冒险了——”

“她不是来见你的，而是来杀你的，她是这样跟我说的。”

“这也是我的想法。但是，她怎么能肯定她可以说服你为她做这件事？她只是见过你，她只是刚刚见过你而已，对吗？”

“听着，她的话很有说服力。她说这是我唯一的出路——你会把我推下水，当警察来时，我就要与你对质，而且将不会有任何证据表明你与我共谋杀害了你丈夫。你大可以说我精神错乱，痴迷于你。除了我本人之外，没人能提出不同的证据。”

诚然，如果布拉德因为杀了我丈夫而被捕，这就是我的计划。我会说在我脆弱时，我们曾有过肉体接触，但从来没谈论杀死泰德。我可能会对警察说：我想起来了，我确实跟布拉德提过我要去佛罗里达度个长周末。他肯定认为……他肯定认为我是在告知他因为我想……哦，我的天。警方也许会怀疑我，但他们没法定我有罪。“你相信她跟你说的这些屁话？”我问布拉德，脸上露出厌恶的表情。

“不，我不相信。我相信你。但我告诉她我会帮她的。我假装相信她。我们有麻烦了，米兰达，她知道一切。”

“是的，是的。我会在那幢房子里与她见面，然后你要杀了她。一切都会解决的，一切都需要去解决。”

那晚我们谈了很多，但是布拉德喝醉了，开始犯糊涂，他需要睡觉。我利用一个怯懦酒鬼帮我杀死自己的丈夫，现在得付出代价了。在我离开之前，黎明前的一个小时，我告诉布拉德他第二天应该消失，开车到海边，不接警察的电话。“你无论如何也不能被警察盘问。”我说道。

“我知道。”他说。

“事情将会好转，警察可能会怀疑我们，但他们不会抓我们。自始至终我们都知道这一切。”

“我了解。”

“宝贝，如果你想，明天晚上后你就可以离开，偷偷地离开，逃到国外去。逃到小岛上。当事情解决后我会去找你。”

“他们会知道凶手是我。”

“他们会知道，但是他们找不到你。我会给你钱助你跑路，过后我再去找你，带着更多的钱。你会获得自由的。”

“那我的孩子们呢？”他说，声音有些嘶哑。他抬起硕大的头对着我，我看到他的双眼真的湿润了。我们从没谈过他的孩子们，一次也没有。

“嘘，”我说，“现在别谈这个。你需要找个地方睡觉，我们明晚再谈这个。记住：离你家远点，把手机关了。把卡车开到某个地方，然后睡在那里，可以吗？以防万一警察一大早就过来。我会在朴次茅斯与你会面，就在泰德、你和我在回途中去过的那个餐馆外面。行不？晚上 9 点。”

我回到波士顿时，空气中还略带寒意，太阳正缓缓升起，屋檐已挂上一丝阳光。走进家门，我随手拿上周二的报纸。煮上一壶咖啡，这期间我洗澡更衣。我打算稍后小睡一会儿，但我知道现在根本就无法入睡。我正处于风暴旋涡之中。警察可不相信入室盗窃的说法，他们正在逼近布拉德。现在，莉莉又如此疯狂。我甚至不能理解她为何卷入此事。莉莉・金特纳一向都很奇葩。她很警觉。我记得，在她大概 18 岁的时候我遇见她，但是她那时看起来比实际年龄老。她很沉着、很自信，当然，跟其他大一女生不一样。

她是否已经知道就在埃里克死前的那个夏天，我把他从她身边抢走了？其实，我算不上抢走埃里克，只是在没经过莉莉同意的情况下，和她共享男朋友。她是不是已经发现，从那以后就一直跟踪我，伺机杀死我？如果埃里克还活着，我想……突然间我又重新回到之前并不成熟的想法：“是不是她在伦敦杀死埃里克？”他死于过敏发作，但有可能在知道埃里克无法拿到药的情况下，她给他吃坚果。这想法太疯狂了，但也有可能。我试图回想那时所听到的一切。我在纽约的所有朋友都在谈论此事。埃里克喝醉了，出去吃印度食物，他吃的鸡肉里有坚果，因此他死了。事情大概就是这样。有一件事我记得很清楚，莉莉正好跟他在一起，很可能看着他死去。她把药藏在他找不到的地方？现在看来她完全有可能这么做。

一天过去了，缓缓地过去了。晚上如何采取行动，我一直拿不定主意。我想要莉莉死，但是我在犯罪现场出现又使我发愁。我做得很小心，确保自己永远不会因泰德的谋杀而被定罪；同样，也不希望有证据显示我与任何犯罪有关。想象着即将来临的夜晚，我感觉自己正一步一步掉入陷阱。我确实正在掉入陷阱。布拉德已经跟我说了很多，但即使知道莉莉的如意算盘，我还是感到心绪不宁，这是长久以来第一次对自己没把握。但同时我知道，毫无疑问，如果莉莉真知道她所说的一切，那么必须除掉她。莉莉死了之后，我将轻松一些，然后就能专心应付布拉德。

我的手机在床旁的桌子上充电。我走过去躺下，滑动未接电话，听着语音邮件。其中一条信息来自金伯尔警探，他告诉我验尸官验完了泰德的尸体，我可以通知殡仪馆在他们方便时运走他的尸体。他还问我是否有好办法联系布拉德·达格特。得知这个消息我稍感安慰。布拉德正按照我说的在行动，会消失一段时间。我原本想打电话给殡仪馆，但最终决定不打。接着，我给几个朋友发了短信，告诉他们我很好，只是暂时保持低调而已。我给我妈打了电话，跟她简单地说了几句。我告诉她，与丈夫死亡相关的一切杂事把我压垮了。“亲爱的，跟我说说吧，”她说道，“离婚并不轻松，需要经过很多流程。”我努力使自己睡着，终于打了个小盹，脑海里一直闪现关于莉莉的想法。我试图记起来她长什么样子，但所能想到的就是她那消瘦、没有屁股的骨架子，亮红色的头发以及使人不安的沉默。当我试图勾画她的脸部特征时，我只能大体上有个印象，但想不出具体的特征。她的鼻子像什么？嘴像什么？每次我认为自己记起来时，印象却马上消失，就像一只蝴蝶，用网捕获不到。我意识到自己正在咬大拇指的边缘，快要流血了，我才停下来。我穿着瑜伽裤，透过瑜伽裤抚摸着自己。我想到了一个相貌平平的男人，他很富裕，住在意大利，是我的一个已婚邻居。他曾来我的湖边别墅与我做爱。我开始自慰起来，把瑜伽裤褪到大腿边，在达到高潮之前，我开始想起泰德，在这屋里的第一个晚上，在这张床上，他洒满玫瑰花瓣，摆上为我买的昂贵睡衣，却让我兴味索然。

在朴次茅斯我把车停在一家餐馆后面的巷子里，我和布拉德约在这里见面。天气已转凉，我穿着一件长外套，戴着一顶帽子，头发塞在帽子里。餐馆前的一盏街灯坏了，我站在它的下面，留意着布拉德的卡车。今晚月光明亮，其他人还是能看到我。布拉德恰好在我们计划的时间出现了。我一跃而上，坐到卡车的乘客席，期望着布拉德比较清醒。

“我们还要继续下去？”我问道，他正开车离开路牙子。

“操！啊！”他说道。从他极高的语调中我意识到，他至少有几分醉，但还没有烂醉如泥。

“再跟我说一遍我们要做什么。”

“在密克马克公路我会熄掉车灯，然后开车到你家新房子前面。你下车，用钥匙从前门进屋。我走到屋子的后门，从露台的门进去。接着我会走近你俩，然后用扳手砸她的头。”

“为什么不用枪？”

“我没有枪了，你是知道的。”

“对哦。我忘了。接着做什么？”

“我在屋里放了塑料纸，你帮我把她包裹起来，然后把她的尸体运到卡车里，我把你送回你的车，我自己处理掉尸体。”

“再讲一遍我为什么要在那里。”

布拉德慢慢把头转向我。我们在一号公路上往北开着，迎面而来的车灯照亮他的脸。这一刻，我在他眼里看到真正的仇恨，我不禁感到有点畏惧。“因为她去那里是为了见你。如果我单独出现，谁知道会发生什么？而且因为你有必要参与此事。第一次谋杀是我一个人干的，但是这一次我需要你。我不会再一次一个人动手了。”

“好的，好的。”我说道。我知道他真正想要的是让我看着别人死去。我到现在还记得他开枪打死泰德后，第一次见面时他眼中流露的忧烦神色。他大概觉得我一个人处理不来，但其实我早准备好了。我对事情是否能按照计划进行感到紧张不安，但对看到莉莉·金特纳头部被重击一点也不紧张。

我们到得有点早，因此布拉德在肯纳威克空荡荡的街上缓慢地开着。沿着海边我向大海望去，有一片闪烁着银色的月光。我真的很喜欢肯纳威克，并不是想长期居住在这里，而是把它作为远离城市的休憩之地。遗产处理好后，泰德的钱都会在我一个人名下，我将出售崖边的房子，找更好的地方居住。我脑海里浮现出地中海的岛屿。那里有棕榈树以及不同于库利酒吧的海滩酒吧。我已在新英格兰浪费太多时间。

晚上将近 10 点时，布拉德熄灭车灯，从密克马克公路转到我家的砾石车行道。车开得很慢，上下颠簸着，经过最近的几场雨后，车行道比以往更容易留下车辙。房子隐约可见，外观宏伟，模糊的轮廓使周围的景物相形见绌，但在广阔海洋的映衬下，房子渺小且脆弱。布拉德把车停在垃圾桶旁，熄了火。一阵阵风吹打着卡车。“她很可能在里面了，”布拉德说，“正在看着我们。”

“别浪费时间，行不？”我说道，“一旦我进了屋，你就要开始行动。我可不想在那里抵御一个有病的婊子。”

“我会很快，我也想了结这一切。”

“好的。”我说。即使在卡车里昏暗的灯光下，我仍然可以看到布拉德在轻微颤抖。我把一只手放在他扎人的脸颊上，他像被蛇咬了一下似的，跳下了车。

“天哪，”我说，“被吓到了？”

“你吓到我了。在卡车里我什么也看不清。你该走了。”

我打开车门，布拉德把手放在车灯上方。“那儿见。”我说道，然后关好车门。发动机还在工作着，慢慢才停下来。我从口袋里掏出钥匙，走向前门石阶。此时，月亮躲在房子的后面。当我走近时，房子就像一堵黑墙，后面什么也看不见。我深吸一口气，空气很冷，我心中一惊。我摸索着钥匙，终于找到了那把，打开门，朝里一推，我走了进去。有那么一会儿，我有一种不真实的感觉：我已经进了屋子，但仍然感觉在外面。我抬头看星星，但目光所及之处却一颗也没有。

“这里，”一个声音传来，莉莉突然出现在一片光亮里，接着又消失了，“进来，”她说道，“你的眼睛会适应的。”

我把身后的门关上。客厅高高的天花板在灰暗的光线中开始显现出来。

我试了试我的声音，说道：“多么富有戏剧性啊。”声音在屋里回响，很刺耳。“布拉德告诉你我想要什么吗？”莉莉问道。

我向发声之地挪去，一只手本能地靠近我的口袋，里面有平时在城里随身携带的一罐胡椒喷雾剂。我告诉莉莉，听说她想要钱，我感到很惊讶。我问她这笔钱是不是为了帮助她的父亲，希望这是个敏感的话题，能惹怒她。

“你什么意思？”她问道，声音听起来很镇静，几乎很随意。

“他杀人了，是不是？在英国。他必须承担诉讼费用。”

“不，”她说，“钱是为我自己要的。”

我告诉她我不可能马上给她钱，她跟我说，她只是想跟我见个面，亲耳听我说钱不是问题。我们之间相距一码，我不打算再靠近她。我的眼睛已经适应了，但莉莉依旧是模糊不清的一团。从我进屋以后她就没动过，就像扎根在那里。如果她向我走来，我就飞快地跑开。我熟悉屋子里的每个地方，这是我计划使用的一个优势。

“你跟泰德睡过？”我问她，布拉德会随时到来，但我真的想知道，“你俩究竟是怎么遇见的？”

“我俩乘的是同一班飞机。他知道你所做的一切，你知道吗？他知道你跟布拉德搞在一起，对他不忠。你欺骗不了他。”

“那你为什么不告发我？”我问道，“如果你确信我是邪恶之人。”

“我会告发你的，费斯，如果你不按照我说的去做。”

听到我的曾用名，我感到怪怪的。它把我带回到大学时光，那些烟雾缭绕的房间，那些满是醉醺醺人群的聚会。突然，我能想起莉莉的面容，她那双冰冷的绿眼睛。

“这一切与埃里克有关吗？”我问道，同时我看到一个黑影向我们走来。布拉德正过来杀莉莉。我想让他稍等片刻。我想知道几年前莉莉是否在伦敦杀了埃里克。我需要知道答案。

“没有，”莉莉说，语气里充满戏谑，“与埃里克无关，这一切都与你有关。”

那时布拉德已经站在那里，他的脸如同幽灵一般，手里提着一把大扳手。我看得入了迷，然后看到布拉德和莉莉俩人的脸都面对我。扳手砸下来，脑袋瞬间剧痛。我的膝盖弯了下去，突然间倒在冰冷的木屑地面上，一只手搭在自己的头上。布拉德俯下身来，他抓住我的手，把它从我的头上移开。头上的帽子掉了，我心想，我必死无疑。布拉德再次挥动扳手时，我听到了它划过空气的声音。

第26章　莉莉

布拉德用扳手砸向米兰达的头，她先是双膝跪地，接着倒在地上，帽子掉了下来。她举起一只手，摸着自己被砸之处。一瞬间我以为布拉德没能力完成这事了，但他蹲下来又连续砸了几次。没帽子挡着，扳手直接砸向米兰达的头盖骨，发出当当之声。他最后一次砸下去时，我听到刺耳的嘎吱声，像有人用拳头打穿了一堵墙。很明显她已经死了，我轻轻把他拉开。即使在室内模糊的光线下，我还是能看到她头的一侧凹了进去，黑色的一摊血已经在地板上蔓延开来。

“把扳手留在她身边，我们出去一会儿。”我说道。

布拉德照我说的做了，几近温柔地把扳手放在米兰达僵硬的尸体旁。我一把抓住他胳膊肘上面的部位，拉他到前门，走到室外。外面的温度跟屋内一样，但空气更加干净，充满了大海咸咸的味道。我关上身后的门。“事情办好了。”我对布拉德说。

“你认为她已经死了？”他问道。

“是的，她死了。都结束了。你干得漂亮。她怀疑过什么吗？”

“没有，我把你想让我告诉她的都跟她说了。但是，她看到了你。”

“她看到了我？什么意思？”我问道。

“昨晚，你离开我家时，她就在附近。她是过去见我的，但是看到你在那儿。她认出了你。”布拉德从夹克衫口袋里掏出香烟，试图从烟盒里抽出一根，却没成功。

“到卡车里坐一会儿，抽根烟吧，”我说，“然后再处理尸体。”

我俩坐到布拉德的卡车里。我把背包脱下来，放在膝盖上。“你冷吗？”布拉德问道，“我可以打开加热器。”

“不冷，我还好，但要喝一杯。”我拉开背包的拉链，取出那瓶杏子白兰地酒，“你介意吗？我有点吓坏了。”

“他妈的，你请便。”布拉德说道，发出短促且不自然的大笑声。

我把酒瓶倾斜着放在嘴边，但并未喝到酒。“你要来一点吗？”我问，“杏子白兰地酒，好酒啊。”

他从我手中拿走酒瓶，长饮一口，又递回给我。“再来一口，”我说，“今晚我准备了很多。”

“如果我们今晚不喝，我不知道……”他说着，嘴又贴上酒瓶。我听到他吞了两口酒。他已经喝很多了。我希望杏子的风味能够掩盖放在白兰地里的东西，它确实掩盖住了。我不知道需要多久它才开始起作用，但我想听到更多米兰达昨晚去布拉德家的事。

“告诉我昨晚的事，”我说，“然后我们再处理尸体。”

布拉德弹开打火机，点燃香烟，吐出一缕蓝烟飘到挡风玻璃上。“她的突然出现吓死我了。你离开屋子大概五分钟后，她出现了。我起初还以为是你折回来了。”

“她为什么会在那里？”

“她过来是因为不想在电话里跟我说。她告诉我警察已经有了目击证人，还打算盘问我，我需要镇定。我们没谈太多东西，因为她很害怕遇到你。”

“你告诉了她我们谈话的内容吗？”

“是的。我把我们的计划全部告诉了她。我说你试图说服我帮你杀了她，然后我就告诉你我会考虑考虑，我告诉她，我想我和她应该合谋欺骗你，很愿意为她杀了你。她信以为真。”

昨晚，当我在库利酒吧的停车场走近布拉德时，我的计划仅仅是想让布拉德把米兰达带到密克马克公路旁的那幢房子里。那是第一步。一旦我与米兰达独处，我知道我可以杀了她，先用我的眩晕枪，然后要么用塑料袋使她窒息，要么用刀子。但当我在库利酒吧外面开始与布拉德交谈时，我意识到他是个正处在崩溃边缘的男人。在他卡车驾驶室昏暗的灯光下，我能看到他的双眼满是不安和害怕。这让我想起一只腿卡在陷阱中的动物，饿得半死又很绝望。我立马改变计划，跟他说我从大学起就认识米兰达，而且我知道她所做的一切，他一直都在被算计着。

“她打算告发你，布拉德。你是知道的，不是吗？”我对他说。

“我不知道。”他说。

“布拉德，我现在不是在问你话，而是在告诉你事实。米兰达是个可怕的人。有任何证据能证明米兰达与泰德被杀有关系吗？除了你的证词之外没有。而她只需要说你杀泰德是出于你自己的决定。你没办法证明不是。你的余生将要在监狱里度过，而米兰达则逍遥法外。你被利用了。”

“哦，天哪！”他说道，一双大手擦拭着一只眼睛。

让他站在我这边真是易如反掌。很明显，他还没有完全被米兰达玩弄于股掌之间。远非如此。我告诉他我们应该返回他家，然后商量应对方案。我开车跟在他后面到了他住的屋子。泰德跟我说过这个屋子，告诉我它很破败、很阴冷，他说得很对。家具很牢固但索然无味，咖啡桌上杂志四处都是，整个屋子弥漫着清洁剂的味道。我想这屋子是不是比泰德看到的干净些——是不是布拉德在极度痛苦之时，强迫自己清理房间。我们坐在沙发上。我拒绝了喝啤酒的提议。从客厅一角作为迷你厨房的凹室里，布拉德拿了瓶喜力啤酒，他第一口就喝了半瓶。

“你爱上她了？”我问他。

“我想是的，”他说，“我的意思是，我不知道。你现在已见过她。你以前也见过她的。她马上就会变得极其富有。”

“是的，她将会变得很富有，但她并不打算与你共享。相信我。这是她的行事原则。她让男人做她想让他们做的，然后除掉他们。她诱使你为她杀了丈夫，她让你做此事时，自己却在千里之外。”

他对我点了点头，面部呆滞。“那是对你最不利的证据，”我继续道，“她把你变成凶手，那是你永远也无法改变的事实。但凶手不是你，布拉德，是米兰达。她操控你，你永远没机会摆脱她。”

我看到布拉德的眼睛里流出两行眼泪，落在他那皮革似的脸上。我已经把他想听的告诉了他：我告诉他，他无须为泰德·西弗森的谋杀案负责，而米兰达应该。我已经帮他洗脱罪名。当他不再流泪时，我请他给我拿瓶啤酒。我并不打算喝酒，只是想找点事让他做，想让他觉得我们现在是一条战壕的。他拿了两瓶酒过来，坐下，用挂在钥匙圈上的开瓶器打开瓶盖。

“我该怎么做？”他问，“我应该去警察局自首，告诉他们发生的一切？”

“那样做无济于事。你仍然是杀死泰德的人。当你杀泰德时，她走得远远的，她会说她与谋杀案毫无关系。”

“那么我该怎么做？”他喝着啤酒，几滴啤酒从他的下巴滴下来。

他心悦诚服地看着我，即使那时我命令他折断自己的手指，他也会照做不误。所以我抓住机会，对他说：“我需要你帮我解决掉米兰达。她活该。这也是你脱身的唯一办法。你能帮我吗？”

“你什么意思，除掉她？”

“我打算杀了她，布拉德。”

“好的。”

我把计划和盘托出。我让他告诉米兰达：我想跟她见面，我知道谋杀案的一切，我想要钱。我们可以在西弗森家在建的房子里见面，在明晚某个时间，天黑以后。“她会怀疑的。”布拉德说。

“是的。”我说，“你说得对。因此不要告诉她我要勒索她，而是告诉她，这是个局，我让你告知她这是勒索，我正在计划杀死她，从大学起，我一直在等待属于我的机会。她会来的，我知道她会来的。然后我会除掉她，你可以帮我埋掉尸体。如果她的尸体被发现，我保证你拥有无可辩驳的不在场证明。我会说你和我在肯纳威克不期而遇，然后我俩勾搭上了，接着你回到我在马萨诸塞州的房子里。我保证，你会没事的。”

“那钱怎么办？”

“你永远也见不到那些钱，布拉德。永不。你要进监狱了，但我提供你一条生路。如果米兰达死，你就安全了。”

他快速地点着头，就像刚刚被斥责过似的。“那你打算怎么杀她？”

“反正我来处理这事。”我说。

“我来做吧。”布拉德说，他眼里透出新的神情：不再有害怕，而是仇恨，也许再加上一点点疯狂。我怀疑自从杀了泰德后，他就没睡过觉。

“你什么意思？”我问。

“我可以把她送进屋里，然后从屋后露台的入口进去，悄悄地靠近她。我拿着这把大扳手，用扳手砸她的头。那样你就没必要亲自动手。你不会想知道那是怎样的滋味。”

计划很完美，解决了我最大的问题。如果是我杀死米兰达，某个法医鉴定的结论一定是一个五英尺八英寸的女人，而不是一个六英尺两英寸的男人，打出致命的一击。

“你没必要悄悄靠近她。”我说。

“什么意思？”

“告诉她你计划杀我，因为我知道一切。告诉米兰达你打算悄悄靠近我，然后用扳手砸我。那么，即使她听见你进屋，她也会认为你是来杀我的。她甚至不会知道她要死了。”

“好的。”他点点头。

“对这事有把握吗？”

他告诉我有把握，我相信他的话。我们谈论了很多，把这个计划的每个细节都过了一遍。我多次向他保证一切都会顺利。当我离开他家时，我相信他会做到他告诉我要做的一切。

他确实做到了。

我和米兰达站在黑暗之中，我想，我是不是很愚蠢，布拉德是不是打算杀我而不是米兰达。但最后一刻，当布拉德提起那把大扳手，我知道了答案。我知道我赢了，而米兰达，像之前的那些人一样，将会死去，我将活着。

卡车的窗户开着，布拉德在抽烟，驾驶室里充满刺鼻的烟味。“她很乐意杀我？”我问布拉德，需要知道答案。

“是的，就像你说的，她是。但是，她很惊讶……她说你俩在大学里没那么亲密。”他用如刮板状的手指擦了擦嘴唇，“你怎么知道所有的事？你怎么知道那么多发生在泰德身上的事？昨晚我一点也没问你。”

“我在伦敦回程的航班上遇到泰德·西弗森。他告诉我他妻子与他家房子的承包商苟且，对他不忠。他在山崖小道出口旁从双筒望远镜中看到你们的所为。我们持续见着面。他计划杀了米兰达，还有你。我告诉他我会帮他的。”

布拉德长吸一口烟，香烟燃到过滤嘴了。他摇下车窗，弹出香烟。我听到烟头砸在水坑里发出了噼啪声。“你在骗我。”布拉德说，把头转向我。这时，白兰地中的水合氯醛开始起效。布拉德说话开始变得含糊，双眼不断下垂。

“不，我希望我在骗你。泰德计划杀死米兰达，米兰达也在计划杀死泰德，但是她抢先了一步。嗯，你抢先了一步。但是，现在一切都结束了。”

“是，”他说，“是的。”他说话极其含糊不清，“是”听起来像是“四”，我只能勉强听懂。他的头歪向一边。这让我想起拳击手在拳台上没有意识到自己被击倒，努力保持清醒的样子。他开始慢慢靠向我，我在座位上向后挪了挪，脚上套的塑料袋与卡车驾驶室地面相摩擦，发出沙沙声。

“你为什么……你为什么脚上套塑料袋？”他的话几乎完全支离破碎，我本来永远也不会知道他说什么，但是我看到他目光的所到之处。他一头倒向一侧，于是他的右肩重重地落在我的大腿上。我两手抓起他那厚厚的牛仔马甲，把他搬到他的座椅上坐直。他的头向后仰着，嘴巴张开着。我打开身侧的门，下了卡车，快速关上车门，这样驾驶室内的灯就不会亮太久。我抬头仰望，夜空中布满一片又一片的繁星，比我停车时更亮了。大海前所未有地平静。我仅允许自己站十秒钟，然后就开始干正事。

我另外带了些袋子，还带了刀，但在使用它们之前，我爬上卡车车厢，看看工具箱里有什么。它由弹力绳固定在驾驶室的后面，波纹金属盖没上锁，我用手电筒照进里面。我想要的工具都在：锤子、手锯、一根撬胎棒、一个装着钻孔机的塑料盒。但是引起我注意的是一只衣架，它被改成了一个长长的钩子，是当钥匙落在箱内时撬锁用的。我捡起衣架，把它拉直。它太完美了。我不想卡车里有任何血迹。

我重新坐到乘客席上，关上身后的门。我摇下窗户，布拉德最后一根香烟的味道依然残留在驾驶室内，还有别的什么味道……从他的气息里散发出的蒸馏酒精的味道，也许还有他的体味。他鼾声正浓，每呼一口气，鼻息声音又大又粗。我抓住他的肩膀，用尽力气使劲摇他，他一点也没有从沉睡中苏醒的迹象。我想知道酒精和水合氯醛的混合会不会最终要了他的命，他今天到底喝了多少。但是万一他没死，我就危险了。

我跪在乘客席上，把布拉德的头从我身上推开，这样，它就对着驾驶座一侧的窗户。他的头依旧后仰着，粗粗的脖颈和卡车的弹性头靠间还有空隙。我把衣架线套在他脖子上，把两端拧在一起，于是衣架线紧紧地勒在他的脖子上。我从背包里拿出莱泽曼多功能折叠刀，把衣架线多余部分剪掉，因此衣架线拧在一起的部分只有大约一寸长。

我用莱泽曼钳子的尖端夹紧衣架线的两端，拧在一起，不断收紧，直到我确认布拉德死了才停下来。

第三部

藏好尸体

第 27 章　金伯尔

我失眠了。

失眠对我来说不是什么新鲜事，尤其在我手头还有案子时。我看了一眼摆放在床头柜上的钟，这会儿刚过凌晨 3 点。地板上随意堆放着我脱下的衣物，宠物猫派瓦卡特正躺在上面睡觉。它看起来很冷，蜷缩成一团，像装死的灯蛾毛虫。它或许正纳闷为什么公寓里的这些金属条还没开始发出咕咕声、溢出暖气，好让屋子暖和些。10 月末的气温已转凉，不过我想至少坚持到 11 月份再打开暖气。

我本想起床瞧瞧特纳经典电影频道在放什么片子，但我知道要是真那么做了，今晚就别想再入睡。至少在明天，我需要保持清醒。泰德 · 西弗森上周五晚遇害，今天已是周三，几乎过去了一整个星期。我们的头号嫌疑犯是布拉德 · 达格特。这位布拉德已逃之夭夭，没人找得到他。肯纳威克警方非常帮忙，我在缅因州待了一整天，监视达格特的住所，寻找所有有关他下落的线索。他是我们要找的凶手，这点可以确定。米兰达·西弗森指认素描上的人可能是布拉德·达格特，于是我在系统里搜索，果然有达格特的信息。他曾被捕两次，一次是五年前，因涉嫌使用家庭暴力被捕；另一次是两年前因酒驾入狱。米兰达给了我达格特的号码，我拨通电话，但他并没有接听。随后我通知当地警方，让他们顺路确认一下达格特是否在家，或许可以对他进行初步盘问，问他是否有关于泰德·西弗森之死的线索。他们按照我的要求做了，但达格特并不在家。我告诉他们这事不急，等第二天早上我问询完首要目击证人，掌握更多信息之后，到时再问也不迟。我打印出达格特近期的大头照，第二天早上带给住在萨默维尔市的瑞秋·普莱斯。看到照片，她略微惊讶了一下，说道："没错，是他，绝对是他。"

"这就是你看见在周五晚 6 点进入西弗森家的男人？"

"是的，是他，我确定。"

那是周二的清晨。我通知了警长，随后驾车离开。达格特仍不知所终。他没在监工的建筑工地出现，也不在自己位于肯纳威克海滩边的小屋中。那是一排可供出租的海边小屋，白色屋子的周围环绕着绿色植物。这让我回想起小时候在威尔斯海滩度过的假期，就在这里往北一点。很明显，他并不在家，短时间内也不会回来。于是我试着用我在泰德·西弗森卧室抽屉内找到的钥匙开门。门开了。为什么泰德有他的建筑承包商家的钥匙？他们在搞外遇？我仔细观察这间小而整洁的屋子，并没有进门。午休过后，当地法官签发了逮捕令。我们随后搜查这间屋子，然而并没发现什么线索。

我懊恼了一整天，怪自己没在米兰达说出布拉德·达格特的名字后加紧行动。我应该立马把他的照片给瑞秋·普莱斯看，可当时我对米兰达随意的指认并不抱有太大希望。显然，现在事情已非常清楚。米兰达之所以指认布拉德是因为她觉得她必须那么做，她在为自己打掩护。警告布拉德不要靠近小屋并且关闭手机的人也一定是她。老调重弹的故事——妻子指使男朋友谋杀自己的丈夫。案件的难点在于那把藏在泰德抽屉里的钥匙，那把打开布拉德在缅因州的小屋的钥匙。钥匙是米兰达的吗？她事先藏在丈夫抽屉中的？也许吧，我想。

午后不久，我们向布拉德和他的车发出全境通告，也讯问了他的前妻、部分员工和同事。前天中午，他在约克一家经常光顾的比萨店点了一份家乡肉丸子作午餐，自那之后，没人再见过他。他消失了。

下午晚些时候，我离开缅因州，沿着 95 号州际公路往南向波士顿出发。路上，我接到了一通令人激动的电话。此前，我曾吩咐比利·埃尔金斯调查莉莉·金特纳——这位米兰达·西弗森声称认识且住在麻省温斯洛的女人。比利告诉我他查到了许多东西。莉莉·金特纳在温斯洛学院的图书馆工作，用的是莉莉·海沃德这个名字。她在温斯洛的杨树路有一套房子，登记在真名之下。最重要的是，泰德和莉莉于 9 月 20 日搭乘同一班航班从伦敦飞回波士顿。我握拳敲向车子，然后记下了她的地址。

让比利调查旅客名单完全出于直觉，但也不是凭空瞎摸索。我没想到的是，这真是一条线索。在米兰达认出莉莉·金特纳就是那个她认识的住在温斯洛的人时，我不清楚这位莉莉·金特纳是否就是我最喜爱的小说家大卫·金特纳的女儿。我对金特纳的女儿了解不多，只知道她叫莉莉，出生在美国。当时大卫生活在康涅狄格州，与一名叫莎朗·亨德森的艺术家成婚。马瑟学院就坐落于康涅狄格州，如果莉莉和米兰达年纪相仿，那么按年龄来看，她确实有可能是金特纳的女儿。

大卫·金特纳声名远播不仅仅因为他小说家的身份。在英格兰时，他因酒驾而致使第二任妻子死于非命的事件使其臭名昭著。那件事在英格兰轰动一时，美国大众对此却反应平平。我了解这些是因为我是他的书迷。他为此服了刑，刑满释放才不到一个月。因此，他的美国女儿飞去伦敦探望他也说得通。另外，我从米兰达·西弗森那儿得知，泰德因为工作的缘故最近前往伦敦，我忽然想到泰德和莉莉·金特纳可能就是在飞机上相识的。于是，我让比利调查旅客名单碰碰运气，没想到真有收获。在搜寻布拉德·达格特一整天却一无所获后，能从侦查工作中得到线索的感觉太棒了。泰德那天去温斯洛一定是为了莉莉，即便她或许与他的死毫无关联。

在 95 号州际公路和 93 号州际公路的交叉口，我没有选择通往波士顿的 93 号，而是继续沿着 95 号一路向西往温斯洛开去。我并不期望能从莉莉·金特纳那里得到什么线索，但我必须去瞧瞧。

莉莉在家。正如我猜测的那样，她确实是大卫·金特纳的女儿。她的屋子建在池塘上面，里面堆满了书，铺满落叶的岸边却没有多少其他屋舍。她站在门口向我打招呼，头发看起来有一点蓬乱，花了好一点时间才将目光聚焦在我的脸上。我想我是不是打搅她午睡了。她邀请我进门。当问起泰德·西弗森时，她告诉我她认识泰德，但仅限于从报纸上了解到他的死讯以及他妻子是自己大学时代的同学。她问我要不要喝点咖啡，我接受了这个提议。趁着她煮咖啡的当会儿，我仔细察看她的书架。上面有一排大卫·金特纳的小说。我的指尖划过书脊，脑海中浮现出他的面庞。他高而瘦，一头白发，脸色蜡黄，眼神空洞，标准的酒鬼面相。莉莉端着咖啡走了过来。她把头发夹在耳后，惺忪的睡眼现在变得锐利而有神。我告诉她我读过她父亲的作品，实际上是他的书迷。她看起来似乎无所谓，好像听腻了别人对她父亲的夸赞。我告诉她我知道在英格兰发生了什么，从而自然地提起她与泰德·西弗森同坐航班的事情。听完我的话，有什么东西在她明亮的绿色眼眸中一闪而过。她告诉我她之前在飞机上遇到了一个男人，看起来有点眼熟，可能就是泰德·西弗森。他们交谈了许久，也许就在那个时候她向他透露了自己的身份以及住址。我们在网上找到一张泰德的照片，她确认同她交谈的就是泰德·西弗森，但声称完全不知道他来温斯洛的原因。

我并不相信她所说的都是事实。我相信她不知道泰德·西弗森来到她居住的小镇寻找她，我也相信她对于我的到访感到意外。但我不相信她猜不到和她同机的那个男人是她朋友的丈夫。这没有道理。但她为什么要在这件事上对我撒谎?

我站立在她家门口，双手插在口袋里，手指触到布拉德·达格特在缅因州的小屋的钥匙。即使知道钥匙的归属，我仍询问莉莉是否可以用这把钥匙试试她屋子的锁。我只想试探她的反应。她看起来很困惑，但并不担心。我离开了，毫无头绪。但我知道了为什么泰德·西弗森那天去温斯洛。他和莉莉·金特纳在飞机上相识，他爱上了她。这一点我确信，也感同身受。事实上，自前天见到她以来，我几乎无时无刻不在想她。我记得她很美，但具体的面部特征却难以记起。我想得起她那头长长的红发，如同猫眼一般的绿眼睛，但在我的脑海里她的面容却一会儿出现，一会儿消失。不过，她吸引我的不只有外形，还有她几乎超脱般的泰然自若，以及在温斯洛森林里满是书籍的小屋中的生活方式。孤身一人的她是否寂寞?或者她是那些不需要其他人出现在自己生活中的少数者之一?我想要找到这些问题的答案。

我的妹妹艾米丽是这个世界上最懂我的人。最近她告诉我，我的感情问题在于我会爱上每个吸引我的女人。

“大多数男人不都是这样?”我说。

“不,”她说，“大多数男人只想和所有吸引他们的女人上床。他们最不想做的就是恋爱。你身为警探，却连这个都不清楚?”

“相信我，我也想和这些女人上床。”

“是啊，然后你爱上她们，结局不是她们伤透你的心，就是——”

“我们现在能不能谈谈你的感情生活？”我打断她的话。当艾米丽开始分析我失败的情感经历时，我只能用这样的方式让她转移话题。

派瓦卡特活跃起来，这意味着已经清晨5点了。它跳上我的床，准备拨弄我的眼皮以叫醒我。但在它有机会这么做之前，我从被子中伸出腿，将它赶了下去。我让它从公寓侧门出去，然后走防火梯。蹿出去之后，它敏捷地游走在金属条板上，直奔小院子而去。它的任务就是保护我们的小天地不受落叶和红松鼠的骚扰。

我回到床上，知道没机会再多睡一会儿了。床边一堆书的上面摆有一本活页笔记本和一支笔。我原本打算把它作为灵感本，记录夜深时对手头案件的思考以及诗句。我仍自认为是个诗人（这点局里无人知晓），即使如今我只能写写五行打油诗。我告诉自己至少我还写点东西，说不定它能帮助我思考案子。前天早些时候，我写了这么两首诗：

曾有个丈夫叫泰德
他的生命终结在子弹下
他很有钱
妻子很贱
所以他死了也不足为奇

曾有个姑娘叫米兰达
没人忍得了她

尽管脾气暴躁
屁股却很翘
所以阔佬排队想染指她

在同一页，我添了下面这首诗：

曾有一位小说家的女儿
眼睛碧绿如海水般
我想褪去她衣裳
以证明她
裸着身子更为性感

为什么我的五行打油诗总以下流的语句结尾？我并非第一次思考这个问题。我试着写一首关于布拉德·达格特的诗，但没能如愿，反而起身煮了满满一壶咖啡，收拾收拾准备去工作。

时间刚过7点，我走到办公桌前，拨通肯纳威克警察局总部的电话，询问有无收获。他们告诉我布拉德·达格特从未回到他的家中。

“我并不惊讶，”我对电话那头的人说道，同时也是说给自己听，“但是留一辆巡逻车在那儿吧，以防万一，虽然他明显是跑路了。”

“我们昨晚和他的一个女朋友谈了话，”艾兰德局长说，他的声音像得了感冒一般沙哑，“她叫波利·格林尼尔，在布拉德·达格特经常光顾的库利酒吧上班。他们分分合合了好几年，两个人是高中校友。”

“她知道些什么？”

“她一点儿也不知道他会去哪里。不过我问她最后一次见到布拉德是什么时候，她告诉我他们周五晚上还在一起。”

“上周五晚上？”

“她是这么说的。他们一起在库利酒吧喝酒，后来去了他家。她说她在那儿待了一夜。”

“你确定她没记错日子？”

“不，不确定，不过我们可以核对。如果他们确实在酒吧，然后一起离开，酒吧里的人会记得的。这是个小镇，大家会注意到这类事情。”

“你能帮我查一下吗？”

“没问题。”

“还有一件事，”我说道，“派一辆巡逻车监视西弗森家的房子，达格特在建的那栋。其他达格特可能有钥匙的房子也要监视。如果他还在这里，很可能会躲到其中一处。他所有的海边小屋也要搜索。”

“我们已经搜过。”

“好的，多谢，艾兰德局长。”

“叫我吉姆就行。”

“好的。”我说。

通完电话，我在办公桌前坐了好一会儿，思考着达格特的不在场证明以及这证明的可信度有多高。我知道它不可能是真的。一定是他让女朋友说周五晚上他们在一起。如果这是实情，这个不在场证明的粉碎可要比飓风中的窗户还要快。我将她的名字写在手边的笔记本上，来回圈了几次。之后，我的搭档詹姆斯轻松地走了过来，给我带了一个烟肉蛋汉堡。她说："买一赠一活动，就给你拿来了。"我赶紧告知她今早案子的进展。

她走之后，我在本子上波利·格林尼尔名字下方又写了几行字：她为什么替布拉德撒谎？泰德怎么会有布拉德家的钥匙？为什么莉莉·金特纳向我撒谎？

我正打算打电话给警察局长吉姆·艾兰德，告诉他我想到局里一趟，和这位波利·格林尼尔谈谈。没想到他先打给了我。"你最好过来一趟，"他说，"我们发现了一具尸体，就在达格特在建的那栋屋子里。"

"是他吗？"我一边问，一边站起来，穿上夹克，检查车钥匙在不在口袋里。

"不，不可能是他。是具女尸。我还没看过，不过他们非常确定是米兰达·西弗森。她的头被砸得稀烂。"

"我马上过来。"我说，然后挂上电话。我拽起刚在办公桌前坐下的詹姆斯，告诉她我们要北上去缅因州。

第28章　莉莉

在确定布拉德死了之后，我取下他颈间的钢丝衣架，抓住他的牛仔外套，设法把他从卡车的驾驶员座拽到乘客座上，用安全带把他固定住。我把座椅稍稍往后调，好让他顺着往后仰。随后拉上他的外套，拉链一直往上拉到底，翻出羊皮衣领，以掩盖他脖子上的勒痕。如果有人看见车里的我们，只会觉得他是个在打盹的乘客。至少我希望他看起来像在打盹。

我发动卡车，从车行道重新开回公路。车前灯一直关着，直到抵达密克马克公路时才将它打开。我看了看燃油表，指针在四分之三和满油之间。这点油够我们开到康涅狄格州了。我本准备在自助加油站加油，用现金付款。令人高兴的是现在我不必这么做了。到目前为止，我在缅因州的踪迹无人知晓，我希望能这样继续下去。

我向北，往95号州际公路的入口匝道驶去。在即将抵达肯纳威克海滩前，我驶出密克马克公路。我知道如果警察已经盯上布拉德，那么他们多半会监视他的住所。我本来还挺想去那儿，拿走一点他的东西，好让警方认为布拉德确实逃跑了。不过现在犯不着冒这个险了。抵达州际公路前，我来到一家名叫迈克的汽车店。店已关门，周遭堆满了废旧汽车，荒芜极了。我关上灯，将卡车停入废旧汽车堆中，然后走出驾驶室。我找到一辆看起来至少有两年没移动过的车，用莱泽曼工具拆下它的那块缅因州车牌，同布拉德的车牌互换。整个过程花了约五分钟。除却风掠过枝叶凋零的树木发出的簌簌声，周遭一片寂静。

换好车牌之后，我回到车上。驾驶室昏黄的灯光打在布拉德身上，他的脑袋不自然地撇在一边。我转过头去，不再看他，眼神扫到了挡风玻璃内侧贴着的塑料路卡传感器。州际公路上设有收费站，缅因州境内两个，还有一个在刚进入新罕布什尔州之处。我考虑接下来怎么做才比较安全，是利用这张路卡迅速通过收费站，但说不定会被追踪；还是扔掉它，在收费站付现金通过。最终决定采取后一个方案。于是我从挡风玻璃上拽下传感器，扔到废旧车库旁边的树林里。布拉德看起来就像某个喝得酩酊大醉的丈夫，我决定赌一把，赌没人会认出我。头发是我最具标志性的特征，因此我戴上帽子，将它藏于帽檐之下。

我根本用不着担心。从启程到抵达康涅狄格州的旧居共花了四小时。整个过程中，收费站的工作人员不曾仔细瞧过布拉德或者我。公路上空无一人，开快点也许只花三个半小时就能抵达目的地。但我严格遵守限速规定，安分待在右手车道内，任凭货车借着超车车道从我身边轰鸣而过。广播一直关着。临近伍斯特市时，布拉德的尸体突然挪动，发出像是排放气体的呜咽声。对此我早有预料，此前不停告诉自己死人会发出一些声音。可真正发生的时候，我仍然不住地向后缩了缩。打那以后，我打开收音机，在蹩脚的电台间来回切换。一直到康涅狄格州时，我才终于调到一家无广告电台，收听一场晚间爵士音乐专场演出。我并不是特别喜欢爵士乐，因为它让我想起自己的父母，但一些经典爵士乐我还是能听得出来。迈尔士·戴维斯的《绿色的海豚街道上》放完，接下来是纳京高的《秋叶》。我仔细听着歌词，努力不去想我正载着一个死人在夜晚的公路上飞驰的事实。即使广播音量很高，我仍又听到两声排泄声，然后车里弥漫着尿液和排泄物的气味。我想起了几年前，当我还是个小女孩时杀死的那只黑色流浪猫，以及自己被猫排出的粪便惊吓的样子。我记得那只死猫身上恶心的排泄物让我觉得庆幸，庆幸我杀了它。对于现在我身边的这位布拉德·达格特也是一样。这是他的报应，或许杀死他还便宜了他。他如今已死，不能再伤害谁了，但我还得面对他令人作呕的尸体。无论如何，我得走完这段旅程。我稍稍加重油门，心想着稍微超速一点应该没什么大碍。伴着《有家小酒店》、查特·贝克的《蓝色迷情》以及黛娜·华盛顿《这苦涩大地》的旋律，我继续前行。离家越来越近，因为电台信号的缘故，歌声变得断断续续。不过我并没有换台，宁愿听只字片语的老歌，也不想听那些家居卖场广告或者质量低下的电台节目。

抵达西保格了。我关了广播，沿着熟悉的、绿树掩映的街道前行，聆听这静谧的一切。我穿过通往蒙克屋的车行道，本能地转过头，看见二楼屋子里还亮着一盏灯。我猜母亲肯定又看着书睡着了。她每晚都这样，书摊开在胸口，灯仍然亮着，人却入睡了。我向右转弯，沿着一条杂草丛生的道路向空无一人的农场开去。我关掉卡车的车前灯，放低车速，慢慢前行。和缅因州一样，康涅狄格州的天空晴朗无云，黑色的天幕上明星密布。废弃的院子最终成了草地，而农场就伫立在这片草地之上，未加修饰，单调无色。屋边栽着一棵树，因为太过贴近的缘故，它看起来就像把屋子包裹起来似的，一根树枝已扎进了屋顶。我走出卡车，沉浸在周围树林散发出的熟悉的松木味中。掏出小电筒，我向附近的草地慢慢走去，枯草在脚下窸窣作响。长大后我也曾几次回到这片草地，但自杀死切特的那个夏夜后，这是我第一次晚上来这里。我向着记忆中井所在的位置前进，只在我认为接近的时候才打开电筒，照着脚下的路。我花了五分钟才找到覆满杂草的井盖，那杂草是多年以前我踩平后特意盖上去的。我把电筒靠在井盖的木制边缘上，角度稍稍朝上，以便让我能够看见它微弱的光束。然后我走回卡车。

除了前天的那场雨，新英格兰今年的 9 月和 10 月很干燥。草地的土地松软，但不泥泞。我留意着小电筒的灯光，将卡车从车行道开上草地。一路上有不少小石块，说明这儿曾有一堵石墙。车子颠簸着前行。布拉德·达格特在座位上来回摇晃，又发出排放气体的声响。我摇下车窗，把头伸出窗外，将车停在井的左边，让它继续发动着，然后下了车，绕向井盖。我依旧戴着手套，搬走井盖上的牧草，松开井盖。我的动作很轻，尽量避免损坏已经腐烂的木头井盖，然后将它靠在井口边上。我拾起电筒，借助光线，看见原先井盖压着的那块裸土上虫子正蠕动着。我将光束投向井内，瞧见覆盖在切特身上的只有石块和尘土。我想象着井底的他还剩下什么——一具干瘪的尸体、一些溅上油漆的衣服、几幅腐烂的油画框架以及一副黑框眼镜。周围突然一片漆黑，我的心头闪过一丝恐惧。抬头，原来一小朵云遮蔽了月亮。我看着它慢慢飘散，月光重又洒满大地。

我打开乘客座一侧的门，解开布拉德的安全带，他跌了出来，脸朝地面直直地摔了下去，而他那只穿着大大的工作靴的脚却被车门挂住。我松开他的靴子，让他的脚顺着身子一起落在地上。他距离井口只有大概三英尺远，可即便如此，挪动这样的大块头也不容易。我将他往井边滚去，一直到他的头和躯干进到井里。随后，我抬起他沉重的双脚，直到他整个人滑入井中。物体落地的撞击声从井里传来，散发出一阵刺鼻的味道。

布拉德，认识一下切特。切特，认识一下布拉德。

我重新盖上井盖，轻轻将边缘与井口对上，换上新的牧草，像秃子梳头那般将草扫匀。我看了看表，将近凌晨3点。一切按照我的计划进行。在回到卡车、准备开往纽约前，我静静地待了一会儿。星夜漫漫，周遭除却黑暗和自然再无其他。我父亲有次曾叫我“稀有物种”，这也是我的感受。鲜活而孤独。那时，我唯一的伙伴就是年轻的自己，那个把切特丢下井的自己。我想象着她与我形影不离。我们紧闭双眼，彼此无须开口。我们知道生存比什么都重要，这是生命的意义。而夺取他人的性命，从许多方面来说，正是最确切地表达了活着的含义。年轻的我在我眨眼的瞬间消失了。她回到我的身体里，我们一同驱车前往纽约。

我开着卡车进入城里，在下东区转悠，直到在地铁站不远处找到一处停车点。垃圾遍布这个街区，店铺纷纷关门歇业。这会儿已接近拂晓，但从半个街区外某辆停着的车内传来了嘈杂的音乐。我把车停在一盏摇曳的街灯下。我一整夜都戴着手套，因此并没留下任何指纹。在卡车贮物箱内我找到一条毛巾，还是把车内擦拭了一遍。擦完后，将毛巾摊开，铺在肮脏不堪的乘客座上。然后，我把车内所有写着布拉德名字的文件收集起来拿走。附近有一个垃圾桶，我把这些文件塞进被扔掉的比萨和咖啡杯中间，然后再将几把卡车钥匙丢在驾驶室旁边的人行道上，路灯恰能照到它们。我希望第一个看见钥匙的不是那些会报告有关当局的人。我指望等到天亮时，卡车已在某个地下拆车厂被拆得七零八落。

我搭地铁来到大中央车站，在大都会北方铁路公司买了一张去往西保格的车票。还有一个小时才开车。我喝了一杯咖啡，吃了一个油腻的甜甜圈，看着车站慢慢挤满了早起的通勤者。我在这趟开往家乡的列车上小睡了一会儿，然而由于昨夜彻夜未眠，我被渗入骨髓的寒冷冻醒，不停打着哆嗦。早晨 10 点，我又回到西保格。从西保格车站下车，我步行三英里来到蒙克屋，停在一条沿着部分未使用的铁路铺就的小路上。我将近十年没在这里生活了，但我仍不想被某个认识我的人认出，这个风险不能冒。

母亲手里捧着一大杯咖啡，为我打开了门。她喊道："亲爱的，你来啦。"有那么一瞬间，我怀疑自己是不是曾告诉她我要回来。之后我才意识到，那不过是她的自我掩饰，生怕自己忘了我曾告诉她要回来看她。

"你在等我？"我问道，踏进了屋子。

"不，没有。他今天不回来，是吗？"

母亲口中的"他"指的是我父亲。父亲正要搬回美国，回到蒙克屋居住，这是我在上次伦敦之旅的途中安排好的。长话短说，事情的原委是这样的：因为父亲脆弱的精神状态，需要和一个能照顾他的人一起生活，而我母亲需要钱支付账单。我为他俩订下一个协议，成不成我并不知道，但值得一试，至少我是这么告诉自己的。

“这个周末，妈妈。”我说道，一边走向厨房寻找咖啡壶。

“你怎么会来这里？还有你怎么这副打扮？看起来就像一个飞贼。”

我喝着咖啡，告诉母亲因为工作的缘故我一直在旅行，收集大学的档案材料，一开始在缅因州，后来又去了纽约。我告诉她我把车停在了缅因州，然后从波特兰飞到纽约，但没赶上回程的航班。我告诉她我之前就决定要回西保格，回来看我母亲，或许能搭一程路到缅因州去取我的车。我知道这个故事听来滑稽，但母亲却轻易地相信了，因为她所谓的直觉，或者仅仅因为她对别人的故事不抱多大兴趣，并不想辨什么真假。

“我不知道能不能行，莉莉，我今天有陶瓷课……”

“去缅因州只要三小时的路程，”我谎称道，“之后，你还可以跟我一起回温斯洛。我们母女俩可以吃一顿晚餐，然后你待在我那里过夜。”

她考虑了一下，但我知道她会同意的。因为一些莫名的原因，我母亲总想我邀请她到我在温斯洛的家中做客。她喜欢温斯洛的大学氛围、我的“小屋”（她的原话）以及我为她烧煮的饭菜。我知道如果这意味着她能去温斯洛，她会答应载我到缅因州。

“好的，亲爱的，”她说，“多么令人激动啊，我和你说走就走的缅因州之旅。”

她用了几个小时收拾行李，不过正午前，我已开着她的老沃尔沃上路了。我将近三十个小时没有好好地睡过觉，一想到还要再开四小时的车就更高兴不起来。但一切都顺利地按计划进行着，一切就快结束了。

旅程的大部分时间我们都在谈论我的父亲。“我希望他想要的不是婚姻关系。”这不是她第一次这么说了。

“你们又没有结婚，所以这算不上婚姻关系。”我说。

“你知道我指什么。”

“用不着担心，他跟坐牢前不一样，你甚至可能都认不出他。”

“希望如此。”

“不能让他一个人待在家里，至少晚上万万不行。他患有急性焦虑症，你不用随时随刻待在他身边，但得让他知道你在哪里。”

“知道，你跟我说过。”

我之前已跟她说过好几次，但仍又叮嘱一遍。我知道她并没有准备好面对如今这个样子的前夫。他现在有怪癖：有恐惧症，害怕黑暗，害怕过马路，害怕坐在汽车后座。这一切都令人费解，他曾是那样一个男人：面对众多听众发表演讲丝毫不畏惧，趁着妻子熟睡偷偷溜出去带情人回来在客厅沙发上偷情，因为打赌沿着普罗温斯敦纪念碑向上爬了一半。但是，在他和第二任妻子吉玛遭遇意外后，我父亲这不顾一切的一面消失了。父亲是在和母亲办完离婚手续后认识吉玛的，当时他住在伦敦老邦普顿路上的一个酒店内。吉玛·丹尼尔斯是一位有抱负的小说家，比我小一岁。她出现在我父亲经常光顾的酒吧内的唯一原因也许就是为了遇见他。他们变得形影不离，认识六个月后就结了婚。对我父亲来说，住在伦敦的缺点之一是英国小报对作家们不良举止的关注度丝毫不亚于他们对足球运动员和流行明星的关注。他们拍到我父亲和吉玛在马路上玩尖叫游戏，于是两个人被类似“下流的大卫和他的儿童新娘”的新闻头条抨击。这些都是那次事故前的事情。那是一个周六晚上的深夜，父亲在某个周末家庭聚会上喝得酩酊大醉，开着他1986年出产的捷豹撞向大树。当时吉玛坐在副驾驶座上，被甩出挡风玻璃的时候摔断了脖子。我父亲总是习惯系安全带，因此毫发未损。他拨通救援电话，但并没有走出驾驶座去察看吉玛的状况。这不会改变什么，她当场毙命。尽管这样，传言却说，被发现时他畏缩在车里，而他的妻子则横卧在路边的篱笆里。父亲因重大过失而被判过失杀人罪，坐了两年牢。经过上诉，父亲的刑期被缩减至一年，今年9月初刑满释放。出狱后，他住在科茨沃尔德一位朋友的家中。我去看望了他，让他搬回美国和我母亲一起生活。父亲仍有不少财产，但母亲因为同系主任的分歧而放弃了教书工作，之后生活一直拮据，为日常开销而挣扎。蒙克屋已做了反向抵押贷款。父亲眼中噙着泪水，同意搬回康涅狄格州生活。“你住得也不远，小莉，你会来看我的，对不对？”我六十八岁的父亲，此时听起来就像是一个小男孩，在被送进寄宿学校前跟母亲说话。

“景色真美。”母亲说道，我正开着她的沃尔沃向肯纳威克湾驶去。天色未暗，但夕阳已西沉，在公路上拉出长长的影子。天空呈现出深铁蓝色。

我将车停在阿德米拉酒店，不到二十四小时前我也将自己的车泊在这儿。它还在原地。在开车回温斯洛前，我和母亲出去遛遛腿，一直走到了海滩的边缘。看着蓝灰色的大海，母亲说：“我一直喜欢大海，但你父亲讨厌它。”

“没错，他不喜欢，”我笑道，“他说面对大海就像看着死神一般。”

“‘面对大海就像看着死神一般，但是人人都说它美丽’。”母亲模仿父亲的英式口音说道。

“没错，他总是这么说。他还说什么来着？我爱海滩的一切，除了该死的沙子、该死的太阳和该死的海水。”

“对，我记得。他想说的是他对海滩唯一的爱来自穿着泳装的女人吧。”

我们一起笑了。母亲冻得发抖，然后我们各自坐上自己的车向温斯洛出发。我本打算沿着密克马克路往北走，想借此看看泰德和米兰达房子附近有没有情况，但后来决定不冒这个风险。过不了多久我就能知道警察花了多长时间才发现米兰达的尸体。我转而向南开去，走最快捷的路到 95 号州际公路。傍晚，不到 6 点，我终于回到自家门前的车行道上，母亲仍跟在我后面。没有警察在等着我，树林里也没埋伏着侦察队。我回了家，成功地摆脱了这一切。我一阵得意，和十五小时前在草地那里的心情差不多。我悄无声息地改变了世界。即使他们在纽约市发现了布拉德的卡车，也会认为那是他自己停在那儿的。他们永远也不会找到他，永远也不会把我同这一切联系在一起。米兰达的尸体会被找到，所有证据都指向布拉德·达格特是凶手。而布拉德将永远消失。警察会认为他逃跑了，但永远也抓不到他。案子就这么了结了。

我记得曾告诉泰德有两种隐藏尸体的办法。一种是字面意思，即隐藏尸体；另一种则是隐藏尸体的真相，让它看起来不像死亡，而是发生了其他事情。“我们做到了。”我暗自说道，一边走下车，想象着有那么一个人与我共同分享逍遥法外的喜悦。母亲跟着我走进屋子，我打开客厅灯，接过她手上的旅行包。

“噢，布置得真精致啊。”她说道，每次来我家时母亲都这么说。

第29章　金伯尔

等我和詹姆斯警探到达西弗森位于肯纳威克的家时，屋外水泄不通，车行道上已没有什么停车位了。这起案件已造成司法管辖混乱，我们早料到事情会发展到这一步。整个肯纳威克警察局的警员们都在现场，但由于当地警署人力有限，州里的警探也被调来现场。首席法医也在，我还听说美国司法部门得知嫌疑犯很可能已逃往其他州。我们设法进入屋子，一路上越过几英里长的黄色警戒线和大约七个穿制服的警察，这些都是为了尽可能地保护现场。

前天，当我们还在寻找布拉德·达格特时，我从外面打量过这幢豪宅，但还没进去过。光客厅就和我的公寓差不多大。米兰达·西弗森脸朝下倒在尚未完工的地板上。她身着一件看起来相当昂贵的深绿色外套，下身穿着牛仔裤和靴子。一只戴着手套的手向上抬起，摆在已被砸烂的脑袋附近。她的帽子——那只窄帽檐粗呢帽子——掉落一旁。黑色的头发垂着，散落在脑袋周围，和暗红、凝固的血融合在一起，难以分清哪些是头发、哪些是血。它们组合在一起像一只黑色的环，套在米兰达脑袋上。

“凶器？”我问站在身边的艾兰德局长。他还没说过话，以让我自己先查看尸体。

“刚装了袋，是一把二十四英寸长的活动扳手，就摆在她身边。”他含糊地向满是灰尘的地板的某一角落指了指，那里已拉起了警戒线。

“他们还发现了什么？”

“看起来应该有很多东西：脚印、纤维、毛发。你错过了热闹的装袋过程。”

“有什么不寻常的吗？”我问。

“你指比一个脑袋被砸烂的女人还要不寻常的事情？”

“我的意思是有没有任何蛛丝马迹与目前案件的表象不符。目前看起来是布拉德·达格特慌了，把她带到这里，殴打致死。”

“没有。我们并没有发现肯纳威克市长掉落的钱包，如果这是你想知道的。屋前有许多还没被这大队人马破坏掉的轮胎压痕，相当新。我觉得是卡车留下的，可能是达格特的那辆福特 F-150。所以没什么特别不对劲的地方。你要问我的话，我觉得只是这个有点蹊跷——她抬起手想抵挡。”艾兰德局长举起自己的手摆到头边，以便更清楚地解释——“但那是她唯一的反抗动作。这有点奇怪。他拿着大扳手朝她走来，但她就站在原地任由他袭击自己的头部。”

“这确实奇怪，”我同意，“没有迹象表明现场还有其他人吗？”

“他们已拍下整个现场，所以关于这点我们需要再查看。但就目测来看，我觉得答案是没有。奇怪的是，她看起来像是从前门进来，而达格特通过那边那扇移动玻璃门进来。看见那些清晰的指纹吗？就是他留下的。”

到处都是标记，但我在满是灰尘的地板上发现了带泥的脚印，应该是布拉德的靴子留下的。

“他为什么要那么做？”

“我能想出一些原因，但不一定正确。或许前门锁着，她找钥匙的那会儿，他绕到后面察看那些门是否没上锁。或许他先让她进屋，然后带着扳手回来从后门进去，偷偷接近她，出其不意。”

“有道理，或许吧。”我说。

“或许他想欣赏月光洒在海面上的美丽景象。”

“谁知道呢。”我说。

艾兰德的一个手下在房间那端向他挥手示意。他向我说了一声，然后朝他走去。我又站了一会儿，看着尸体，脑袋里想着那些脚印。詹姆斯向我走来，她穿着伦敦雾牌子的灰色风衣和黑色西裤。一贯的时髦着装，美中不足是那顶凯尔特人队的绿色冬帽，上面印有难看的队标——爱尔兰小精灵用手指玩转篮球。

“你有什么发现？”我问她。

“所有迹象都指向达格特。死亡时间大概是十二小时之前，这说明他很可能早已逃走他乡。”

“我们会抓到他的。”我说。

“当然。”她说。

我告诉她前门和后门的那些脚印，她思考了一会儿。“有道理，他把她带到这里想将其杀害，但是没办法带着扳手进来。因此他找了个借口回到卡车上，拿起扳手，绕到后门进来。移门那时可能已经解锁。奇怪的是他是如何说服她来这里的？如果他告诉她想谈谈，在卡车里就可以解决了，这屋子也不是什么暖和舒适的地方。”

“嗯，是的。我也想不透。”

我们静静地在那儿站了一会儿，然后我说：“你看过屋子后面的景色吗？”

“没有。”她说。然后我们一起朝移门走去，穿过石头堆砌的露台，去欣赏美丽的秋日。景色美极了。房子坐落于峭壁之上，浩荡的大西洋在旁奔腾不息。不管朝哪个方向望去，眼前总是一望无垠的汪洋。

“那儿是要建个游泳池吧，你觉得呢？”詹姆斯问起后面的斜草坪上挖开的大洞。

“我猜也是。”我说。

“这儿有点荒凉，倒不是地理位置的原因，而是房子的大小。它看起来更像一座酒店，而不是一对膝下无子的夫妇的居所。”

我向前迈了几步，回过身打量这座淡棕色房屋。二楼设有不少小阳台，应该每个卧室配备一个。石头堆砌的露台内有一个壁炉，还有放置烤架和迷你冰箱的地方。我好奇这幢房子未来会是如何光景，是有人趁此机会低价购入，将它装修完毕，还是任其枯萎和腐烂，沦落为一群蝙蝠和浣熊的豪华居所。

“还有件事，”詹姆斯说道，她仍眺望着大海，“如果我们的猜想正确，如果米兰达·西弗森说服布拉德·达格特杀了自己的丈夫，那么他一定认为这么做能使他最终得到所有这些财产。”

“或许他爱上了她，詹姆斯，别太世俗。”

“管它呢，反正这不会改变我的观点。为什么他在谋杀米兰达丈夫之后，不到一星期内又杀死米兰达？她是驱使他做这一切的原因，但是杀了她意味着这一切失去了意义。人财两失。”

“嗯，确实奇怪。但也有许多其他原因可以解释，比如说他慌了，认为米兰达将向警方举报他。”

“如果是这样，为什么不逃跑，反而先杀了她然后再逃？”

“我不知道，”我说，“或许他单独作案，或许他爱上了米兰达，认为杀了她丈夫就能使她投向自己的怀抱。而当这一切没有立即实现时，他杀了米兰达，确保其他人也得不到她。”

“我之前也这么想过，”詹姆斯说，“但是，如果这是事实，那么他是怎么让米兰达和他一起来这里的？”

“我们会查清楚的，二十四小时之内一定会抓到他。与此同时，我们还有一个案子要查。我要去和波利·格林尼尔谈谈，她是布拉德周五晚上的不在场证明。”

“需要我一起去吗？”

“我一直需要你。”我说，“但我能搞定波利。我有预感，一旦我告诉她我们确定在波士顿发现布拉德的踪迹，她会老实交代的。”

“好吧，需要我时再给我打电话。州里的警察想让我们和他们分享手头所有有关泰德·西弗森谋杀案的资料，我说我很乐意。”

从艾兰德局长那儿要来了地址，我一路向北往肯纳威克海滩驶去，其间路过库利酒吧。据说上周五下午布拉德和波利一起在这儿。我从海滨路离开，转走内陆的海雾路。行驶了约一英里，房屋变得越来越小，树木越来越葱郁。波利·格林尼尔住在约克庭路尽头一栋灰色、面积不大的平房内，院子整个夏天都没修剪过。我反复检查邮箱上的号码。屋子内所有窗户上的百叶帘都垂着，死气沉沉一般，似乎无人在此居住。

我小心翼翼踩着齐脚高的杂草向大门走去。按下门铃，当当的响声回荡在屋里。紧接着，一位金发女郎甩开了门。她正打着电话，手机在下巴和肩膀间夹着。我掏出警察徽章，向她表明身份。

“简，我得挂了，”她对电话那头的人说道，她轻轻地踢了踢纱门，示意我进门，“好的，好的，我等会儿回你电话。我得挂了，警察来了。”

我在门毯上擦了擦鞋，踏进了凌乱的客厅。她问我：“发生了什么事情？”“我来这里是问你几个问题，有关你说你最后见到布拉德·达格特的时间。你不介意吧？”

“噢，当然没问题。”她说。她一只手仍拿着手机，另一只手则捏着一支未点燃的烟。她穿着一条长长的粉色竹节睡袍，前襟没有系紧，隐约可见一边的丰满胸脯。我将眼神锁定在她脸上。她邀请我进门，用拿烟的那只手紧了紧睡袍，然后向我指了指客厅内放着一套沙发和躺椅的角落。躺在狗窝内的可卡犬睁着水汪汪的眼睛望向我。波利说了声抱歉，走开了一会儿，我在那张灯芯绒的躺椅上坐下。屋子里充满了烟味和空气清新剂的味道。

波利回到客厅，仍然穿着那条睡袍，但已系紧。她把金发捋到后面，似乎化了淡妆，我不确定。

“要喝什么吗？咖啡？”

“如果你要喝，那就给我也来点，否则就不用麻烦了。”

她端来两杯咖啡，我们一人一杯，她问也没问，就在我那份中加了牛奶和糖。在她拿咖啡的当口儿，我弯下腰在那只狗的脑袋后轻轻挠了挠。我意识到它年纪不小了，大大的眼睛因为白内障的缘故显得浑浊。“它叫杰克。”她说道，将咖啡递给我。波利在我对面的沙发上坐下，我抿了一口咖啡。她双腿交叉坐下，浴袍散落在腿边。她的腰腹部有点臃肿，紧实的浴袍更显腹部凸出。但波利·格林尼尔有一双美腿，肤色稍深，腿形漂亮，脚指甲上涂着亮蓝色的指甲油。

在来这里之前，我还在想波利有没有听说在西弗森房子里发现尸体的事情，但现在，我清楚她已经知道。我本可以在她开门的一瞬间、耳朵边挂着电话的时候告诉她。不过，说不定她这一早上都在谈论这件事。

“你听说了吗？”我问，“今早发现的那具尸体？”

“嗯，听说了。镇里都传遍了，真的是米兰达·西弗森吗？”

“我们还没有确认，不过，我们相信是米兰达。但是，我来这里是为了布拉德·达格特的事情。”

“我不知道他在哪儿。对天发誓，昨天晚上我已经把所有事情都告诉警察局局长了。”

“我知道，”我说，“我来这里并不是因为我觉得你可能知道他在哪里。我来是因为想了解更多有关你和他最后一次见面的情况。我听艾兰德局长说那是上周五晚上。“

“是的。”

“你能跟我说说吗？我知道你已经说过，但我想亲耳听你讲一遍。”

她告诉我她和布拉德在肯纳威克高中念书时就在一起，这么多年一直分分合合。如今仍会在库利酒吧一起喝酒，偶尔厮混一下，最后一次这么做则发生在那个周五。“我不为此感到骄傲，但是我们之间太复杂了。有时候我觉得我们是上天注定的一对。”

“你确定是周五？”

“是的，”她说着，倾身向前，从桌上拿起她的那包薄荷万宝路烟。“你不介意我吸烟吧？”她问道。

“不，当然不介意。”

“要来一支吗？”

“好啊。”我说，探过身去，从她的硬壳烟盒中抽出一支。我一般只抽手卷烟，但心想着和波利·格林尼尔在一起抽一支烟也无妨。她先点燃她的那支，然后将比克打火机递给我。我已经很多年没抽薄荷烟了，以至于第一口薄荷味让我觉得有点呛。“你怎么确定是周五？”我问道。

“只有周五我才能早下班。周五我在大庄园式私人养老院从 5 点值班到 1 点，之后去库利酒吧吃午餐，就在那时我碰到了布拉格特……呃，我是说布拉德……我们喝了一点酒，然后一起去了他家。”

“你打算在那里见他，还是你们的见面仅仅是巧合？”

“说真的，一半一半吧。那周早些时候我碰见他，他向我提起过。他问我现在周五是不是还能早下班，然后告诉我他打算去库利酒吧坐坐，或许我们能够喝上几杯，庆祝周末。”

“你们经常这样做吗，约定好见面？”

她从鼻子内呼出一缕蓝烟，将烟灰弹在咖啡桌上的玻璃烟灰缸内。“不，算不上。我们一般不定计划。我们仅仅碰巧遇见对方。这是个小镇，你知道的。”

“那天有什么不对劲的事情，有关布拉德的？”

“他有点奇怪，这我承认。像是他坚持要为我的午餐买单，给我买啤酒。有点缠着我的意思。虽然过去也常常这样，但中午通常不会这么做。我觉得有点怪，不过我还挺喜欢的。我想或许因为从离婚后他变得寂寞了，因此决定交一个女朋友。”

我抽完烟，将它在烟灰缸里熄灭。“波利，上周五晚上大约 6 点钟，我们确定在波士顿发现了布拉德·达格特的踪迹。你确定要坚持你的说法吗？”

“我不明白，他明明和我一起在他家。”

我停顿一下，喝了一口咖啡，想把口中的薄荷味冲掉。“让我把话说清楚，波利。布拉德惹上了大麻烦，他是两个谋杀案的首要嫌疑犯，如果你谎称布拉德和你在一起，这意味着你故意妨碍公正，免不了牢狱之灾。”

她的手紧紧捂住嘴巴，眼神看起来震惊而又迷惑。“布拉德杀了人？”

“周五时你和他在一起吗？”

“是的，我和他在一起。但我不清楚，我记不太清楚了。我想我或许晕过去了。”她的声音变得尖锐。那只可卡犬杰克关切地抬起头，但仍待在窝里没动。

“你只要告诉我究竟记得什么。如果你说实话，就不会有麻烦，知道吗？”

“我们离开酒吧时已经烂醉如泥，不停干杯。回到他家，我们又继续喝酒——”

“那时候几点了？”

“具体的我不知道。大概 3 点？我 1 点左右到的库利酒吧，我们在那儿待了两个小时。我不清楚具体……”

“没关系。大概 3 点这个答案已经足够好。所以你们两个都在喝酒？什么酒？”

“大部分喝的是雅格酒，然后我们开始胡闹。我们喝得烂醉，布拉德甚至都起不来。我就记得这么多。他说了一些话，像是我们睡一觉再试试，然后我们就睡了。”

“你醒来时几点？”

“很晚了，大概10点左右。因为我看钟时不知道是早上10点还是晚上，所以我记得。”

“那时候布拉德躺在你身边？”

“不，他在客厅看电视。他把我载到库利酒吧，我的车停在那里，然后我回家了。我感觉糟透了。”

“波利，谢谢你，你帮了很多忙。自那以后，你就再没有他的消息或看见他？”

“天哪，没有。他真的干了那些事？他杀了他们俩？”她的手又捂住了脸，睡袍扯开得很大。她把烟放在烟灰缸上，并没有掐灭，任其慢慢燃烧。

“这正是我们要调查的事情。他跟你提到过西弗森或者西弗森太太吗？”

“不，从来没有，但他和西弗森先生是朋友。他们曾在库利酒吧喝酒，我遇到过他一次。”

“他们一起喝酒？”

“至少有那么一次，布拉德还向西弗森介绍我。他就是在悬崖上建豪宅的那个人，是不是？他们看起来像朋友。”

“那他妻子米兰达·西弗森呢？你在库利酒吧见过她吗？”

“没有，从来没有。在上周之前我从未听过她的名字。我的老天，我不敢相信发生了这些事情，”她伸手拿烟灰缸里的那支烟，看见已烧至滤嘴，索性掐灭了。

我留下名片，告诉她如果想起其他事情，马上给我打电话，然后我回到车里。现在接近正午，我最初的计划是顺路去一趟库利酒吧和酒保谈谈，看看他能否证实波利的话。但我现在觉得已没这必要。她说的是实情。布拉德把她灌醉，确保她醉倒在他家，然后驱车前往波士顿杀害泰德。我打电话给詹姆斯，告诉她我的发现，告诉她布拉德的不在场证明站不住脚。她听起来并不惊讶，跟我说自己仍在位于缅因州波特兰市的州警察局总部。我告诉她再过一两个小时去接她，这样我就有足够的时间吃午饭。我驱车往南开去，路过西弗森的家，那里仍围满警方车辆。我把车停在肯纳威克酒店旁的车行道上，听说这里是泰德和米兰达在缅因州时的栖身之地。酒店的木制招牌上显示着“有空房”，在海风的吹拂下来回摇晃。我暗自想着，当全国新闻报道这件事情之后，他们再也不用为生意惨淡发愁了。

酒店的主建筑楼前挂着一块告示牌，上面打着利弗里酒吧的广告。我沿着狭窄的人行道向这个酒吧走去，干枯的落叶在脚下嘎吱作响。我顺着石头铺就的外楼梯走向地下的入口。狭长的酒吧散发着木材烟尘和炸薯条的味道。我找座位坐下。酒吧内的人并不多，但都激动地攀谈着，毫无疑问，他们在八卦往北一公里外发生的事情。我向身材矮胖的酒保点了一杯咖啡和一个芝士汉堡。在等待的时候，我掏出笔记本，看看那天早晨我写下的疑问。

波利·格林尼尔——她为什么替布拉德撒谎？我现在知道她并没有说谎，她并不知情，只是被布拉德利用，作为他的不在场证明。

泰德怎么会有布拉德家的钥匙？我仍不知道这个问题的答案。但从波利那儿我了解布拉德和泰德一起在库利酒吧聚过。谁的主意呢？会不会布拉德出于某个原因而把钥匙给泰德？

最后一个疑问是：为什么莉莉·金特纳对我撒谎？我仍在想这个问题的答案，即使我不认为她与布拉德和西弗森一家的事情有关联。虽然这样，我还是掏出手机，确认这里有信号，调出一张我知道的莉莉·金特纳在网上的照片。那约是十年前她和她父亲一起拍的，不过莉莉并没有多少变化，一样的红发，一样的发型，一样的苍白肤色，一样的灼灼双眼。酒保给我送来芝士汉堡，我心血来潮，把手机屏幕给他看，问他是否认识照片上的女孩。他弯腰凑近屏幕，研究了大概五秒钟。我早已准备他要给出否定答案，以至于当他真正说出答案时，我没反应过来。“当然，这周早些时候她来过这里，待了两个晚上，长得很漂亮。”

“她为什么在这里？”我问道，努力不让自己的声音听起来惊讶和激动。

“这我不清楚，喝的应该是山姆低度啤酒。我对酒水单的记性很好。”

他走开了，去招呼酒吧另一侧刚坐下的几位客人。我盯着手机屏上莉莉的照片，她脸上的斑点清晰可见。有没有可能她与这一切的关系比我想的要深？我知道我需要再见她一面，查清她为什么要对我说谎，查清她为什么在泰德被杀之后来到缅因州。我并不期望能了解多少，但这意味着我能再次见到她，早晚我会查出真相。我咬了一口芝士汉堡，觉得它从未像现在这般美味。生活正慢慢显露出希望。

第30章 莉莉

从肯尼迪机场到西保格的一路上，父亲坐立不安，不停叹息。“那是妈妈而已，”我说，“还跟从前一样，破事一堆。”他朝我微笑，可眼中仍闪着泪光，我看得出他眼里的恐惧，“试一下，”我继续说道，“如果这行不通，我们再想其他办法。”

“我随时都可以过去和你一起住，小莉。”他说。

当然，我希望避免这种早晚会发生的事情。不过，我只是将手放在他的膝盖上，轻轻按了按。

我们翻越康涅狄格州的低山，来到了熟悉的平原。父亲静静地看着窗外。枝丫上的树叶已不再显示最初斑斓的色彩，红色成锈色，而黄色渐褪。我把车停在蒙克屋外的车道上，父亲开口说：“我能感觉到身上汗毛竖起来了——现在我知道到家了。”

我和父亲正从后备厢取出他那两个笨重的行李箱，母亲来到门前，身上穿着溅满油漆的围裙，嘴上涂着亮红的唇膏。“男主人回来了呀。”她扬声说道，听起来似乎有意练习过。我这才意识到她其实有些紧张。

“莎朗，”父亲喊道，将眼镜推上前额，好看清远处的母亲，“你一点没变。”或许在这种情形下，这是父亲能对母亲说的最动听的话了。她点了点头，又走回屋里。

帮助父亲收拾好行李，我把他安顿在一楼最里面的客房内。我们趁着夕阳还未完全西沉，粗略地在房子外转了一圈。“这里的天暗得早，”我父亲说，“我还记得。”

“只有在秋天和冬天的时候暗得早，”我回答，“不是全年都这样。”

“我想我明天可以帮着耙会儿地。”

“妈妈会很高兴的。她讨厌耙地。”

“我知道，她以前老丢给我做。”

“是的，不是你就是街对面那个男孩。”

“没错。”父亲系紧脖间的围巾，即使对于10月末的夜晚来说，现在的气温也够温暖了，“你还记得你小的时候曾经爬进树叶堆里吗？”

“不记得了。”我回答。

“其他孩子总想在落叶堆上跳来跳去，而你却是钻进去，在里面待上好几个小时。你不记得了？”

“记得一点。”

“小时候的你太古怪。在你读书之前，我们还以为生了头野兽呢。你很少露出笑容，会在外面爬上几个小时，发出动物的叫声。我们从前叫你狐狸女孩，说你是被人类养大的小狐狸。但愿我们没把你教得太糟糕。”

“你们做得很好，”我说道，天上正星星点点落着雨，“你让我有机会使我的父母重修旧好。这是每个离异家庭小孩的梦想。”

“但那不是你的梦想，对不对？”父亲问道。我们正掉头往屋里走，除却厨房里传来的光亮，四周一片漆黑。

“天哪，当然不是，我开玩笑而已。而且，你们也不会复合吧。你们只是生活在一起，互取所需。不是计划如此吗？”

“没错，计划如此。和平、宁静地生活下去。或许再写本书，或许不会。我只想安稳过完这一生，不再伤害任何人。这是我现在唯一的愿望。”

晚饭顺利地进行。母亲做了一只烤鸡，虽然烤焦了，可父亲没说一句不好的话。我们三个人喝了一瓶酒，之后，父亲主动提出收拾饭桌，说以后每顿饭后的收拾工作都由他负责。“我不会做饭，莎朗，这你是知道的，不过我乐意饭后洗涮。”

母亲向我投来目光，没理会他。父亲已经开始清理餐桌，小心翼翼地将餐盘堆在水槽边。我和母亲向客厅走去。如今那里摆放着一台电视机，我孩提时代我们不曾拥有的东西。我指了指电视机。“看公共广播电视网。”母亲说道，我们俩坐在破旧沙发的两端。我以为我们会谈论我父亲，但母亲极尽详细又热情洋溢地跟我讲述她曾认识的一个艺术家。“我之前觉得他不怎么样，不过大概我一直错看了他，至少从《纽约时报》对他的评价来看是这样的。”我默默地听着，心想父亲和母亲间这次疯狂的安排或许能奏效，至少能持续一段时间。分居这么多年，他们对彼此的意义越来越轻，这或许反而使得他们能一起生活。他们对对方的爱没有深到能伤害彼此。

第二天，用完早餐后我离开父母。并不赶时间，于是先从哈特福德往北走，穿过先锋谷最后踏上 2 号公路，沿着更多风景线路驶回温斯洛。这是我一年中最喜欢的时段，狂风卷着枯叶簌簌而下，家家户户精心装扮迎接万圣节的到来。一周之前，我听闻泰德·西弗森的死讯，而现在，我人生中不堪的一章已结束。米兰达和布拉德也死了，而我安全从中抽身，可能被捕的忧虑也随之而散。现在的我觉得轻松而充满力量，甚至享受和父母一起度过的时光。

谋杀案成了大新闻。据我所知，大批记者蜂拥至肯纳威克，想要解开这对让人钦羡的年轻夫妇一周之内相继遇害的谜团。布拉德·达格特依旧不见踪影，今后也永远不会出现。如果他们发现卡车的踪迹，那将是一个大新闻。法医证据会证明布拉德是杀害泰德和米兰达的凶手。而他，将永远无法讲述事实。

我想起父亲前天跟我说的话——他说他想安稳度过余生，不再伤害任何人。或许我也可以以此为目标。杀掉切特后我是这么想的，在伦敦除掉埃里克时我是这么想的，现在我同样也是这么想的。我并不因过去的所为而感到后悔。米兰达和埃里克伤害了我，切特曾经想伤害我，而布拉德，虽然他并没有直接伤害我，但他谋杀了一个无辜的人。或许让泰德·西弗森进入我的生活就是一个错误。我在过去的几周内承受了巨大的风险，能够逃脱实属侥幸。但现在，一切都已结束。我将平静地过我的生活，确保没人能再次伤害我。我将继续活着，知道自己与众不同，天生拥有不同的道德观。在草地的那个夜晚，沐浴在星辰的光芒之中的我明白了这一点。我的道德观是属于动物的道德观，属于乌鸦、狐狸或猫头鹰的道德观，不是人类的。

我下了2号公路，穿过温斯洛市中心，向家中驶去。绿草坪上在举办“慕尼黑啤酒节”，一支波尔卡乐团正演奏着，啤酒篷也已搭好。我摇下车窗，空气中充斥着苹果酒的味道。我考虑是否要停下，但最终还是决定回家。我向家的方向又开了两英里。离屋子越来越近，我瞥见门口车道上停着一辆长长的白色汽车。树叶早已落光，因此透过光秃的枝丫很容易瞧见。我心头一阵恐惧，几乎驱车而过。不过，我还是拐进了车道，告诉自己没事的。

倚着车的警探是本周早些时候找过我、来自波士顿警察局的亨利·金伯尔。他看见了我，随后将正抽着的烟扔在地上，用脚踩灭。我停好车，走出驾驶室。他向我走来，脸上浮现出意味不明的笑容。

第31章　金伯尔

周日，用完午餐后我再次前往温斯洛，想找莉莉·金特纳谈谈。她不在家，但那天秋高气爽，不算太冷，于是我决定等她。我以为她多半出去吃早午餐了，很快会回来，于是倚着车，欣赏着她小屋另外一侧的池塘美景。我每天只抽两根烟，这会儿小心翼翼卷了一支。

布拉德·达格特仍不见踪影。据报道，肯纳威克的某个汽车修理厂发现一辆正在修理的卡车牌照被调换了。修理工迈克·科米注意到那辆车，是因为它的车牌比其余的车子要干净许多。后来才发现那是达格特的车牌。这是目前唯一的实质性线索。布拉德·达格特足够聪明，竟然想到在离开缅因州前调换车牌。局里已对新车牌号发出详情通报，但还没有线索。我开始怀疑卡车这一线索是条死胡同。

我点燃烟，头向后仰，让阳光洒在我脸上。一群大雁缓缓从我头顶飞过。正在我快抽完烟时，莉莉开着她的本田雅阁拐进了车道。我试着通过挡风玻璃阅读她的表情，不过，她看起来仅仅有点好奇而已。等她停好车、走出车门后，我向她走去，再次介绍我自己。

“我知道你是谁，”她说，“我们几天前才见过面。”

她背着一只深蓝色的短途旅行袋，上面印着波尔卡圆点。我问她是否出门回来。

“去康涅狄格州找我父母了。我父亲刚从伦敦回来。”

“噢，要搬回来住？”

“目前是这样计划的。有什么事吗，警探？我听说了米兰达的事，太令人震惊了。”

“我还有几个问题想问你。我在想也许我们能……我们能再次坐下来谈谈。”

“没问题，给我一点时间整理一下。如果你愿意，我们可以坐在后边的平台上谈，现在的天气没那么冷。”

我跟着她走进屋子，穿过客厅，跨过厨房的门，来到后面铺满落叶的木制平台上。“我给你拿块布，把椅子擦一擦。”她说。

我按她说的，将两张木制躺椅上的金黄色扇形银杏落叶拂去。坐下大约五分钟后，莉莉走了过来。她仍穿着牛仔裤，但将外套脱了下来，此刻身着一件白色V领羊毛衫。她的头发披在肩头，似乎刚洗过脸，没有化妆。“有什么可以帮你的吗？”

早些时候我就决定开门见山地说明来意，于是开口道：“我想知道你为什么对我撒谎。”

她看起来并不感到惊讶，只是缓缓眨了眨苍白的眼睑。“具体指什么？”

“你和泰德·西弗森的关系，以及你这周日和周一晚上都在肯纳威克的事实。上次我在这里时你为什么不说明一下？”

“我可以解释，”她说，“我为欺骗了你而道歉。父亲的事给了我太多的压力。你第一次来找我时，我害怕卷入到谋杀案的调查之中，父亲会受不了。这也是我假装不认识泰德的原因。我希望你知道，要是我认为我们的关系和谋杀案哪怕有一丁点关系，我不会向你撒谎。”

“你们究竟是什么关系？”

“我们在伦敦的机场相遇。一开始我并没有认出他，不过随着交谈的深入，最后才弄清楚原来之前因为米兰达的缘故我们早已见过面。我们都是头等舱的机票，座位相邻。而且他告诉我，他觉得他妻子和房子的建筑商合谋欺骗他。”

“这可是重要信息，”我说，“我们要是早一星期掌握这信息，那可真太感谢你了。”

“我知道，我知道。我很抱歉，可他也不确定，只是觉得情况可能如此。我和米兰达在大学认识，我认为他或许想得没错。无论如何，我们很谈得来。他向我敞开心扉，有时候在飞机上相遇的两个陌生人确实会容易向对方倾吐一些事情。”

“所以你们亲密起来。”

“不，算不上，不是爱情的那种亲密。我们在康科德的一家酒吧内又见了一面，但我们并不是在追求什么东西。他已经结婚了。”

“但你喜欢他？”

她再次缓缓地眨眼。“没错，他是个好男人。”

“你是什么时候听说他遇害的？”

“我周日在《环球报》上读到的，文章说他的死像是盗贼所为，但我想知道……”

“想知道是不是布拉德·达格特干的？”

“这是那个承包商的名字，对不对？而且你认为他先杀了泰德，然后又对米兰达下了手。”

“你只需要告诉我为什么决定去缅因州。”

“说不清楚，原因有许多。泰德曾告诉我他很爱那个地方，所以我决定去看看。或许是为了悼念他吧。我们仅仅见了两面，但非常合得来。我想我去缅因州也是为了去看看能不能有所发现吧。我想我是把自己当成神探南茜·朱尔了，很愚蠢，我知道。”

“你在那儿做了些什么？”

“随便走走，在酒店的酒吧内吃了晚饭。所有人都在谈论谋杀案，我就听着，但没人提到米兰达有外遇。我以为能听到的，以为所有人都会谈论。听泰德说，米兰达几乎把肯纳威克酒店当成家了。如果她和某个本地人有外遇，你自然而然会觉得这会是所有人的谈资。无论如何，我是这么想的。但实际上根本没人在说。我甚至去了街那头的库利酒吧，本地人更常去那里。我在那儿喝了几杯，心想说不定能听到什么，甚至看见布拉德。但最终也一无所获。”

“如果你发现布拉德和米兰达有外遇，你会怎么做？”

“毫无疑问，困住他，”她说，“让他坦白，实施公民逮捕。”她的表情始终没有变过，我花了一会儿时间才反应过来她在开玩笑。我假装笑了笑，她报之以微笑。她笑起来时上嘴唇和鼻子间会褶起来。“说实话，”她继续道，“我不知道接下来我要做什么。我没有计划，而且，即使布拉德和米兰达有外遇，也并不意味这与他的死有任何关联。”

“我们相当确定布拉德·达格特杀了西弗森一家。”

“而且他失踪了？”

“是的。”

我们沉默了一会儿。莉莉的左手搭在扶手椅上，我注意到她摸了几次左手手指。那是自我见到她以来，她第一次表现出紧张。终于，她说：“是我搞砸了，我早该在第一次见面时就告诉你所有的事情。我早该告诉你泰德觉得他妻子和布拉德搞外遇。我很抱歉。坦白地说，当你来的时候，我已经认定泰德是被强盗杀死的。开车去缅因州自行调查这件事说来太令人窘迫，听起来也愚蠢至极。”

“像南茜·朱尔一样。”我说。

“唔，你说我童年的偶像愚蠢？”

“不，当然不是，我也爱南茜·朱尔。不然你觉得我为什么当一名警探？”

一只脏兮兮的猫爬了上来，朝着莉莉喵喵叫。“你养猫啊。”我说。

“算不上，”她回道，站起身来，“它叫莫格，大部分时间野在外面，只有在饿时才回来。我去给它拿点吃的，你要喝点什么吗？”

“不用了，谢谢。”我说道。她走开后，我逗莫格玩，可它不为所动。它两只眼睛颜色不同，又或许一只眼睛受过伤，所以成了现在这个样子。莉莉回来了，手里端着盛着猫粮的碗，把它放在平台的边缘。莫格蹲下来，开始享用食物。

我想继续待着，可没什么好问了。我仍不相信莉莉已经告诉我全部事实，但她的回答又足够合理。“你父亲，”我说道，“他还好吗？”

“呃，他……他还是老样子。对他来说，离开英国是最好的办法，媒体把他整得够惨的。”

“他还在写作吗？”

“他告诉我他可能再写一本书，但这不好说。顺其自然吧，或许回来和我母亲一起住能给他些灵感。”

“我原以为你父母离婚了。”

“没错，谢天谢地他们离婚了。目前只是临时安顿而已，我知道很奇怪。但我母亲需要钱，现在父亲搬来和她一起住就能帮帮她。再说，我父亲不能一个人生活。只是试一试罢了，但若真的能成，他俩的问题都能得到解决。如果不行，父亲可以过来和我一起生活。”

我想向她了解更多她父亲的事，一方面是因为我对她父亲感兴趣，但更多的是因为我想和莉莉·金特纳在这里待上更多的时间。我想继续看着她。她背对着太阳，阳光将她的发色染成火光一般耀眼的红。

她双手环抱着，毛衣紧紧裹住身体。我可以看见她轻薄的白色羊毛衫下那高挺的胸部和隐约的粉红色文胸轮廓。我思考着如何能继续待着。我可以再打听她父亲的事情、她对南茜·朱尔的喜爱或者她在温斯洛的工作。但我知道我不该这么做，我来此地的目的并非出于私情。我起身，莉莉也站了起来。莫格吃完东西，走过来往莉莉脚踝上蹭了蹭，然后又按着来时的路离开。

“对了，还有件事，”我说，想起了本打算询问的最后一个问题，“我们第一次见面时，你说你和米兰达在大学时代就认识。”

“嗯，我们都在康涅狄格州新切斯特市的马瑟学院念书。”

“你不喜欢她是因为她抢了你男朋友？”

“你还记得？好吧，我们确实和同一个家伙约会过。米兰达先跟他在一起，然后是我，后来他又和米兰达在一起了。那会儿我们的关系很糟糕，不过都是陈年往事了。”

“所以，当你遇见泰德时，你发现他原来是米兰达的丈夫，并且他过得并不开心，你不觉得这是报复米兰达的机会吗？”

“当然，有那么一瞬间我确实这么想。我喜欢泰德，并且我不喜欢米兰达。不过，我并没有那么做。我和泰德不是那种关系，不是情人，只是可以谈心的朋友而已。”

莉莉送我出门，一直走到我的车旁。她伸出手，我配合地跟她握手。她的手掌干燥而温暖。松手时，莉莉的指尖沿着我的手轻轻地划过，我想知道是否是故意所为，又或者只是我的幻想，幻想出我们之间不存在的东西。从她脸上，我读不出任何情绪。

上车前，我转身问她："那个男朋友的名字是什么？"

"什么？"她说。

"大学里和你和米兰达都约会过的男朋友？"

"哦，他啊，"她说道，脸颊划过轻微的一抹颜色，犹豫了一下，然后开口道，"他叫埃里克·沃什伯恩，不过，呃，他已经去世了。"

"是这样啊，"我说，"发生了什么事？"

"那时大学刚毕业，他对坚果类食物过敏，死于过敏性休克。"

"是这样啊，"我重复了一遍，不知道该说什么，"很遗憾听到这个消息。"

"不用遗憾，"她说，"事情已经过去很久了。"

我开车离开。正当我赶回波士顿时，一片云朵遮蔽了太阳。明明刚过中午却让人感觉黄昏已至。我在脑海中回想和莉莉的对话。我相信她所说的许多话是真的，可心头仍有被欺骗的感觉。我知道她隐瞒了一些事情，就像我们第一次见面时那样。但是为什么？还有，当我最后问她大学时代男朋友的名字时，她为什么犹豫？我觉得她并不想告诉我。她说那是很久之前的事，可事实不是这样，她现在也才二十八九岁。埃里克·沃什伯恩，我大声念出这个名字，确保不把它忘了。

第32章　莉莉

距离与金伯尔警探的第二次谈话已过去一周，我驱车回到康科德市中心。我一直关注着西弗森谋杀案的进程，每晚查看本地新闻，即使本案始终没有进展。我知道案件不会有进展，布拉德·达格特已永远地消失。我是唯一一个清楚布拉德下落的人，这种感觉太棒了。我知道他不会喝着得其利鸡尾酒出现在加勒比海地区某个海滩上，永远不可能了。他正在一个被人遗忘的草地慢慢地腐烂。我知道他的葬身之处，那些从他身旁经过的飞禽走兽也知道。它们会嗅到他的存在，认为是某只死了的大型动物，然后围着他来回走动。

这是实行夏时制以来的第一个周日。然而，这一天的清晨却寒气逼人，黎明时分大雪纷飞，直至中午才停止。此刻天空低沉，乌云密布。我驱车从温斯洛前往康科德，穿梭于偏僻的小路之中，车速并不快，伴着公共电台里播放着的经典音乐，慢慢地向目的地驶去。抵达康科德时已是下午三四点，我将车停在大街边。人行道上行人来来往往，许多家庭在热门餐馆前排起了长队，身背体育器材的中年妇女往来于珠宝商店间。我踱着步子向纪念碑广场走去，穿过通向旧山墓地的宽阔十字路口。我在石碑间穿挤而过，循着陡坡上的小路向山顶慢慢走去。墓地中空无一人。

我爬上墓地小山的顶峰，路过一个月前和泰德·西弗森并肩而坐的板凳，远眺康科德鳞次栉比的房屋。上次来时并非如此光景。而如今，山头树叶凋零，一眼便能望见我停车之处。我穿着亮绿色的夹克衫，站了一会儿，享受着这份宁静的、新英格兰略为凛冽的空气和睥睨众生之感。我看着匆忙奔波的行人来来往往，在周日抽出一个小时忙着琐碎之事。我看向曾和泰德亲吻的地方，试着回温那种感觉。他的双唇柔软得不可思议，他宽阔的手掌在我毛衣上游动。我收回思绪，重将注意力放在山头零落的墓碑上。枯叶随风飘动，在墓碑的背面堆积起来。我缓缓地沿着石板小路走下山，随意地在一块墓碑前停下。碑身被一棵扭曲而光秃的树木遮住了一大部分，我在墓碑前蹲了下去。碑上刻着一个女人的名字——伊丽莎白·麦诺特，逝世于1790年，终年四十五岁。墓志铭是“以平静和欢愉面对挥之不去的死亡”。墓碑的上端刻着一个带翅膀的头骨，环绕的横幅上写着“小心死神”。我仍然蹲着，研究着墓碑，想知道伊丽莎白·麦诺特短暂而艰难的一生是什么样的。事实上，这已经不重要了。她死了，那些曾经认识她的人也已不在世。或许是她丈夫用枕头闷死了她，使彼此解脱。他现在早已离世。他们的孩子死了，他们孩子的孩子也死了。我父亲曾说：每一百年将孕育一批新人。我不明白他究竟为什么这样说，也不知道这对他来说意味着什么——或许是小心死神的不同说法吧——但我清楚它对我来说意味着什么。

我想起了那些死于我之手的人。画家切特，直到现在我仍不知他姓什么。埃里克·沃什伯恩，还未来得及开始真正的生活就死了。以及可怜的布拉德·达格特，或许打从他看上米兰达·费斯·西弗森的第一眼起就失去活下去的机会了。我的胸腔内感到一阵疼痛，我并不熟悉这种感觉，但知道它是什么。这不代表我对自己的所作所为感到难过或内疚，我没有。我杀每个人都有我的理由，充分的理由。我胸膛中的疼痛是因为孤独，因为世上没有第二个人知道我所知道的这些事情。

我走下山，回到城里。感到包中的手机在振动，我掏出一看，是母亲打来的。“亲爱的，你看《泰晤士报》了没有？”

“我没有买《泰晤士报》。”我说。

“好吧。上面有一整版关于玛莎·张的报道。你还记得她吧，那个编舞家？”她仔细地跟我描述报道的内容，大声地将部分内容念给我听。我在一张冰冷的板凳上坐下，那里能看到大街。

“爸爸怎么样？”她念完之后我问道。

“昨天半夜尖叫着醒来，我走过去，以为他只是变着法想叫我进卧室，没想到他的情况糟透了，不停地颤抖和哭泣。我去给他拿热牛奶和威士忌，可再过去的时候他又睡着了。老实说，亲爱的，我现在就像在照顾一个小孩。”

我告诉她我得挂了，她又跟我讲了几个她朋友的故事，只是这些朋友我并不记得。挂了电话，我注意到排在餐馆前的队伍短了不少，于是走了进去，点了一大杯咖啡带走。我又独自走了一会儿，路过康科德河酒店。在那儿，我曾和泰德一起喝酒，一起策划如何杀掉他妻子。我们的计划本可以奏效，它和如今的局面所差无几：将米兰达的谋杀案嫁祸给布拉德，然后保证布拉德永远消失，永远没人找得到他的尸体。只是细节不同罢了。我们的计划是将他的尸体抛进大海，我把他的卡车开去波士顿，停在易遭偷遭抢的地方。不过结局是一样的。

我在小路间徜徉，路边矗立着壮观的殖民地时代建筑。我朝着刚进去过的墓地的后面走去。园丁们正在一个稍大的院子里清理树叶。一个十一二岁的男孩直直地将橄榄球扔向天空，然后再抓住。除此之外我没看见其他人。我在墓地后边一条末端不通的街道上行走。跃过矮小的篱笆，我倚着一棵树，然后等待。山顶尽收眼底，墓碑在我眼前绵延开来，像是脊椎的关节。太阳低低地垂在天空，厚厚的云层中透出一缕微弱的白光。我捧起咖啡，贴近胸口，以获得一些温暖。我将头发束起，戴着深色的帽子，布拉德和米兰达死去的那个晚上我也戴着它。我不止一次地想，如果事情按计划发展，我和泰德间会发生什么呢？我们会在一起，这我知道，但会在一起多久呢？我会告诉他所有事情吗？和他共享我的人生？那种认识——那种我们拥有的对彼此的认识——会不会使我们更强大？又或者它最终将把我们杀死？或许是后者吧，我心想。尽管它或许能维持一段时间的美好，拥有一个能分享一切的人的美好。

喝完咖啡，我将空杯扔进我打开的皮包内，然后继续等待。

第33章　金伯尔

离温斯洛市中心不远处的五路交叉口有一家邓肯甜甜圈店。我发现如果把车停那儿，就能看见莉莉·金特纳沿着礼顿路朝她家的相反方向开去。路上车并不多，因此很容易观察到她那辆深红色本田车。自第二次拜访她后，我每天在那儿等她，一共跟踪了她七次。我跟着她往来于她在温斯洛学院的办公室，跟着她去杂货店，去另一个城镇的农贸市场。有一次，她沿着州级公路往南走，我以为她大概是去康涅狄格州探望父母，于是掉头离开。还有几次，她开车去温斯洛市中心办事，我步行跟了一会儿，远远地看着，没发现什么特别之处。

跟踪她完全是我自己的主意，开着我毫不起眼的银色索塔纳记录莉莉的行踪。我不知道做这件事的目的是什么，只是心中有种感觉，觉得莉莉·金特纳与这件事脱不了干系。如果我一直注意着她，说不定哪天她会露出马脚。

周日下午，我依旧将车停在邓肯甜甜圈店外。就在我准备放弃时，莉莉的本田雅阁出现了。她向左转，踏上布鲁克斯路，往东边远离市中心的方向驶去。我将车开出停车场，与她保持着三辆车的距离。她的本田车型较老旧，比现在一般在路上行驶的本田车更四四方方，因此很容易跟车行驶。我跟着她驶过斯托、梅纳德，然后进入西康科德。我尽力确保我们之间隔着两三辆车的距离。我只跟丢她一次，在梅纳德市中心那里。当时我被堵在一辆 UPS 快递卡车后面，不过我猜到她会继续待在 62 号公路上，因此又追上了。她开到康科德市中心，将车泊在大街上，然后下了车。她穿着亮绿色的大衣，扣子一直扣到脖子，目的地是大型环形交叉的路口，中间是个小公园。

我的搭档罗伯塔·詹姆斯是唯一知道我在跟踪莉莉·金特纳的人，不过她并不知道我干这事的频率。她当然也不会知道的是，我曾两次将车停在礼顿路上，步行穿过树林，在房子外围监视莉莉的动静。有一个晚上我在那儿待了一个小时，她坐在皮制的红色沙发上，双腿蜷着，手里捧着一本硬皮书。她读书的时候总无意识地用手指拨弄着一撮头发。她身边摆着一杯茶，散发着缕缕水蒸气。我不停地告诉自己得离开，却像被钉在原地似的迈不开步子。即使她突然出来，瞧见了我，我可能都不会离开。我从未将这些事告诉詹姆斯，因为她已经怀疑我监视莉莉的动机了。“她长什么样子，亨利？”前晚，我邀请她来我家做客，一起品尝奶油培根面和苏格兰威士忌。间隙，她向我这么问道。

“她很漂亮。”我决定说实话。

“哦。”詹姆斯语气中的含义不言自明。

“听着，”我说，“埃里克·沃什伯恩是她大学时代的男朋友，米兰达·西弗森也跟他交往过，那时她用的费斯·霍巴特这个名字。莉莉告诉我米兰达把埃里克从她身边抢走了。埃里克在毕业那年死于坚果类食物过敏，当时他正和莉莉一起在伦敦。”

“你觉得她用坚果杀了他？”

“如果是她干的，只能说这招真是完美。你无法证明这不是意外。”

“好吧。”詹姆斯点头道，抿了一口麦卡伦威士忌。

“如今，这么多年过去了，她和米兰达的丈夫成为朋友，或许不止于此。而他也死了——”

“我们都知道布拉德·达格特杀了他。你认为莉莉也认识布拉德？”

“不，我不这么认为。我只知道她向我撒了谎。不知怎么的，她与埃里克·沃什伯恩和米兰达的死都有所牵连，这太巧了。”

“我们可以把她带回局里，再盘问她一遍。你有没有问她是否有米兰达被杀那晚的不在场证明？”

“没有，我没问。据我们所知，米兰达也是布拉德所杀。有没有可能她和布拉德早就认识，是她让布拉德杀了西弗森夫妇，然后帮他隐瞒下落？”

“当然，这有可能，但她为什么要那么做？没人会因为大学时代的男朋友被人抢了就计划谋杀那个情敌。”

“嗯，好吧。”我说。

“这就是你想说的——‘嗯，好吧’？”

“没错，我只有这句话好说了。”

詹姆斯笑了起来。她不经常笑，不过一旦露出笑容，脸上的严肃就少了几分，显得光彩动人。我们在同一个部门合作已一年多。威士忌和意大利面之夜开始于约三个月前。迄今为止，我们的伙伴关系是我生命中最棒的一段与性无关的感情。从第一天开始，我们就无所不谈，像是认识了多年的老友。直到近来我才意识到，我对罗伯塔·詹姆斯了解太少。我知道她在马里兰州的海滨长大，毕业于特拉华大学，住在水城一幢三层高住房的二楼。除此之外，我对她一无所知。我推测她是同性恋，不过我们从未谈过这个话题。当我最终在我们第一个意大利面夜晚谈及这个话题时，她这么回答我："我喜欢男人，但只在理论层面。"

"意思是现实中你喜欢女人？"

"不，我是独身主义者。不过，如果我将来不想独身了，我会和男人在一起。"

"懂了，詹姆斯。"我说道，不再寻求更多解释。在这简短的交流中，她通常坚定不移的目光却有些许闪烁。

我们大部分的威士忌和意大利面之夜在我家度过，这或许是因为我经常喝多的缘故。当罗伯塔做东时，她总会让我睡在她家的沙发上。某一个这样的夜晚，我从沙发上起身找水喝。穿过走廊从詹姆斯卧室经过时，我注意到她的门留着一条缝，橙黄的灯光从中倾泻而出。我轻轻地推开门，说："咚，咚。"詹姆斯躺在床上，正看着书。那是一个温暖的夜晚，她的一条腿从盖着的薄被单下伸了出来。她戴着阅读眼镜，透过镜框疑惑地看向我。"睡不着，"我说，"我想或许你需要个伴。"

我不知道我希望詹姆斯有什么样的回应，但绝不曾想到回应我的是一阵狂笑。我无奈地举起双手，退回到门口，说道："好吧，好吧。"

她试着阻止我离开，不过我迅速地退回到沙发。清晨，詹姆斯黎明时就已起床，给我端来一杯咖啡。"对于昨晚的笑，我很抱歉。"她边说着边将咖啡递给我。

"不，"我说道，"我才是该道歉的人，抱歉昨晚的深夜造访，那完全不合适。"我声音粗重而沙哑，低着的头好似被钳子夹着。

“你真是让我措手不及，最近三次向我大献殷勤的可都是女人。反正，我感到很过意不去。”

“你不该那么想，毕竟我才是那个想越界的人。再说，我们在工作上是很好的拍档，何必搞砸呢？”

“没错，何必呢？”

关于这个话题的谈话内容就是这些。工作的时候，我们略为尴尬了一会儿，不过这种感觉最终消失了。现在，我们重又回归到好友聚会模式，谈论起我的感情生活。

“所以，你计划明天再去跟踪她？”詹姆斯问道，一边为我俩斟了点威士忌。

“不知道，”我回答道，“或许我该歇一天。”

“或许你该这么做。我知道你的侦察技术相当高。不过，她迟早会发现你的，到时候你可要受到投诉了。”

“你说的没错。”我说，虽然明知自己不会按她说的做。

莉莉把车停在大街的尽头、接近环形交叉路的地方。我走下车，继续步行跟着她。我看着她穿过宽阔的路口，向一座白色的、四四方方的教堂走去。尖塔的四周架着脚手架。她随后右转，进入山坡坟墓之中。我在一座低矮的石墙上坐下，卷起一支烟。她离我大概有二百码远，不过她的绿色夹克显眼得很。她缓缓地沿着墓地小径往上走，徘徊了一会儿，然后消失在一座带有凉亭的石屋后面，身影恰好被石板屋顶遮蔽。我点燃烟，一个穿着弹力自行车服、脚蹬自行车鞋的中年妇女从我身旁走过，动静很大。她看向我，脸上的表情像是我谋杀了她的孩子似的。我继续将眼神锁定在墓地中。终于，莉莉再次出现在我的视线范围内，游走在山顶。她一定是寻找到了想找的墓穴——

虬曲的树木下的那块墓碑。她低身靠前，阅读碑文，就着那个姿势待了好一会儿，随后才起身走下山坡。我好奇：那是谁的墓碑，对她来说又有什么意义。

莉莉走到墓地前的人行道上，穿过纪念碑广场朝我这个方向走来。我为了避开她，穿过大街，走进一家玻璃店面装饰的高档女士服装店。我假装研究架子上摆满的价值不菲的围巾——价格几乎与一辆不错的二手车相当——目光始终盯着莉莉。她在一条石凳上坐下，正通着电话。我离她很近，近到可以看清她深色帽子下露出的一缕红发。

“全是山羊绒做的。”店主说道，不知什么时候站在了我身边。

我吓了一跳。“很漂亮，摸起来也很柔软。”

“那是肯定的。”

我从围巾架前走开，环顾四周，打量这个小店。看起来莉莉要在那张凳上待上一会儿。几分钟过后，我向店里的工作人员表示感谢然后返回人行道。莉莉不见了。我担心她或许穿过了街道向小店这边走来，说不定会与我撞个正着，于是不再靠近这些店铺，向之前坐着的矮墙边走去。我真想也走上山坡墓地，看看那块莉莉如此感兴趣的墓碑上写着什么。从山顶伸出的盘曲树枝正好在墓碑的上面，我肯定能找到它。但要等我确定莉莉不会在墓地看到我，我再去那儿才更好。于是我决定等着。

我环顾四周。莉莉消失了，我开始紧张，担心她会突然出现，然后发现我。我认为没必要再去寻找她的下落，于是，我站起来，离开康科德市中心。我路过一家有着灰色木瓦屋顶的老旧酒店，康科德河酒店。袅袅青烟从烟囱中升起。那地方看起来应该有个酒吧，于是我走进酒店。前面就有一个餐厅，墙纸华丽，桌布洁白。酒店后面也有声音传来。我沿着低矮的门厅直走，发现一家小酒吧，然后挤了进去，那地方没比停车场大多少。我迅速扫视一圈，确定莉莉不在。酒吧内坐着两对刚吃完晚午餐的夫妇，以及一位只身一人的男子，他正读着报纸、喝着高仕啤酒。我在这个小酒吧的一张木凳上坐下，位置一点也不舒服，然后点了一扎伯丁罕啤酒。我的计划本是慢慢地喝完啤酒，然后去察看莉莉探望的那个墓碑，并不期待能有什么收获。那个墓地年代久远，埋葬在那里的人说不定早已死了二百多年——不过我总觉得该去瞧瞧。莉莉聚精会神地盯着上面的文字，我想知道是为什么。我想起了前晚和詹姆斯共度的那顿晚餐，和她没有说出口的警告。她觉得我对莉莉·金特纳过于执着，越了线。或许吧。

我喝了一口啤酒，从吧台上摆着的小碗中拿起一根椒盐饼干棒吃起来，然后从夹克口袋中掏出钢笔，在吧台的餐巾上潦草地作了一首打油诗：

从前有个警探叫金伯尔
脑袋和顶针一样小巧
他跟踪一个女孩
满世界跑
希望她在床上一样灵巧

我把餐巾揉成一团，塞进夹克口袋内，又从吧台上那堆餐巾上拿了一张，再一次尝试：

从前有个红发女孩

我希望能看透
这发生的希望
十分渺茫
不过蕾丝内衣也能将就

这张餐巾也被我揉成团，一起塞进了口袋中，然后继续喝酒。我突然觉得很可笑，倒并不是因为写出的打油诗糟糕，而是我在没有告知局里的情况下，痴狂地跟踪一个与案件几乎无关的女人。詹姆斯说得没错，如果我认为莉莉·金特纳在隐藏什么，我完全可以把她拉到局里好好审问。但很可能，她与本案的唯一联系不过是泰德·西弗森在被谋杀前爱上了她。她向我撒谎是因为她与父亲害怕面对压力，后者作为公众人物也曾卷入谋杀案中。她和布拉德·达格特毫无瓜葛，泰德和米兰达的谋杀案完全是布拉德一人所为。现在他逃之夭夭，无踪迹可循。另有一个版本的最新解释是在杀了泰德之后，布拉德很有可能以此敲诈米兰达，并坚持在未完工的房屋内交钱。那么，他们晚上在那里见面也能说得通，或许还能解释布拉德消失得如此之快的原因——一大笔现金在身使得逃亡容易多了。我喝完最后一口啤酒，结了账，准备离开酒店，回到车里，返回波士顿。明天，我会和主管谈谈，问问他把莉莉·金特纳叫来盘问这个主意怎么样。如果他同意值得一试，那就让詹姆斯和我一起行动。如果他觉得我找错了对象，或许我会再等一周，给莉莉打个电话，看看她是否想约个时间和我一起喝一杯。

我从酒店低矮的大门走了出去。我刚在里面不知天色变化，不过半小时，天就已经变得漆黑。我提醒自己现在实行夏时制，黄昏是会来得早些。我边朝车子方向走去，边远远瞧了一眼山坡墓地，空无一人。借着微弱的灯光，依稀可以辨出树和墓碑。去看一眼也无妨。我穿过宽阔的交叉路口，循着通向墓地的小入口驶去。门口有一块刚打磨过的崭新深色花岗石，上面刻着“老山墓地”四个字。顺着陡峭的小径，我向山上那棵树走去，在石灰色天空的映衬下，它光秃的枝丫显得格外暗沉。我找到那块墓碑，莉莉专心致志地研究、蹲下阅读它碑文的那块墓碑。伊丽莎白·麦诺特，逝世于1790年。我突然想知道我上这里来到底想获取什么信息。我抚摸已经残破的碑文。这是块美丽的墓碑，顶部刻着一个骷髅雕像，旁边刻有一句警告“小心死神”。我微微颤抖了一下，然后站起身，两个膝盖砰砰作响。在暗淡的黄昏光景中，我的脑袋有些晕眩。风不停地刮着，吹拂着山顶的落叶。是时候回家了。

我听到山的那头传来树枝折断的声音。我回头，莉莉·金特纳就站在几步之外。她的手插在风衣的大口袋里，径直朝我走来。她的出现有些不真实，仿佛幽灵似的。我露出微笑，除此之外不知道还能做什么。该承认自己在跟踪她吗，还是假装这完全是巧合？

她继续向这边走来，直到离我仅有几英寸远。有那么一瞬间，我以为她要吻我，可相反，她用低沉几如絮语的声音在我耳旁说道：“对不起。”

感到肋骨一阵刺痛，我低头，看见她戴着手套的手将刀往上刺进了我的身体，那是心脏的位置。

第34章　莉莉

我坐在墓地边缘的一棵西洋栗树下，瞧见山脊上一抹身影。天色暗得很快，但我看清了那是金伯尔警探。我看着他蹲下身，注视那块我之前看过的墓碑，麦诺特太太的墓碑。

我晃动手臂以促进血液循环，花了一点时间祝贺自己轻易地将金伯尔引到这个偏僻地方。黄昏将近。我向他走去，一边环顾四周，生怕墓地里还有其他访客。还好，只剩我们两个。

在距离金伯尔还有不足五码的地方，我踩上了一根掉落在地的树枝，然后他回过头。

我的一个口袋内装着眩晕枪，另一个藏着片鱼刀。我本打算先将金伯尔警探电晕，然后用刀刺。但见到我，他看起来那么惊讶、那么茫然。我索性继续往前走近，将刀插进他的肋骨，稍带着点角度，以便刺到心脏。

一切都太容易了。

他的脸变得煞白，我感觉到他温暖的血液涌到我的手上。我们双目相接，我的心跳声在耳中听来格外大声，几乎没有听见左边传来的沉重脚步声。“从他身边走开，双手举起来。”瑟瑟寒风中传来了响亮的女声。

我转过身。是一个高个子的黑人女性，穿着大衣站在小路上，手里举着一把枪。她的大衣没有扣起来，衣摆在风中飘扬。我放下刀，失去支撑的金伯尔双膝跪地倒下，一个膝盖磕压在石板上，响声很大。我举起双手，向后退了一步。她边向前走，边打量金伯尔的情况，直到视线落在插在他肋骨间的刀柄之上，于是迅速靠近金伯尔，一只手举着枪对着我。“他妈的给我趴在地上！立刻！脸他妈的朝下！”我甚至能听到她说这话时涌动的肾上腺素。我按她说的照做，趴在墓地冰冷的地面上，并没打算反抗或者逃跑。我被抓了。

“躺在那里别动，亨利。别把刀拔出来，听到了吗？”跟金伯尔讲话的女声很低沉。我转过头以便看清两人，那个女人迅速用手机拨了电话，仍然朝我举着枪。她拨通的是911，请求派一辆救护车到这个“康科德市中心一个建在山上的该死的墓地”。她声明自己是波士顿警察局的罗伯塔·詹姆斯警探，并且告诉调度员有一名警员受伤。挂上电话，她简要地检查了一下金伯尔警探——“情况不算糟糕，亨利，躺着别动”——然后转向我。我听到她把大衣腰带抽出的簌簌声，随后将一个膝盖抵在我后背中央，将整个身体的重量压在我身上。我的脖颈处在枪口之下，皮肤能感觉到它传来的冰冷触感。“别他妈给我找理由，”她说，“把手放在身后。”

我按她说的照做，然后她熟练地用腰带紧紧地系住我的双手。“你敢动一下，我一枪崩了你。”她说道。我放松身体。一片落叶在风的吹拂下落在我的脸颊上。我闭上双眼，怀疑而恐惧地想象着我的生命将以怎样的方式结束。我能够听见女警探低声对金伯尔说着什么。他回应了几句，我没能听清内容。既然我被抓，就没有理由想让他死。事实上，我希望他活下来，也觉得他能活下来。我并没有将刀全部插进去。远处传来救护车逐渐清晰的警报声。我听到女警探告诉金伯尔他会没事的，他能活下来。我睁开眼，一缕发丝挡住了视线，但还能看见部分眼前的场面：金伯尔警探躺在伊丽莎白·麦诺特的墓碑前，那个女人伏在他的身边，用手压住他一侧的身子以减缓血液流出的速度。天空又暗了些，呈现出蓝灰色，救护车微弱而闪烁的灯光开始为这个地方带来一点光亮。

二十四小时后，米德尔赛克斯郡法院驳回我的保释请求。

“我们不会就此放弃。”州政府指派给我的律师这么说道。她叫斯蒂芬妮·弗林，约莫二十五岁的样子，身材小巧，长相漂亮，但指甲咬到了肉根。人看起来憔悴不已，像是几年没好好睡过觉。

她跟我来到关押我的牢房。“他们会批准保释审查的，而且按照当前情况，他们也不能一直关着你。”

“没关系，”我说，“你已经尽力，我清楚捅了一个警察的后果。”

“一个骚扰、跟踪你的警察，”斯蒂芬妮透过别致的眼镜认真地盯着我说道，“顺便一提，他已经脱离危险，”她继续道，“刚从重症监护室转移出来。”

“很好。”我说。

律师看了看手表，向我保证明天这个时候她还会前来探望。我可以自己花钱雇律师，或者让父母请一个过来，但我选择由政府给我指派律师。现在看来，这是个不错的决定。

她走后，我穿着深绿色的连体裤往我的小床靠去。一位穿着制服、脸色铁青的女警员给我送来午餐——一个夹着什锦蔬菜的汉堡。我不是特别饿，只吃了几口，喝完随餐搭配的塑料杯装的苹果汁，用杯子从牢房内的水龙头处一连接了好几杯温水喝，然后在小床上躺下。就在今天早晨，我通过装在墙上的付费电话告知了父母所发生的事情。他们就快抵达监狱了，我贪婪地享受这最后的片刻宁静。昨天，在救护车和一队警车抵达老山墓地时，我安安静静地待在一旁，盘算着接受审问时该说些什么。我曾考虑说出实情，全部的实情，包括井底的两具尸体、伦敦的埃里克·沃什伯恩事件以及我和泰德·西弗森、米兰达·西弗森和布拉德·达格特三人之间的瓜葛。我想象着坦白一切的感觉，以及我透露实情时众人向我投来的冷漠和着迷的眼神。后来我想到，这种着迷将萦绕着我的余生——所有在监狱的日子之中，挥之不去。大卫·金特纳臭名昭著的女儿。我将成为一个样本，一个极品，人们叫嚣着撰写我的故事。我将永远失去我的默默无闻。

所以我打算搬出另一套说辞，一个更为简单的故事。我会告诉所有人亨利·金伯尔警探威胁我在先，一个多星期来他一直在跟踪我。我会告诉他们我识破他好几次——这点我没有撒谎——因此开始担心自己有性命之忧。如果他们问我为什么不通知警方，我会告诉他们他就是警察。我会告诉他们我开始随身带着眩晕枪和小刀。就在案发那天，我开车去康科德我最爱的墓地，在那里又发现了他，我慌了，然后持刀攻击了他。我知道这么做不对，可我当时没办法思考，压力使我瞬间失去理智。

这就是我对其他人的说辞，先是康科德警察局逮捕并审问我的警员，在那里，我以谋杀未遂的罪名被登记，然后是同一天晚上前来审问我的罗伯塔·詹姆斯警探，这个救了金伯尔警探一命的女人。我试图从审问中了解金伯尔和詹姆斯警探是否一同跟踪我，还是她来到墓地只是偶然。我始终确信金伯尔擅自跟踪我并非任务使然。很明显，他对我过分着迷，打探我生活的方方面面对他来说只是时间问题。我告诉了他前男友是埃里克·沃什伯恩，毫无疑问，他肯定已查看过记录，然后发现埃里克死时我俩在一起。我开始有一点慌张，但转念一想，如果他私自跟踪我，那我索性可以将他引到一个偏僻之地，解决他这个问题。我想到了和泰德·西弗森去过的那块墓地。我从没在那儿见过其他人，虽然那地方非常开阔。如果金伯尔警探跟踪我到康科德，那么他从山底下的镇上就能瞧见我。我盯着墓碑看了许久，希望他会亲自来瞧瞧。然后，我要做的只是等待了。

事情进展得十分顺利，直到詹姆斯警探出现。

我对自己的说辞很有信心。或许我会被暂时关押在监狱或者精神病院内，但对我判长期徒刑似乎不太可能。我最担心的是他们会深入调查米兰达的死和布拉德的失踪。我没有那个晚上的不在场证明，可我为什么需要呢？那是个周二的深夜，而我独自一人居住。即使他们审问我母亲，她也不太可能提起我请她载我去缅因州南部的事情。我甚至觉得她可能都不记得有这回事。

正当想起母亲时，走廊那头传来了陈旧铁链的摩擦声，门开了。我听到了母亲那具有威慑力的声音，以及“保释”和“可笑”两个单词。我的父母由给我送饭的警官带到我上锁的牢房前。母亲怒不可遏，父亲看起来沧桑而恐惧。“喔，亲爱的。”母亲说道。

三天过后，也就是我保释审查的前一天，在吃完了微波加热的鸡蛋和土豆后，我被带到了审讯室。我之前被带去过那里，是个没有窗户的封闭房间，四周是粗糙的、白色的墙壁。

詹姆斯警探走进审讯室，对着角落高处的摄像机报上她的大名和当前的时间。

“你怎么样，金特纳女士？”坐下之后她问我。

“好多了，”我说，“金伯尔警探怎么样？”

她顿了顿，嘴唇抿起，我注意到她的眼神飘向房间里挂的那块长方形单面镜。我在想他是否在关注这场审讯。

“他在恢复中，”她说道，“他能活下来真是幸运。”

我点了点头，没说什么。

“我还有一些后续问题要问你，金特纳女士。第一，在我们之前一次审问中你说，在周日你去康科德的墓地之前，你在许多场合发现金伯尔警探跟踪你。你能告诉我具体是哪些场合吗？”

我如实回答她的问题。一次在温斯洛市中心，一次看见他的车缓缓开过我家门前的车道。接着，她问我与泰德·西弗森的关系，以及我在他死后去肯纳威克的原因。我将之前告诉给金伯尔的事又复述了一遍。

“所以，你是在告诉我，”她说，“在你掌握一桩谋杀案的关键信息时，你选择向警方隐瞒，然后自己展开调查？然后，当你觉得一位干着自己本职工作的警察在跟踪和骚扰你时，你决定杀了他？你解决自己问题的方法真是有趣。”

“我并没有决定谋杀金伯尔警探。”

“但是，你决定把刀插进他的身体里。”

我没说话。詹姆斯警探紧盯着桌对面的我。我猜想她和金伯尔之间是不是情侣关系，不过我对此表示怀疑。她算得上漂亮，有着模特的骨骼结构和瘦高身材，却透着凶狠和掠夺性的气质。或许这仅仅是因为她现在狠狠盯着我看的缘故，好像她可以看透我似的。

沉默笼罩着审讯室，我以为詹姆斯警探已没有问题了，不过她继而问道："金伯尔警探告诉我，就在你刺向他之前你跟他说了些什么，你还记得你说的吗？"

我记得，但我摇摇头。"老实说，"我说，"那个下午发生的所有事情我都不怎么记得。我想我晕过去了。"

"你可真是会省事。"她说道，站起身，然后走出了房间。

我被独自留在那里大约有半小时。我没戴手表，房间里也没钟，所以不好确定。我依旧坐在凳子上，努力不露出任何表情。我知道有人在镜子后观察、分析、讨论我。这感觉就像是裸着身被捆绑起来，被几只脏手摸来摸去。不过我知道，如果我坚持自己的说法，如果布拉德的尸体永远不被找到，他们无法永远将我困在这里。我会重回我的生活，或者说至少小日子可以过过。我再不会犯同样的错误，不会让任何人踏进我的生活，那样只会引来麻烦。

门开了，金伯尔警探走了进来。他一身常穿的便服，一件粗花呢上装和一条牛仔裤，脸上的胡子像蓄了一个星期，脸色苍白。他小心翼翼地向椅子走去，但并没有坐下，而是将一只手放在靠背上。他紧紧地盯着我，眼神里的好奇似乎更多于愤怒。

"警探。"我说。

"我知道你记得对我说的话，"他说，"就在你刺向我的前一刻。"

"我不记得，我说了什么？"

"你说'对不起'。"

"好吧，你说什么就是什么。"

“如果你怕我，如果你认为我在跟踪你，为什么要跟我说对不起？”

我向他摇了摇头。

“我会查清你不希望我发现的那些事情，”他说，“我不知道它在哪里、它是什么，但我会搞清楚的。”

“希望你如愿以偿，”我盯着他的眼睛说道，我以为他会移开视线，但他没有，“我很高兴你没事。”这是我的肺腑之言。

“确实，在这个节点，我没事可能对你最有利。”

我没再说什么，他依然看着我。我搜寻他眼神中的恨意，却没见到。

砰的一声，门被用力地推开，一位我从未见过的穿着西装的男人风风火火地走进了房间。是个中年男人，身材壮硕，留着灰色胡子。“出来，警探，现在就出来。”亨利·金伯尔慢慢转过身去，匆匆离开了房间，那个男人为他扶着门。门被关上之前，我再次听到那个男人洪亮的声音：“老天，该死的，你在搞什么——”我再次一个人被留在寂静之中。

那个晚上，在回到牢房之后，我的律师探望了我，她拿来一张椅子在我牢房门外坐下。“你今天有位意外来客。”她说道。她脸上的表情有点奇怪，我才意识到她正努力屏住笑容。

“你指金伯尔警探。”

“是的。我听说他闯进了审讯室，你一开始就不该一个人在那里。

审讯的时候，你随时可以要求我出席。”

“我知道。”

“他说了什么？”

“他想知道我是否还记得在刺他之前对他说的话，我告诉他我什么都不记得，这是实话。然后他说他会查清我想隐瞒的事情。”

现在，我的律师笑了。我第一次注意到她下排牙齿上箍着的透明牙套。“对不起，”她说，“我知道这件事肯定困扰着你，它永远不该发生。亨利·金伯尔已经被警察局正式停职了。反正这迟早会发生的，相信我。”

“所以说，跟踪我完全是他一个人的主意？”

“没错，我们早知道了。他的搭档因为担心他的精神状态一直留意着他。前晚，他向她承认在下班时间跟踪你。她觉得他太执着了。所以第二天，她开车去见他，结果自己也跟踪起他来。因此，她才出现在康科德。

“不仅如此，在他被送去医院的时候，他们发现他写了一些关于你的东西，是诗。”

“真的吗？什么样的诗？”

“能当作罪证的那种。我认为金伯尔警探不会再被哪个警察局录用了。”

“所以，这一切到底意味着什么？”我问道。

她的手机一定振动了。她把它从夹克口袋中掏出，按下键，然后又放在一边。“我不想让你期望太高，不过，莉莉，我认为我们能做个交易。我得问你，你觉得做一个精神评估怎么样，或许在医院里待上一段时间，解决愤怒管理问题。”

我告诉她我很乐意这么做。

“很好，”她说，“我们有进展了。”她抬头看我，再次露出了笑容，“不管怎么说，我觉得你不会在这里待太久了。”她站起身，然后在她塞满资料的公文包里翻找什么，“差点忘了，你又有一封信。在楼上时他们交给了我。”

她将信从给我递饭的那个槽口顺了进来。还是父亲给我写的信。离我上次见他不过三天，他已给我写了三封信。“多谢。”我说。

我的律师离开之后，我重新坐回小床上，并没有马上把信打开。这些消息比我之前想的要好许多。我能回归原来的生活了，或许这不会马上发生，但那么一天终会到来。我打开信，期待地读起来。当我还是一个小女孩时父亲就给我写信，它们总能使我高兴起来。

亲爱的小莉：

你母亲今晚不在家，去成人教育班上课了（只是为了那该死的一点钱！），所以我只能在家用微波炉做意大利面吃。这得花十五分钟的时间，所以我就给你又写了一封信。今早，我和你的律师谈了谈，她告诉我各种好消息，听起来你似乎不久就能被释放，重新生活。我们期待那天的到来吧。

尽管现在才5点，可我觉得像晚上10点一样！这儿天黑得早。我非常喜欢喝我刚刚发明的美味鸡尾酒，在杯子里倒一大杯水，上面加上两指幅的苏格兰威士忌。实际上就是威士忌口味的白开水，但十分好喝。我可以从早喝到晚，而且一点不会对身体造成危害。另一个好处是，白天的我不管什么时候都无法完全清醒，不过第二天一醒来就感到精神抖擞。我真希望能早几年发现这个喝酒的办法。我要为它申请专利，发一笔财。

微波炉里的东西煮好啦，我也需要再倒一杯酒。你母亲提到我们这周会开车去看你。在此之前——“坚持住。”挂在树枝上的小猫说道。

亲爱的再见

老爹

噢，对了，在上封信中忘了告诉你，我还有一些坏消息。隔壁老巴德维尔的农场被城里一个年轻的对冲基金经理买了下来。他正在平整那地儿，准备建造大约有五十七个房间的假日廉价酒店。推土机马上要过来了。我告诉你这件事是因为我知道你喜爱农场旁边那块草地，恐怕他们明天就要把那地方拆了。你母亲突然就成了义愤填膺的环境保护主义者。抱歉给你带来这么一个坏消息。以我对你的了解，你说不定在想我到底在说什么呢。回头见，小莉。老爹爱你，不管发生什么，一直会爱你。

出品人：许　永
责任编辑：许宗华
特邀编辑：王佩佩
装帧设计：李双鑫
印制总监：蒋　波
发行总监：田峰峥

投稿信箱：cmsdbj@163.com
发　　行：北京创美汇品图书有限公司
发行热线：010-59799930

创美工厂
微信公众平台

创美工厂
官方微博